Clara Hermans

# EMMA, DARLING

Raymund meinen herzlichen Dank

Clara Hermans

# EMMA, DARLING

BoD

Bibliographische Information der Deutschen Nationalbibliothek: Die
Deutsche Nationalbibliothek verzeichnet diese Publikation in der Deutschen
Nationalbibliographie; detaillierte bibliographische Daten sind im Internet
über http://dnb.d-nb.de abrufbar.

Herstellung und Verlag: Books on Demand GmbH, Norderstedt
Umschlaggestaltung mit Hilfe von scribus
Drucklayout mit Hilfe von L$_Y$X und L$^A$T$_E$X

**ISBN 9783735774835**

Ein Makel haftete Emma an.

Vaterlos, mutterlos wuchs sie bei der Großmutter auf. Eine Schein-Waise.

Beim vornehmen Stuttgarter Damen-Zirkel – vorwiegend Gattinnen verblichener Honoratioren, ehemals namhafter Vorstände aus Industrie, Wirtschaft und Handel – hatte die Oma, herbe Witwe eines Schulrats, eines vergleichsweise armen Schluckers, nur mehr geduldeten Zutritt. Von Mal zu Mal musste sie ihren Ausschluss befürchten, ihrer desolaten Familienverhältnisse wegen. Es wurde natürlich gemunkelt über die uneheliche kleine Enkelin. Wie gewissenlos musste eine Mutter sein, die ihr eigenes Kind im Stich ließ? Diese Person – mit wem und wo lebte sie? In der Pariser Halbwelt? So gern man mehr über sie gewusst hätte, es war nichts weiter über sie zu erfahren, außer: sie war der Großmutter missratene einzige Tochter. Was war aus ihr geworden, dort in Paris? Eine Künstlerin? Ein Luder? Man befürchtete – (hoffte mit Genuss) – das Letztere. Paris eben!

Zum Auftakt der allmonatlichen Kaffeetafel erging sich jedes Mal ein Grüppchen da, ein Grüppchen dort wohlig in allerlei Mutmaßungen, solange die Großmama noch auf sich warten ließ. Sobald sie eintrat, verstummte man. Die Betroffene gab sich dann, als merke sie die peinliche Pause nicht.

Mehr, viel mehr litt im Verborgenen Emma. Aber wer wie sie am Rand stand, woher sollte das zehn-, elfjährige Kind die Kraft nehmen, dem Getuschel, der Häme diverser Mitschülerinnen, der bösartigen Nachrede zugehöriger Eltern die Stirn zu bieten, die Schandmäuler mit Verachtung zu strafen? Irgendwann suchte sie sich verzweifelt eine Zuflucht. Ein Etwas, das Emmas ferner Mutter – einem Strahlenkranz gleich – den Anschein einer ganz und gar außergewöhnlichen Mama verlieh?

Das Wunder ereignete sich in der Schule. Im gleichen Augenblick, wo im Kunstunterricht Abbildungen von Aphrodite und Nofretete miteinander verglichen wurden, hatte Emma, was sie suchte, gefunden! Was war den beiden gemeinsam, hob die von ihrem Makel Gezeichneten weit über alle makellos Schönen hinaus? Ihre Fehler! Der Armstumpf der griechischen Göttin, der ägyptischen Nofretete blickloses Auge! Litt ihre Schönheit darunter? Nein! Ein geheimnisvoller Zauber ließ ihre Schönheit noch schöner erscheinen – ihre Entstellung machte sie einzigartig. Verlieh ihnen eine Aura.

Emmas Mutter fehlte kein Arm und kein Auge, *sie selbst fehlte*. Kam dieser von ihrem Nichtvorhandensein entstellten Mutter nicht eine ähnliche, rätselhaft-unerklärbare Ausstrahlung zu, kraft *ihrer* Beschädigung – ihrer *Abwesenheit*?

Von jetzt an fühlte sich das einsame Kind der imaginierten Mutter aufs Innigste verbunden. Obgleich Emma weder jetzt noch jemals später ein Lebenszeichen von ihr erhielt. Es wurde ihre nachhaltigste Kindheits-Erfahrung: sie hatte der schnöden Wirklichkeit eine Wunsch-Mutter abgetrotzt, ein tröstliches Phantom, das ihr aus weiter Ferne – allein mittels Emmas glühender Vorstellungskraft – einen wundersamen Abglanz verlieh.

Es rechtfertigte zugleich wohltuend die schmerzlich Vermisste, reinigte die Weitentfernte von allen Vorwürfen, die die Großmama unentwegt hasserfüllt gegen die eigene Tochter erhob. Sie konnten dieser schönen, sich – wer weiß? – vielleicht doch liebevoll-zärtlich nach ihrem Kind sehnenden, eingebildeten Mama niemals mehr etwas anhaben. Ein unendlich warmer Strom mütterlicher Zuneigung ging künftig von ihr aus.

Von klein auf war Emma eingebläut worden:

"Wenn du nach deiner Mama gefragt wirst, sag', sie ist tot!"

"Ist sie wirklich tot, Oma?"

"Ich weiß es nicht – und ich will es auch gar nicht wissen. Für uns, für mich und für dich, ist sie gestorben, egal, ob sie noch lebt."

"Ich will aber auch eine Mama, wie alle Kinder! Warum habe nur ich keine richtige Mutter?"

"Das frag' ich mich auch, und das würde ich sie gern selber fragen – diese gewissenlose Person!"

"Warum bist du so böse auf sie?"

"Wenn du's genau wissen willst, weil sie mir *dich* aufgehalst hat – und ich kann sehen, wie ich dich großziehe und dabei auf alles verzichte, was mir in meinem Alter zusteht. Mein Ansehen hat sie zerstört, zum Gespött hat sie mich gemacht."

"Magst du mich gar nicht? Ich hab' dich doch auch lieb, Oma!"

"Ach, hör auf mit dem Geschmuse."

Die unbekannte Mutter – lange Zeit eine Katastrophe für Emma. Jetzt aber diese Magie, dieser Inbegriff von Zuwendung! Viele Jahre später würde Emma ihre unbekannte Mutter in den Tod begleiten. Nicht aus weiter Ferne – nur ein paar Schritte von ihr entfernt – noch immer nicht wirklich nah – und doch nah genug: kraft ihrer unbesiegbaren Vorstellungsgabe.

Dank dem Schutz und Schirm einer majestätischen Großtante namens Emma, die von ihrem Wohnsitz Bietigheim aus mit ständigen Anrufen, regelmäßigen Kontrollbesuchen und Anweisungen ihre Cousine, die Stuttgarter Großmutter, mit imperativen Geboten in Schach hielt, verbrachte ihre Großnichte Emma eine sorglose Schulzeit, überstand die Pubertät und wurde erwachsen. Kurz nach ihrem Abitur starb in hohem Alter die geliebte Großtante, wenig später, von Emma ein Gutteil weniger betrauert, auch die Oma; sie ließen Emma einsam und ratlos zurück.

Auf seltsame Weise missglückte ihr dann – unverschuldet – der ohnehin zögernde Studienbeginn. Außer sich vor Entsetzen, verstört, floh sie von ihrem Studienort Freiburg im Süden nach Hamburg im Norden. Dort zerbrach sie sich erst recht den Kopf:

"Was will ich hier? Wie komme ich ausgerechnet auf Jura? Wo ich doch weder dafür noch für sonst etwas Talent habe? Warum studiere ich überhaupt?" Sie begann, sich in Träumen zu verlieren. War nahe daran, sich von einem jungen Jura-Professor verführen zu lassen. Er bot Studienanfängern Beratung an unter dem Motto: "Studiert Jura nicht der Karriere wegen, sondern nur, weil ihr Lust dazu habt!" Lange warb er um sie, letztlich erfolglos. Sie war tief in den Gedanken verstrickt: ein jeder Mensch sollte unbedingt einen Lebensplan haben. Aber wo nahm man den her? Ja, wenn man eine wirkliche Begabung besaß, sich irgend einer Sache mit Leidenschaft hingab – dann war es einfach. Wer Schauspieler, Schriftsteller, Politiker, wer Künstler, Fußballspieler, Soldat, ja, wer Gärtner werden wollte, oder auch nur Millionär – das waren strikt vorgegebene Ziele. Diesen Glücklichen hatte eine gute Fee ihre Gaben verliehen und sie machten Gebrauch davon. Emma jedoch besaß nichts dergleichen. Sicher, sie hatte ein anständiges Abitur gemacht. Aber wofür eigentlich?

So überstand sie lustlos und wenig erfolgreich die Klausuren des Wintersemesters, nach wie vor von Ole, dem Jura-Professor vergeblich umworben, der immer wieder versuchte, ihr ein Interesse für sein Fach einzuflößen.

Zu Beginn des Sommersemesters gestand sie sich endlich ein: ich vergeude hier meine Zeit – ich vergeude mich selbst. Ich will nicht länger studieren, eh ich nicht weiß: Was aus mir werden soll.

In ein übriggebliebenes leeres Schulheft begann sie alsbald zu schreiben:

*Also gut: wie stelle ich mir meine Zukunft vor? Ja, wenn ich das wüßte!*

*Einen Platz finden im Leben – wie geht das? Ich weiß ja nicht einmal genau: wer bin ich? Welche Gene stecken in mir? Was fehlt? Was kann ich mir zutrauen, was muss ich befürchten?*

Schon stockte der Schreibfluss. Immer noch geisterte manchmal die Mutter durch ihre Gedanken. Ließ ihr keine Ruhe. So schön, wie sie sich einst ihr Bild ausgemalt hatte, ließ es sich nun doch nicht mehr an. Zweifel stellten sich ein: ihr Kind behalten, es großziehen – wäre das so schwierig, so unzumutbar für sie gewesen? Oder war ihr das Kind einfach nur lästig, unbequem, ein Klotz am Bein?

*Wie bin ich entstanden? Beiläufig? anlässlich eines mehr oder weniger lustvollen? einmaligen? zufälligen? gewohnheitsmäßigen Beischlafs? hinter der Bühne? in einer Besenkammer? in einer Absteige? einem Stundenhotel? Bin ich ein Kind der Liebe – oder bloß ein Unfall? Vielleicht versäumte meine Mutter nur das gebotene Datum, während dem sie mich wegmachen durfte? Hat mich also ein kalendarisches Versehen, ein Rechenfehler gerettet? Oder wollte mich meine Mutter eben doch bei sich behalten?*

Selbst nach der Geburt hätten sich immer noch Mittel und Wege gefunden, ein vaterloses Kind irgendwie, irgendwo in Paris loszuwerden. Vielleicht anonym, als Findelkind, in einem Pariser Waisenhaus? Vielleicht freigegeben zur Adoption? Stattdessen hatte sie es fortgebracht! Hunderte Kilometer weit weg! Von Paris nach Stuttgart! Gab es eine Gefahr für dieses Kind?

*Angeblich war meine Mutter Tänzerin im Ballett des Pariser Kabaretts Moulin Rouge. Kein erstklassiges Etablissement! Für die Oma natürlich ein Skandal. Für mich, als ich es erfuhr, faszinierend, glamourös!*

Hatte ein Bewunderer von Rang und Namen ihre Mutter verführt, der sich dann von diesem winzigen Menschlein gesellschaftlich bedroht sah? Oder kam der Kindsvater aus einem Milieu von ganz unten, wo man nicht zurückschreckt vor krimineller Selbsthilfe? Bot die Obhut einer weit entfernten schwäbischen Großmutter wenn auch kein liebevolles, so doch ein sicheres Asyl für ihr Kind?

*Sie muss mich eben doch geliebt haben – warum sonst hätte sie mich in das ferne Stuttgart gebracht?*

4

Ihre zu keinem Erbarmen fähige Mutter musste ihr als einzige Zuflucht erschienen sein.

Ihr legte die Tochter das winzige, neugeborene Bündel Mensch auf den Wohnzimmertisch, ertrug stumm den wütenden, mütterlichen Protest, drehte sich um und verschwand.

*Nie schickte sie mir aus Paris auch nur das geringste Lebenszeichen. Unsagbar, verzweifelt habe ich mich nach dieser verschwundenen Mutter gesehnt. Ich war zwölf, als ich sie mir in meiner Sehnsucht erfunden, erdichtet habe. Von da an hatte auch ich eine Mama.*

Aber niemals war diese Mama auch nur vage für sie sichtbar geworden. Es war dem Kind auch durchaus bewusst: das wäre bestenfalls Sinnestäuschung gewesen.

Aber was blieb Emma anderes übrig, als weiterhin auf ihre Erscheinung, ein Wunder! zu hoffen – wo es von der so innig Ersehnten kein einziges Foto gab? Alles hatte die Oma vernichtet, was sie an ihre mißratene Tochter erinnerte. Sogar ihren Vornamen – angeblich hatte sie ihn vergessen – gab sie der Enkelin nur auf Emmas flehentliche Bitten preis.

*Immerzu hoffte ich, die Mama erscheine mir einmal – vielleicht nur als zarter Umriss, kaum wahrnehmbar und gleich wieder verlöschend, eine Schattengestalt – ein einziges Mal nur. Aber wie die Knospe einer überaus kostbaren Pflanze, die sich in ihren Deckblättern verbirgt und niemals zum Blühen entfaltet, so hüllte sich meine Mutter in ihre geheimnisvolle Unsicht- und Unnahbarkeit ein.*

Enttäuscht spannte damals die Zwölfjährige eine imaginäre Leinwand auf, nein, behalf sich mit einem Schul-Zeichenblock und versuchte, ohne das geringste Mal- oder Zeichentalent, darauf ein vages Abbild der Mutter zu projizieren. War die Mama groß, klein, hatte sie blaue, hatte sie braune Augen? Emma bekam keine Antwort auf diese Fragen, aber auf rätselhafte Weise wurde die *Unsichtbare* auf einmal wenigstens *hörbar*.

*Ein paar Tage lang hatte ich mich heimlich in ein altes Französisch-Lehrbuch der Oma vertieft, ein paar Wörter herausgelesen. Dann versuchte ich, nach Anweisung der Lautschrift ein französisches "bitte" korrekt auszusprechen – brachte ein zaghaftes "S'il vous plaît, Mama!" heraus. Vielleicht verstand die Mama inzwischen nur noch Französisch?*

*Mir stockte der Atem. Ganz nah (oder doch von weither?) vernahm ich ein sanftes "Emma, ma chère!" – oder glaubte ich nur, es zu vernehmen? Macht das einen Unterschied?*

*Von da an war ich nur noch Ohr, nichts als Ohr.*

*Und die Mama war Stimme, nichts als Stimme. Die aber blühte immer mehr in mir auf – klang oft wie Musik. Konnte jedoch auch streng sein. Mahnen.*

*Auf wunderbare Weise hat mir diese eingebildete Mutter dann jahrelang Beistand geleistet. Hat Tag für Tag mich begleitet. Wenn ich Kummer hatte, mir die Tränen weggeflüstert. Wenn ich frech zur Oma war, mich zur Rede gestellt. Und wenn die Oma schimpfte, gebot sie: "Schweig, Emma!" Sie sorgte tausend Sorgen, freute tausend Freuden mit mir. Mein Schutzengel – meine Mama.*

*Die Mama, die ich mir herbeigedacht und -gesehnt habe, ein Gaukelspiel soll das gewesen sein? Einbildung? Nichts als eine schöne Illusion?*

*Nein! Es war Nothilfe! Lebensrettend! Stärker als alle Wirklichkeit!*

*Ich hatte in meiner Verlassenheit wahrhaftig herausgefunden, wie ich eine Unsichtbare, die ich verzweifelt zum Überleben brauchte, festhalten konnte. Dass ich sie hereinnehmen musste in mein Aller-Innerstes, bis sie ganz tief in mir drin war. Dann wuchsen wir beide zusammen, und bald wusste ich nicht mehr: wer redet, wer schweigt? Wer frägt? Wer antwortet? Die Mama? Ich?*

*Ein paar Jahre ging das so hin, bis weit in die Pubertät. Nicht ich, wie vor der Geburt, war das Kind in ihrem Leib, sie hat in mir gewohnt. Ein gegenseitiges Ineinander - eine Umkehr der Natur.*

*Als nach einigen Jahren die Mama ganz sachte zu entschwinden begann, leiser und immer leiser wurde, fast unhörbar zuletzt, da habe ich nicht versucht, sie festzuhalten.*

*Ich ließ sie gehen – zurück, ins ferne Paris.*

Als reale Schutzmacht wirkte von Anfang an die mächtige Großtante Emma von Bietigheim aus. Sie nahm das mutter- und vaterlose Kind sofort an ihr Herz. Nur leider: sie musste das Kind wohl oder übel dem ewigen Zetern der Oma, ihrer Cousine überlassen.

*Nicht ihre, deine Ziehtochter, geliebte Tante Emma, bin ich gewesen. Hast für eine sorglose Kindheit und Schulzeit gesorgt. Mich die ganzen Jahre, über die Distanz Bietigheim-Stuttgart hinweg, aufs Liebevollste behütet. Mich zuletzt großzügig zu deiner Erbin gemacht. Wie kann ich dir jemals für alles danken?*

*Beide liegt ihr jetzt friedlich nebeneinander in unserm Stuttgarter Familien-grab, die ihr euch im Leben nicht ausstehen konntet. Du bist, anders als die Oma, eine starke, unabhängige, dafür aber einsame Frau gewesen, hast keine Kaffeekränzchen gebraucht. Ich hätte viel lieber bei dir als bei ihr gelebt. Heute weiß ich, warum du mich nicht zu dir nehmen konntest. Ach, Tante Emma, die Moral, die Moral! Ich hätte mich nicht um sie gekümmert! Du wärst mir eine wunderbare Ersatzmutter gewesen. Du wolltest so gerne ein Kind – und konntest keines bekommen.*

*Wenn du noch lebtest, Tante Emma, was wünschtest du dir von mir? Ich glaube, ich weiß: das, was du dir selbst so dringend, aber vergeblich gewünscht hast. Ich würde es dir gerne schenken – ein Kind! Zum Dank für alles, was du mir geschenkt hast. Ein Enkelkind, das bei dir aufwachsen dürfte. Wir drei zusammen: du, ich und unser Wunschkind. Ohne einen Papa natürlich, wie es sich für uns beide gehört. Für dich, die du jahrzehntelang mit deinen Damen gewerbsmäßig meinen Lebensunterhalt finanziert hast, für mich, die ich die Erfahrung gemacht habe: es geht auch ohne Vater, solange man eine Tante Emma hat. Im Ernstfall hast DU mir immer zur Seite gestanden.*

Lange Jahre blieb Emma eine zufriedene "Mutter-Tochter", vermisste nie einen Vater.

Wenn sie sich damals mit den Mädchen in ihrer Klasse verglich, stellte sie mit Erstaunen fest: Allesamt waren das "Vater-Töchter". Für die unreifen, pickligen Jungs ihrer gleichaltrigen Jahrgänge hatten sie kaum einen Blick. Nein, ihre Idole waren die eigenen, mittels Diät und Disziplin jugendlich-sportlich-schlank gebliebenen Väter, im besten Mannesalter, beruflich auf dem Zenith. Moderne Väter von weltmännischem Zuschnitt – angebetet von ihren Töchtern: ihre erste große Liebe. Im hohen kulturellen Milieu des wenn auch schwäbisch behäbigen Stuttgart, im geheiligten Äther von Wissenschaft, Kunst, Theater, Film und Fernsehen und ihren Festivitäten tummelten sich denn auch jene Väter: Nobilitäten aus Wirtschaft und Industrie – sich gegenseitig ihr kunstverständiges, oft auch mäzenatisches Niveau, ihre Weltläufigkeit bestätigend. Und bei solcherart Anlässen stellten sie denn auch, hinsichtlich eines gewissen Bäumchen-wechsel-dich-Spiels ihrer Begleiterinnen, ihre derzeitigen Amourositäten diskret zur Schau – was der Boulevard anderntags seinen Lesern nicht vorenthielt.

Emmas Mitschülerinnen nahmen das als selbstverständliche Reverenz der Presse für den jeweiligen Papa geschmeichelt zur Kenntnis.

Nur allzu gern ließen ebendiese Väter dann aber auch ihre aufblühenden Töchter voll Stolz teilhaben an ihren eigenen noblen, gesellschaftlichen Events. Und diese taufrischen, verführerischen Sechzehn-, Siebzehn-, Achtzehnjährigen, geschminkt, frisiert und im Decolleté, ließen sich dann von den ebenfalls recht ansehnlichen Kollegen ihrer Väter bewundern, umschwärmen, walzerselig umarmen. Unschuldig-übermütig kokettierten sie mit ihnen vor ihren Vätern – besser: *für* sie. Sie demonstrierten ganz offen: "Sind wir, eure Töchter, nicht weit attraktiver als eure Begleiterinnen?" Wobei sie am liebsten gewesen wären, was sie nun einmal nicht sein konnten: ihres Vaters Liebhaberin. Derlei Gedanken kamen Emma damals natürlich nicht. Diese Väter füllten ja auch nur vorübergehend, vorläufig eine Leerstelle aus – bis eines Tages der Schwiegersohn auftrat, für den der Vater den Platz freihielt.

Nie hatte Emma bisher ihre Schulfreundinnen um deren Chefärzte-, Professoren-, Industriellen- oder sonstige Super-Väter beneidet. Jetzt aber, wo sie erwachsen war und sich immer wieder fragte, was aus ihr werden, ob und was sie studieren sollte, hätte sie sich nun doch einen fürsorglich beratenden Vater gewünscht. Zum ersten Mal dachte sie über ihren Erzeuger nach, zum ersten Mal fehlte er ihr. Wie vernachlässigt war sie doch vom Schicksal! Es verweigerte ihr nicht nur die Mutter, noch weniger gab es einen Vater für sie. Warum geschah das gerade ihr? Ein unbeantwortbar schreckliches Warum!

"Ich könnte ja nach Paris fahren, ihn suchen. Aber wenn er sich dann als arbeitsloser Trinker ohne festen Wohnsitz herausstellt?"

Die Eingebung eines Augenblicks ließ ihr dann auf das "Warum?" ein keckes "Warum nicht?" einfallen.

*Warum überhaupt ein Risiko mit einem unbekannten Vater eingehen? Warum kann ich mir nicht – hier und jetzt – anstelle eines ungebildeten, ungepflegten, unbehausten Pariser Arbeitslosen einen Ersatz-Vater erschaffen – so, wie ich mir damals meine Mutter erschaffen habe?*

Das war's: einen Vater imaginieren, ihn ausstatten mit all jenen wunderbaren Eigenschaften, worüber die Väter ihrer Mitschülerinnen verfügten: bella figura, Ansehen, Bildung, Manieren, Herkommen. Aber kein biederer Schwabe wie jene. Nein, ein Franzose! Ein echter Pariser natürlich!

Ein homo eruditissimus et elegantissimus also, wie er noch aus dem Latein-unterricht ciceronianisch in ihrem Gedächtnis herumspukte. Ein bisschen ein Snob. Und ja, vielleicht sogar ein klein wenig effeminiert – der totale Gegentyp zu den sportiven Vätern ihrer Mitschülerinnen! Mit leicht anglophiler Attitüde würde er sie *"Darling"* nennen. Weil sie eben für ihn etwas ganz Besonderes war.

"Emma Darling!" Ja, warum nicht?

Anstelle der entschwundenen Sehnsuchtsmutter würde es also von jetzt an einen starken, noblen, ritterlichen Sehnsuchsvater geben. Wenn er die uner-wünschte Tochter auch als Baby verleugnet hatte – auf die erwachsene Em-ma war er stolz, sie war seine Prinzessin! Die Silhouette des Eiffelturms, die Champs Elysees tauchten vor ihren Augen auf - alles, was jeder kennt, auch wenn er noch nie in Paris war.

Ihre Selbstbetrachtung endete mit den stolzen Worten:
*Durch ihn und nur durch ihn bin ich eine wirkliche, geborene Pariserin!*

Auch die allerletzten Bedenken wischte sie weg:
*Selbst wenn er niemals von mir erfahren hätte – nichts wüsste von meiner Existenz – für immer unauffindbar wäre – gerade dann dürfte ich mir doch erst recht einen erdachten Vater erschaffen!*

Und wie leicht das ging! Er, der so viele Jahre niemals für sie existiert hatte, wurde innerhalb kürzester Zeit zur attraktiven Figur, – viel rascher als damals die Mama nahm er Gestalt an. Unentwegt erschien er in ihren Gedanken – ein Vater. Am Ende mehr als ein Vater?

Was einst die Mitschülerinnen möglichweise nur ganz im Geheimen und tief in einer schlaflosen Nacht ihrer ausschweifenden Phantasie erlaubten, darüber dachte Emma am hellichten Tag unverhohlen, sehnsüchtig nach: Wenn er mich suchen, mich finden, mich anschauen würde – würde ich ihm gefallen? Nicht ihm, als meinem Vater – nein, ihm, einem *Mann*! Würde er sich am Ende in mich verlieben? Ich mich in ihn? Würde er mich umarmen und ...

Es war ein verwegener, ein verrückter, ein verbotener, ein sündhafter Ge-danke, hinreißend und verführerisch! Emma hütete sich, ihn ihrem Tagebuch anzuvertrauen.

9

Zuerst musste sie sich allerdings entscheiden: Weiterstudieren – oder aufhören und, als Dank für Tante Emma, ein Kind?

Ein Kind? Wirklich? Einerseits eine verrückte Idee. Ja, aber sie gäbe ihrem Leben eine ganz unerwartete Wendung, einen wunderbaren Inhalt, einen Sinn. Denn dieses Kind bestünde aus Fleisch und Blut; sie würde es zur Welt bringen – nicht bloß erträumen, sich ausdenken. Ganz allein ihr würde dies Wesen gehören. All die Zärtlichkeit und Hingabe, die in ihrer Seele schlummerten, gäbe sie ihm: die unendliche Sehnsucht, Gefühle, an denen sie litt wie an einer riesigen Last: überschüssige, seit Jahren in ihr aufgespeicherte Liebe, – ein Gefäß, das den Überfluss einfach nicht mehr fassen, halten, bändigen konnte.

Und endlich: Ein Kind, das sie abfragen könnte: wer bin ich, ICH, deine Mutter? DU – ein Wesen, in dem ich mir selbst begegne – authentisch – wie in einem Spiegel – und von dem ich endlich erfahre: was in mir, in dieser vaterlosen, verstoßenen Pariser "Missgeburt" steckt?

Ein Kind? Aber von wem? Nie zuvor hatte Emma einen richtigen Freund gehabt, "eine Beziehung". Jetzt zog sie zum ersten Mal eine Hingabe, "Liebe" genannt, in Betracht. "Liebe" – nicht für den Hamburger Jura-Professor, der um sie warb, sondern für ein Phantom, für eine Traumgestalt – eine Ausgeburt ihrer Phantasie. Sie hätte dieses Gefühl als Vorleistung bezeichnen können, als Duftmittel, das ihn auf den Weg herlocken sollte zu ihr.

Schluss also mit ihrem Studium, das im Grunde noch immer nicht richtig begonnen und sie bisher so gar nicht befriedigt hatte? Sie schob die Entscheidung noch einmal ein paar Tage vor sich her.

Sie bewohnte ein möbliertes Zimmer in einem Hamburger Hinterhaus. Als sie eines frühen Morgens, nach einigen letzten, zergrübelten Nächten, vor die Haustür trat, erblickte sie unter der einsamen Kastanie in der Mitte des begrünten Innenhofs eine Katze, die ihr Spiel mit einem Etwas trieb, dem sie immer wieder einen sachten Hieb versetzte – und das Etwas hüpfte und flatterte verzweifelt, konnte nicht davonfliegen, weil es noch gar nicht fliegen gelernt hatte. Und dann, nach einem letzten Tatzenstreich, hörte das Flattern auf.

Emma hatte viele Jahre Omas Kater Karl innig geliebt. Emma wusste: Katzen sind so, es ist ihr Wesen, sie töten – aber ehe sie töten, spielen sie noch – wie sagt man? – "Katz und Maus" mit ihrem Opfer. Hier war's keine Maus. Doch Emma war zu spät gekommen, um das aus seinem Nest gefallene Amselküken vor dem unbarmherzigen Totschlagspiel noch zu retten.

Aber gerade das gab den Ausschlag. Abrupt, energisch, trotzig sagte sie vor sich hin: "Jawohl, jetzt erst recht, Tante Emma! Ein Kind! Du bekommst es."

In diesem einzigen, absurden Augenblick entschied Emma endgültig über dies Abenteuer. Ohne noch einmal über die fragwürdige, verbotene, nein, sünd-hafte Mitwirkung, die sie ihrem Vater zugedacht hatte, nachzudenken – jeden-falls nicht mit dem Kopf, höchstens mit ihren Eingeweiden.

Ihr Leben damit umstülpend wie einen Handschuh.

Das beharrliche Werben des Jura-Professors machte es ihr leicht.

Der verliebte Ole konnte nicht ahnen, dass er von Emma nur benutzt, nein, missbraucht wurde, doppelt missbraucht: als realer Samenspender und als fikti-ver Stellvertreter eines Anderen, heimlich Ersehnten. Der bloßen Notwendigkeit einer Zeugung hätte sich Emma mit gebotener Distanz unterworfen und ihrem Körper dabei jede Lustempfindung versagt. Doch im Beischlaf ging es jetzt für sie um weit mehr: um die geheime, gewollt lustvolle Vereinigung mit einem Abwesenden, um den Liebesakt mit einem von Emma Ersehnten, Unsichtbaren – um ein phantasmagorisches Ritual.

Der ahnungslose Ole ging mit der jungfräulichen Emma sehr zart und be-hutsam um. Emma jedoch befand sich in einem Zustand tiefster, suggestivster Selbstversunkenheit. Und im Augenblick, wo Ole in sie eindrang, ereignete sich ein hypnotisches Wunder:

*Er* war es, der Ersehnte – *er*, nicht Ole – *er*!

"Ja! *er*, *er* ist es!"

Was immer sie sich erwartet hatte von *ihm*: es war glutheiße Lust. Vom Strudel einer atemlos-wahnsinnigen, dem Schmerz nahen Empfindung erfasst, der durch sie hindurchging, sie auslöschte wie eine riesige Woge, unterwarf sich Emma dem Taumel, dem Rausch, der Lust, gab sich bedingungs-, besinnungs-los hin – *ihm*!

In ihrer Liebeswut, ihrer Wutliebe verkeilte sich Emma in Ole, ging unter, erstarb.

Als sie endlich voneinander abließen und Emma, um Atem ringend, neben Ole lag, sagte er, selber erschöpft:

"So hat noch nie eine Frau mit mir geschlafen ... "

Emma zitterte noch immer vor Glück. Sie war eins mit *ihm* gewesen.

Anderntags, nach einer durchwachten Nacht, erstarrt vor Scham, hielt sie sich vor:

"Ich habe Ole betrogen. Wie weiß ich, wessen Kind ich bekomme? Oles Kind – oder SEINES? Wirken nicht bei einer Empfängnis auch Herz, Geist und Seele mit – haben Macht über die Gene?

Und so ergriff sie wieder einmal die Flucht, im Gepäck ihr Schuldeingeständnis. Sie konnte es ja nicht einfach wegwerfen wie ein Bündel schmutziger Wäsche. Sie musste es mitschleppen. Keine Absolution eines Beichtvaters, kein Zuspruch eines Therapeuten hätte sie davon reinigen, befreien können. Auch wenn niemand je ihre Schuld verstehen würde: dass sie – mit der Absicht, ein Kind von ihm zu empfangen – nur vorgetäuscht, scheinbar mit Ole, in Wahrheit aber mit ihrem eigenen Erzeuger, ihrem abwesenden, ihrem fern in Paris weilenden, unbekannten, ihrem eingebildeten Vater geschlafen hatte.

"Was bin ich denn dann? Eine Hure? Eine Verrückte?"

Sie schrieb in ihr Tagebuch:

*Wie komme ich je damit zurecht? Ich habe unendliche Lust empfunden. Ich wollte doch nur ein Kind. Von Ole. Aber war Ole Ole? Wer immer er war – von dem ist mein Kind. Und dabei bleibt's!*

*Dafür werde ich büßen, mich bestrafen, nie wieder schlafen mit einem Mann. Aber meine Lust, meine Seligkeit vergessen werde ich nie. Niemals!*

Und dann strich sie den letzten Eintrag aus.

Diesmal zog es Emma mit aller Gewalt vom Norden zurück in den Süden. In München wollte sie endlich zur Ruhe kommen.

Aber wenn nicht gleich der allererste Versuch mit Ole geglückt war? Würde sie sich überwinden können für eine Wiederholung? Oder würde sie ihren Plan scheitern lassen? Wie ernst war es ihr wirklich mit einem Kind? Sie dachte an die unfruchtbare Großtante Emma, die für ein heiß ersehntes Kind gewiss all die unendlich vielen Behandlungen, Eingriffe auf sich genommen hätte, die es damals, zu ihrer Zeit, noch nicht gab. Sie horchte lange in sich hinein. Überließ es der Zukunft, (oder dem Zufall?) – schob es vor sich her, wie sie sich im Ernstfall entscheiden würde. Als erstes suchte sie sich eine Bleibe in einem Münchener Vorort. Sie brauchte unbedingt eine Arbeit. Nicht des Geldes wegen, sondern um – wenigstens tagsüber – sich zu vergessen. In der Nähe befand sich ein privates Senioren-Wohnheim. Sie erkundete es unter einem Vorwand, fand es zwar – auf schwäbisch "ziemlich feudal" – bewarb sich aber nach einigem Überlegen dann doch für die einfachsten Hilfsdienste: Putzen,

Küchendienst, Wäsche. Weil sie anstellig war, jeden Wunsch, jeden Auftrag annahm, als willige Arbeitskraft keinerlei Extras beanspruchte, alle Anweisungen strikt und intelligent ausführte, durfte sie schon nach kurzer Zeit beim Umgang mit den Hausbewohnern aushelfen – die raren Pflegekräfte entlasten. Die ungewohnte Arbeit tat ihr gut, lenkte sie wenigstens tagsüber von ihrem verworrenen Innenleben ab. Sie lernte zugleich eine ihr aus der Vergangenheit wohlvertraute Sorte von Menschen aufs Neue kennen: die Alten. Und den manchmal mühsamen Umgang mit ihnen.

In Kürze gewann sie mit ihren höflich-diskreten Manieren die Wohlwollenden, Taktvollen, Kultivierten unter den Senioren. Emma kannte sie aus langjähriger Erfahrung. Ihr Modell war die geliebte Bietigheimer Großtante Emma, die ihr mit ihrem großzügigen Erbe ihre Fluchten bisher ermöglicht hatte.

Nicht alle Senioren waren von Emmas täglichen Hilfeleistungen angetan. Es gab auch Abweisende, Verbitterte, Ungute. Sie kosteten Nerven. Sie schienen Emma der unlängst verstorbenen Oma zum Verwechseln ähnlich. Aber sie hatte ja gelernt, sich von streitsüchtigen alten Frauen nicht provozieren zu lassen, sie wusste, wie mit ihnen auszukommen war. Sie verrichtete ihre Arbeit in den Zimmern so geschwind und leise wie möglich – vor allem jedoch so, dass die Bewohnerin jeden Handgriff scharfäugig zu kontrollieren vermochte. Wenn sie fertig war, schwebte Emma lächelnd mit einem freundlichen Gruß hinaus. Falls sie die bissigen Bemerkungen der schwierigsten Alten, auch Hausgäste genannt, nicht mehr ertragen hätte, wäre sie, dank ihrer Erbtante, eine Weile auch ohne Arbeit ausgekommen. Aber sie dachte gar nicht daran. Friedfertig, nachsichtig nahm sie die oft schwierigen Launen einzelner Hausgäste hin. Sie souverän zu übersehen, zu überhören, zu belächeln war ihr inzwischen fast zum Spiel geworden.

"Ach, Oma", dachte sie oft, "hier begegne ich dir jeden Tag, wiederverkörpert, sogar mehrfach – und ehrlich, die sind genau so schlimm wie du oder manchmal fast noch schlimmer. Seltsam, das macht sie mir eher sympathisch. Ich versuche, geduldig mit ihnen umzugehen, diesen Alten. Nie sind sie vom Leben verwöhnt worden, nie mit Liebe behandelt – und nun sind sie, wie du einst, garstig, bösartig, aggressiv. Umgekehrt kann ich heute *dich*, Oma, durch sie besser als zu deinen Lebzeiten verstehen. Überaus streng wurdest du wahrscheinlich erzogen, fest im Glauben – ein "bravs Mädle" halt, wie man im Schwäbischen sagt. Eine freudlose Kindheit und Jugend, das muss man sich wohl in deinem Fall vorstellen – und eine noch freudlosere Ehe. Dann ist dir auch noch deine Tochter missraten. Und ich Unglückswurm habe deine alten Tage mit Mühe und Arbeit, Schulsorgen und vielleicht auch mit den Demütigungen erfüllt, die du meinetwegen nicht nur von Tante Emma hinnehmen musstest. Du hast aber alles, womit sie dich verletzte, an mich weitergegeben. Ich verzeihe es dir, Oma. Jetzt, wo du tot bist, fällt es mir gar nicht mehr schwer."

Noch im Nachhinein milderte ihre vielerprobte Vorstellungskraft die Erinnerung an ein bissiges, altes, unversöhnliches Oma-Gespenst.

Ein Arzt hatte ihre Hoffnung bestätigt: sie war schwanger, der Zeugungsakt bedurfte keiner Wiederholung. Deutlich und immer öfter spürte sie nach und nach das Leben in ihrem Körper. Ins Chaos ihrer Seele hätte endlich Ruhe einkehren können. Doch unentwegt sehnte sie sich zurück in diese unerlaubte Nacht, der keine je gleichen würde: die sie nur scheinbar mit Ole, in Wirklichkeit mit Oles geheimnisvollem, seinem herbeigesehnten Doppelgänger verbracht hatte – wünschte sich eine geheime Wiederbegegnung, oder wenigstens einen zärtlichen Abschied, ein erotisches Lebewohl.

Eines Nachts erfüllte sich ihr Wunsch.

Ohne Schlaf lag sie lange wach, fand keine Ruhe. Widerstandslos, mit geschlossenen Augen ließ sie sich treiben – als gleite sie in einem Boot auf dunklen Gewässern lautlos dahin, sich noch einmal mit ganzer Seele jenem Fernen entgegensehnend. Unversehens manifestierte er sich ihr zur Seite, schmiegte sich an sie, streichelte, umarmte, küsste sie. *Er* war zurückgekommen, auf wundersame Weise vereinigte *er* sich mit ihr.

Im gleichen Augenblick begann das ungeborene Wesen sich heftig in ihr zu bewegen. Sie spürte es mit Entsetzen, fühlte unbekannte Schmerzen, bekam wahnsinnige Angst. Machte sich das Kind von ihr los? Würde sie es verlieren?

Sie krümmte sich, legte die Arme beschützend um ihren Bauch, wagte nur noch ganz flach zu atmen, flehte: "Bleib da, bitte, bleib da!"

Und immer wieder: "Bleib bei mir, bitte, bitte, bitte ...

Es ging so bis zum Morgen. Dann sank sie in einen erschöpften Schlaf.

Es war eine Warnung.

Jetzt wusste sie, wenn sie ihr Kind behalten wollte, durfte sie *ihn* niemals wieder herbeisehnen. Was immer sie mit *ihm* erlebt hatte – das Liebessspiel war zu Ende. Sie war aufs neue schuldig geworden! Noch immer angsterfüllt schwor sie: Nie wieder ihr ungeborenes Kind einer solchen Gefahr auszusetzen – nie wieder an Oles geheimnisvollen Stellvertreter auch nur zu denken!

Jetzt – nach dieser unheilvollen Nacht – musste sie vor allem in die Altersheim-Wirklichkeit, in den dortigen Alltag zurückfinden.

Immer wieder ließ sie die vorgesehenen Arzttermine verstreichen. So erfuhr sie erst einige Wochen vor der Geburt, sie würde Zwillinge bekommen. Zwillinge! Die Nachricht machte als Sensation die Runde im Heim. Die Senioren waren außer sich vor Freude: Wann sehen wir die Babys? Wann bringt sie sie her?

Vor allem Ole musste endlich erfahren, er wurde Vater! Wegnehmen würde er ihr die Früchte ihres einmaligen Beischlafs nicht können. Sie gehörten ihr, Emma, ihr ganz allein.

Auf ihre Nachricht antwortete Ole:

*Du verbietest mir, zu Euch zu kommen und meine Kinder in die Arme zu nehmen. Du schenkst sie mir also nicht, – du willst sie ganz für dich allein? Hast mich hereingelegt, hast sie mir abgeluchst, bringst sie in München vor mir in Sicherheit? Du warst anfangs so zart, so scheu, und dann so wild – und dabei so raffiniert! Ich will aber Vater sein dürfen für meine Kinder. Gott, welch ein Glück: ZWEI! Ich erwarte, dass du mir Bericht über sie gibst, mindestens einmal im Monat, nein, jede Woche – am liebsten jeden Tag. Ich strenge einen Prozess gegen dich an, wenn du dich nicht daran hältst. Und, wie du weißt, ich bin Jurist und mit allen Wassern gewaschen. Ich nehme dir die Zwillinge weg, wenn du nicht auf meine Wünsche eingehst. Im übrigen möchte ich für alles einstehen, was sie brauchen, einschließlich Porto und Telefon. Mein Gott, Zwillinge, ein Pärchen! Ich könnte verrückt werden vor Freude.*

*Es grüßt und küsst dich der betrogene Kindsvater Ole.*

Emma wich aus,:

*"Du verstehst mich nicht. Ich habe nie einen Vater gehabt – und meine Mutter hat mich zeitlebens verleugnet, ich weiß nicht einmal, ob sie noch lebt. Und deshalb will ich mit allem, was ich bin und habe, für meine Kinder da sein. Allein. Aber nicht für immer, Ole, nur so lange sie klein sind. Und ich verspreche dir, dass du immer von ihnen hörst.*

Unbedingt musste Emma den Besuch Oles vermeiden. Gequält von ihrer

Schuld, schienen ihr auch die Zwillinge davon befleckt. Und das wäre vielleicht sogar Ole aufgefallen?

Auch Emma selbst hätte es so kurz nach der Geburt nur schwer ertragen, mit Ole als Vater ihrer Zwillinge jenem unsichtbaren Doppelgänger wieder-zubegegnen, von dem sie ihre Kinder empfangen hatte – wenn auch bloß in Gedanken, nicht wirklich. Aber machte das einen Unterschied?

Ja, eben doch.

Sie legte wahrhaftig ein Bußgelübde ab: nie, nie wieder würde sie jenen fernen Geliebten imaginieren, um sich nochmals mit ihm zu vereinen – wie in jener einzigen Nacht, als sie beinahe ihre Kinder verlor. Sie würde sich überhaupt niemals mehr einem Mann hingeben, den Kindern zuliebe.

Aber es half nichts:

Sie, die imstande gewesen war, die Wirklichkeit nach ihren Wünschen um-zudenken, musste sich jetzt gegen ihre eignen Gedanken zur Wehr setzen. Sie hatte mit ihnen gespielt, jetzt spielte das Denken mit ihr.

Denn unvermindert glühte in ihr die Lust, von der Natur paradiesisch kon-zessioniert, unentwegt angefacht und befeuert. Und Emma konnte nicht anders – nächtlings verselbständigten sich ihre Gedanken: "Du darfst es! Du darfst!"

Und anderntags dann wieder der Abschwur: "Kein Sex – niemals!"

"Ihr, meine lieben Kinder, wisst nicht, welches Opfer ich euch bringe. Was gebt ihr mir eines Tages dafür zurück?"

Sie hatte sich einen Wunschvater erschaffen, ihn zu ihrem heimlichen Wunsch-geliebten gemacht – und daraus waren echte Wunschkinder geworden. Das Wünschen hatte also auch in der Wirklichkeit geholfen. Aber dann eben doch nicht ganz. Ihren Zwillingen fehlte nur eines zu Emmas Glück: sie waren zwar, wie gewünscht, ein gemischtes Pärchen – nur: sie stammten nicht aus einem ein-zigen Ei. Die Natur lässt das unter keinen Umständen zu. Aus einer sich teilen-den Eizelle können nur Zwillinge vom gleichen Geschlecht entstehen, und nie-mals kommt aus der einen Eihälfte ein Brüderchen, aus der andern eine kleine Schwester heraus. Obgleich Emma das sehr wohl wusste, blieb sie uneinsichtig, beharrte im Stillen auf dem Unmöglichen. Bis zum Ende der Schwangerschaft dachte sie sich inbrünstig die beiden Geschöpfe in ihrem Bauch verschieden, aber aus der einen, gleichen Eizelle entstanden.

Ihren Traum, dies wunderbare Paradoxon – zwei Ungleich-Gleiche – gab Emma selbst nach der Geburt ihres Zwillingspärchens nicht auf. War es denn

16

wirklich und absolut unmöglich? Macht die Natur nicht hin und wieder Ausnahmen? Sprünge? Und wenn nicht: man könnte vielleicht ein wenig nachhelfen, indem man das so sehnsüchtig Gewünschte immer und immer wieder einübt, imitiert, ja, konstituiert? Fügt es sich dann nicht doch? Würde sich dies Pärchen nicht nach und nach immer mehr an-ähnlichen, nein, an-gleichen: sich aus anfangs ungleichen zu immer gleicheren Zwillingen entwickeln? Die alles teilen, die gleichen Gedanken denken, gleich musikalisch, gleich sportlich, gleich begabt sind, sich niemals zanken – und jeder würde im andern immer auch sich selber, sein Ebenbild sehn? War auf diese Weise das "Fehlerhafte", das Zweieiige, nicht eben doch verbesserbar? Die Versuchung war groß für Emma, doch noch ein einziges Mal der Wirklichkeit ihren Wunsch zu übertragen, ihn, wenn möglich, ihr sogar aufzuzwingen. Würden die Zwillinge – von Emma eingeübt – wenn schon nicht die absolut gleiche, so doch wenigstens die simulierte, die Beinahe-Identität annehmen? Es war ja nur ein Experiment, oder nicht einmal das. Sie dachte: vorerst ist es ja nichts weiter als ein bezauberndes Spiel.

Emma nannte die Zwillinge der Tante Emma zu Ehren Emily und Émile. Damit schienen sie ihr, vorläufig zumindest, fast so eng miteinander verbunden, als entstammten sie, allein durch den Beinahe-Gleichklang ihrer Namen, nicht nur demselben Schoß, sondern auch ein und demselben Ei. In jedem der beiden Geschwister konnte sich nun jenes von Emma so sehr ersehnte, gegenseitige Abbild manifestieren: zwei, die sich unendlich oft ineinander verschauten! Von Geburt an retuschierte die Mutter so ihre Verschiedenheit. Zu guterletzt trieb sie ihre Idee dann auf die Spitze: wenn schon der blinde Zufall ein Pärchen schuf – wollte er vielleicht die Zwillinge im vorhinein kopulieren? Mehr geht bekanntlich nicht zwischen Männlein und Weiblein.

Nein, dachte sie, welch wunderbare Hirngespinste!

Denn ein Trio reicht weit über die Dreizahl hinaus, ein Dutzend besagt mehr als nur das Zwölffache. Das sind uralte, geheimnisvoll-heilige Zahlen-Gebilde – und ebenso sind Zwillinge mehr, weit mehr als eine Zweiheit: es sind zwei platonische Wesen, zwei Hälften, imstande, sich zu einem einzigen Ganzen zusammenzufinden.

Obgleich nur spielerisch, schwor sie die beiden durch ein stilles Gelöbnis zu ewiger Treue für ihr Doppel-Ich ein. Und sorgte dafür, dass die schicksalhafte Bedeutung dieser Beinahe-Gleichheit den Geschwistern im Lauf der Jahre immer deutlicher ins Bewusstsein trat. Meist empfanden sie es wie ein schönes Band, nur ganz selten wie eine Fessel, immer war es gegenwärtig, niemand würde es ihnen wegnehmen können.

Emma, grade zwanzig, eine junge Frau, halbwegs Kind, Mädchen, lange Jungfrau geblieben, die sich durch einen in höchster Lust vollzogenen Geschlechtsakt Nachwuchs verschafft hatte: ein Betätigungsfeld gewissermaßen, einen Acker, auf dem sie hinfort ihren überreichen Liebesvorrat einsäen und abernten konnte – Emma konnte es nicht lassen, weitere Gedankenversuche zu unternehmen.

Früh schon tauschte sie die Identitäten ihrer Zwillinge manchmal aus. Jeder von ihnen sollte dabei – wenn schon zweieiig – nicht nur die Gleichheit mit seinem Gegenüber, sondern auch seine Andersartigkeit wahrnehmen. Vor allem jedoch dabei fühlen, erkunden: enthielt er oder sie nicht zugleich selber ein Stück der anderen, der fremden Identität?

Gelegentlich verkleidete sie ihre Kinder, machte den Buben zum Mädchen und umgekehrt – und das stand ihnen so gut, dass selbst die Mutter sich fragte: wer war denn nun wer? Täuschend ähnlich verwandelte sich Émile in Emily – Emily in Émile. Dann, und nur dann, hatte die Mutter plötzlich zwei gleiche, zwei "echte" Zwillinge vor Augen, ununterscheidbar: entweder zwei Mädchen oder zwei Buben. Was aber die Kinder für ein Gaudium hielten, war für die Mutter eine geheimnisvolle Metamorphose.

Ja, Hirngespinste, Gedankenspiele, Experimente – nichts als pädagogischer Unfug! Aber Emma war entschuldigt. Sie hatte ja diese schwierige Kindheit gehabt: eine Großmama als Stiefmutter, der sie als neugeborenes Baby aus heiterem Himmel von ihrer leichtlebigen Tochter aufgehalst worden war. Für sie ein unerbetenes Enkelkind, das sie dann widerwillig großzog und ihm diese Last später regelmäßig und unmissverständlich vorwarf. Und kaum war Emma flügge und wollte mit ihrem Studium beginnen, da – in ein tragisches Geschehen verwickelt – verwarf sie all ihre Zukunftspläne gleich wieder, fassungs- und hilflos.

Und dann war, ebenso plötzlich, in diesem planlosen Was-soll-denn-nur-aus-mir werden-Zustand, dieser utopische, dieser einzigartige, phantastische Gedanke aufgetaucht: ich will ein Kind! Ein Kind, das sie in die Arme, ans Herz nehmen konnte wie eine kostbare Puppe – und damit spielen?

18

Ein einziges Mal, ausnahmsweise, staffierte Emma kurz vor dem ersten Schultag Emily als kleine Braut, Émile als ihren Bräutigam aus, mit Orgelvorspiel aus einer Kassette, feierlich intoniertem Choral und "geistlichem" Segen. Das Ritual, das sie da inszenierte, war für die Mutter eine unendlich rührende, symbolische Szene. Für die Kinder war es, weiß, unschuldig, ohne ihr Wissen ein Vorgriff auf ihre Zukunft – eine Initiation.

Sie spielten ihre Rolle mit Begeisterung, hatten einen Riesenspaß.

Der Spaß verging ihnen am ersten Schultag. Was besagte die Verletzung, die der Klassenlehrer in seiner allerersten Schulstunde den Geschwistern antat? Er trennte sie. Riss sie auseinander. Entfernte den einen Zwilling so weit wie möglich vom andern.

Seit Generationen entsprach diese Trennung gängiger Schulpraxis. Sie eignete sich hervorragend, um die Ursache allen Übels – diese allseits verhasste Zwillingsmentalität – zu unterdrücken. Bekanntlich versuchten Zwillinge unentwegt, sich dem Klassengeist zu entziehen und, wo immer sie konnten, ihr eigenes Süppchen zu kochen. Der biologisch bedingte Status eines Zwillingspaars führte unvermeidbar zur Bildung eines den Klassenzusammenhalt störenden, sprengenden, kristallinen Fremdkörpers – sofern man nicht diesem Prozess energisch und rechtzeitig Einhalt gebot. Alle Schülerinnen und Schüler durften also am ersten Schultag von welchem Platz und neben wem auch immer Besitz ergreifen, nur Émile und Emily nicht.

Jetzt also, nachdem die Begrüßungszeremonie und die Ansprache des Direktors überstanden war und jede Klasse sich in ihr eigenes Klassenzimmer begeben und dort jeder seinen Platz gefunden hatte, ließ der Lehrer jeden Schüler einzeln aufstehen und laut seinen Vornamen sagen:

"Ich heiße ... " ,

Als Émile an der Reihe war, stand er auf und sagte: "Ich heiße Émile." Er betonte das i.

"Aha!" sagte der Lehrer. "Du bist also der Emil." Und betonte das E.

"Nein!" sagte Émile. "Ich bin Émile. Das kommt vom stummen e hintendran!"

Darauf marschierte er ungefragt zur Tafel, schrieb mit großen, etwas wackeligen Buchstaben ÉMILE - umringelte das hintere E, deutete darauf und sagte:

"Deshalb heiße ich nicht **E**mil, sondern Ém**i**le!

Ist das so schwer zu verstehen?"

Er ging zurück und setzte sich an seinen Platz.

Die Klasse erstarrte. Da wagte es einer nicht nur, dem Lehrer zu widersprechen, sondern auch noch, seinen Platz zu verlassen! Der war aber frech! Oder mutig? Die Macht, die "ein stummes e hintendran" besaß, verstand ohnehin keiner. Dem Lehrer fiel nicht sofort eine passende Antwort ein. Gefallen lassen durfte er sich das aber auf keinen Fall. Die Klasse lauerte nur darauf: würde er Revanche nehmen, und wie?

Er antwortete:

"Na, dann bist du also was Besonderes. Ein Emil mit stummem e! Was so ein stummes e alles fertigbringt. Da brat mir einer doch einen Storch! Emiiiil!"

Er sang das lange iiii geradezu.

Die Klasse amüsierte sich. Der Lehrer nahm Fahrt auf:

"Liebe Kinder, Emiiil hat euch ein kleines feines e an die Tafel gemalt, da habt ihr schon etwas von diesem supergescheiten Mitschüler gelernt. Ja sowas! Weil er partout kein gewöhnlicher Emil sein will, hat er sich ein stummes e drangehängt – und schwupps, ist ein stinkfeiner Emiiiil aus ihm geworden!"

Jetzt brüllte die Klasse vor Lachen:

Émile hatte den Lehrer beleidigt und der Lehrer hatte sich zur Wehr gesetzt, nein, er hatte Émile geschlachtet.

Er klatschte in die Hände, die Klasse johlte vor Erleichterung: Der Lehrer hatte es diesem feinen Émile gezeigt! Aber richtig.

Zuhause beklagte Émile sich bitter über seinen Lehrer. Nein, in diese Schule geht er nicht mehr. Die Mutter vergewisserte sich bei Emily: "War es wirklich so schlimm?"

Emily erwähnte Émiles verhängnisvollen Satz "Ist das so schwer zu verstehen?", den die Zwillinge so oft von ihrer Mutter zu hören bekamen.

"Sowas sagt man nur, wie ich zu euch manchmal, wenn ihr etwas nicht gleich kapiert. Aber zu fremden Leuten sagt man so was nicht – höchstens sagt es ein Großer zu einem Kleinen, aber auf keinen Fall ein Kind zu einem Erwachsenen – und erst recht nicht ein Schüler zu seinem Lehrer! Das war für ihn eine riesengroße Beleidigung. Ich gehe morgen zur Schule und rede mit deinem Lehrer: du kannst beruhigt sein, es wird alles gut."

Émile nickte tapfer. Die Schulwelt schien ihm ein eher feindliches Territorium. Er begriff: es war nicht ratsam, die sprachlichen Gepflogenheiten seiner Mutter einfach so mir nichts, dir nichts dorthin zu übertragen. Sie sprach ein gewähltes Deutsch, mit Anmut und oft mit einem leicht ironischen Unterton, den ihre Kinder sich meist nicht zu erklären vermochten. Sie spielte gern mit der Sprache, sie spielte gerne mit ihren Zwillingen, sie spielte überhaupt gern, auch mit sich selbst. Spielen hielt sie für wichtig. Man musste es lernen, besonders, um auf das Schwierigste, das Verlieren und das Verspielen, vorbereitet zu sein. Nicht ihr, aber einem ihr nahen Menschen war solch ein Verlust schon einmal widerfahren, mit tragischen Ende. Also: üben! Emma, die selber noch nie richtig Geprüfte, hatte bislang noch kein Spiel verloren – bis auf die Zweieiigkeit der Zwillinge, ihr missglücktes Pärchen. Sie würde auch diesem offensichtlich noch jungen, unerfahrenen Lehrer das Spiel abgewinnen. Anderntags erschien

sie in der Großen Pause im Direktorat, bat um ein Gespräch mit dem betreffenden Klassenlehrer. Aus welchem Anlass? Um ihm ihren Dank abzustatten. Na dann.

Der Lehrer hatte natürlich ein schlechtes Gewissen. Er hatte Émile dem Spott der ganzen Klasse preisgegeben. Er – ein Sadist? Émiles Mutter begrüßte ihn mit strahlendem Lächeln. "Ich freue mich, Sie kennenzulernen!" Und dann sprudelte sie los, ließ ihn nicht aus den Augen, strahlte ihn an.

"Ich wollte Sie unbedingt kennenlernen! Mein Sohn hat mir von seiner ersten Schulstunde berichtet. Wie Sie den Kindern das stumme e hinter seinem Vornamen erklärt haben, welche Macht so ein einsamer, kleiner Buchstabe besitzt. Denn, schaut mal, Kinder, dieses winzige kleine e macht aus einem deutschen Emil einen französischen Émile – das ist doch einfach ein Wunder, nicht wahr? Was glaubt ihr, was ihr alles mit dem ganzen ABC machen könnt, wenn ihr es erst einmal gelernt habt. Ein wahrer Zauberkasten voller Buchstaben ist das. Gleich morgen fangen wir damit in der allerersten Stunde an.

Besser als mit diesem stummen kleinen e hätten Sie Ihre ABC-Schützen ja gar nicht auf das Abenteuer des Lesen- und Schreiben-Lernens einstimmen können. Glückwunsch für so viel pädagogisches Geschick! Erlauben Sie!"

Und sie hielt ihm ein Veilchensträußchen entgegen - dann, mit dem Blick zum Fenster hinaus, sagte sie leise, mit völlig veränderter Stimme: "Sie fangen gerade erst an? Der Anfang ist schwierig, nicht wahr? Ich wünsche Ihnen viel Glück ... " Sie wandte sich um und ging.

Im Gegenüber mit diesem jungen, energischen, ehrgeizigen Lehrer begriff sie plötzlich, was die kommenden Jahre für *sie, die Mutter,* bedeuten würden: "Die Kinder werden mir nach und nach aus den Händen gleiten, Meinungen über Meinungen werden sie beeinflussen, Götter werden kommen und gehen, die Geheimnisse meiner Kinder werden für mich Geheimnisse bleiben, meine Ratschläge, Bitten, Anordnungen werden nicht mehr gehört. Es bleiben mir nur ein paar wenige Jahre für meine Zwillinge und mich."

Der junge Lehrer lernte rasch, sozusagen über Nacht. Solch ein Fehler würde ihm kein zweites Mal passieren. Er hatte etwas gutzumachen. Es hätte des Veilchensträußchens dieser zweifellos höchst diplomatischen Mutter gar nicht bedurft.

Gleich anderntags, schon in der ersten Schulstunde, ließ er Émile vortreten.

"Ich glaube, ich habe da etwas falsch verstanden mit deinem stummen e hinter Émile. Dein Name könnte ja zum Beispiel ganz einfach von einem französischen Urgroßvater stammen? Und darüber gibt es überhaupt nichts zu lachen, im Gegenteil, es wäre ja wirklich etwas Besonderes. Also: Friede – Émile?" Er streckte ihm die Hand hin und Émile schlug ein.

Damit war er vor der Klasse rehabilitiert. Fortan konnte er seine vier Grundschuljahre in Ruhe absitzen – wenn auch immer so weit wie möglich von seiner Zwillingsschwester getrennt. Immerhin machte er in dieser Zeit eine wichtige Erfahrung: "Man ist und bleibt ein Zwilling – auch wenn man in der Großen Pause mit den Jungs auf den Fußball eindrischt – und Emily mit den anderen Mädchen irgendwelche Geheimnisse austauscht. Es passt einfach!"

Jahre später, kurz ehe die Zwillinge nach dem vierten Grundschuljahr die Schule wechselten, spielte noch einmal das stumme e indirekt eine schicksalhafte Rolle. Émiles und Emilys ehemaliger Lehrer schrieb der Zwillingsmutter einen Brief. Sie, die nur wenig Jüngere, hatte den jungen Mann damals mit ihrem unverschämten, geheuchelten Charme überlistet. Ihm zum Trotz ließ sie dann ihre beiden Kinder während der folgenden vier Grundschuljahre immer einen möglichst ähnlichen Pullover oder farblich beinahe identische Shirts tragen, mit denen sie der Welt, vor allem jedoch ihrem ehemaligen Lehrer signalisierte: Das sind nicht bloß Geschwister, das sind Zwillinge! Und Zwillinge gehören zusammen! Das lasse ich, ihre Mutter, mir nicht verbieten!

Es war ein lautloser Kampf gegen alle Schikanen der Schulordnung, denen, so vermutete sie, ihre Zwillinge ständig ausgesetzt waren. Mittels dieser Beinahe-Uniformen trug Emma Jahr für Jahr sowohl über die Schulordnung wie über besagten Lehrer sichtbar einen Triumph davon.

*"Ich fürchte"* schrieb der Lehrer in seinem Brief, *"Sie haben Emily und Émile viel zu lang in einen Zwillingsmythos eingesponnen. Jetzt, wo die beiden in Bälde in die Pubertät hineinwachsen, sollten Sie dieses Spiel beenden. Die beiden werden sonst Schaden leiden. Wollen Sie mir, Gnädigste, eine Audienz gewähren? Ihr sehr ergebener Erik ...*

Für Ironie hatte Emma ein Faible. Sie ließ dem ehemaligen Lehrer durch ihre Kinder einen Gruß ausrichten. Er verstand das Signal und suchte sie umgehend auf. Es gab sofort eine zuerst höfliche, dann immer härtere, lautstarke, zuletzt wüste Auseinandersetzung.

Er: "Man hätte Ihnen die Zwillinge wegnehmen müssen. Sie haben sie verdorben!"

Sie: Ich habe sie voller Liebe erzogen. Es sind meine Kinder. Sie gehören mir."

"Sie sind Ihnen geschenkt worden – aber sie gehören Ihnen nicht. Sie gehören einzig und allein sich selbst – und später vielleicht einmal geben sie einem Gefährten, einer Gefährtin einen Teil ihres Selbst ab, schenken sich weiter. Nur Sie, Sie werden leer ausgehen, meine Liebe – 'Maul halten!' heißt dann die Parole. So gehört sich's und ist normal."

Und jetzt wurde er frech, nein, brutal. Vier lange Jahre hatte er über sie nachgedacht. Sie hatte ihn gereizt, ausgetrickst, verführt. Er duzte sie!

"Aber du, du bist nicht normal!

Du bist eine Nonne! Eine Unberührbare! Eine regredierte Immernoch-Jungfrau!

Sag bloß: welcher Heilige Geist hat dich denn damals mit seinem Zwillingssamen befruchtet? Auf natürlichem Weg kann das bei dir nicht passiert sein! Oder doch? Hast du überhaupt die entsprechende Körperöffnung?"

Und drohend, sodass sie vor ihm zurückwich:

"Das wollen wir doch jetzt einmal feststellen!"

Er packte sie, riss sie unsanft zu Boden, fiel über sie her. Verzweifelt wehrte sie sich. Aber er war so viel größer, stärker – bebte vor Wut, vor Gier. Dann, als er in sie eingedrungen war, gab sie nach. Sie weinte, schluchzte, aber sie wehrte sich nicht mehr. Er küsste, küsste, küsste sie – wild, wütend, verrückt, ein Wahnsinniger – bis zur Erschöpfung.

Dann lagen sie nebeneinander, atemlos, wortlos – lange.

Danach ihre erste Frage: "Warum hast du meine Kinder immer voneinander getrennt und auseinandergesetzt? Weißt du nicht, was du ihnen damit angetan hast?"

Er schwieg, fassungslos. Was für eine Frage – nach dieser Schlacht!

Wäre er physisch dazu in der Lage gewesen, er hätte sie auf der Stelle ein zweites Mal vergewaltigt, brachial – und ihr zum Schluss den Hals umgedreht. Mordlust, jawohl! Ein Weib wie dieses konnte man wirklich nur umbringen. Er stand auf, ging ins Bad, kam nach einer Weile wohlsortiert wieder heraus – und verließ ohne ein Wort das Haus.

Eine Woche nach der andern verging, er ließ sich nicht sehen, nichts von sich hören.

Sie war so gedemütigt, dass sie sich – nach der zweiten, dritten Woche ohne ein Lebenszeichen von ihm – mittags zum Eingang des Schulhofs begab. Schon von weitem sah sie ihn aus dem Portal treten. Würde er sie wahrnehmen? Vielleicht. Aber er ignorierte sie, ging schnurstracks zum Auto-Parkplatz.

Er musste sie doch gesehen haben! Unterwegs setzte sie sich auf eine Bank. Sie konnte es nicht fassen:

"Wo bin ich gelandet? Ich laufe einem Mann nach, der mich unendlich gedemütigt hat. Tue ich das für meine Zwillinge? Oder tu' ich's in Wahrheit für mich?

Ja, ich laufe einem Mann nach, der mich geküsst hat, geküsst wie ein Rasender. Von dem ich wieder und wieder und wieder geküsst werden möchte ... Nur geküsst werden. Sonst nichts."

Sie ging nachhause.

Erik stand vor der Haustür.

Sie öffnete die Gartenpforte, ging auf ihn zu.

Er sagte: "Gib mir den Schlüssel". Er schloss auf. Sie gingen hinein. Sie brach zusammen. Er fing sie auf, trug sie ins Schlafzimmer, legte sie aufs Bett, beugte sich zu ihr herab:

"Welch ein romantisches Wiedersehen! Ich bin gekommen, weil ich dringend eine Geliebte brauche. Eine, die sich wehrt, wenn ich über sie herfalle, das gefällt mir nämlich, das reizt mich – und die erst aufhört zu kratzen und zu beißen, wenn ich sie von Kopf bis Fuß abküsse – weil sie dann endlich begreift, was Sex ist. Von Sex hatte sie nämlich bis jetzt nicht die geringste Ahnung, sie denkt, eine anständige Frau braucht sowas nicht. Aber vielleicht kapiert diese Frau endlich, dass ich sie nicht nur begehre, rasend begehre. Sondern dass ich

24

sie liebe – seit geschlagenen vier Jahren liebe, seit sie mich damals ausgetrickst hat mit ihrem raffinierten Charme und ihrem Veilchensträußchen.

Deine Veilchen, die mir zum Symbol meiner Sehnsucht nach dir geworden sind. Ach, Emma, seit diesem Tag liebe ich dich! Aber das geht eben heutzutage nicht mehr ohne Sex, anders als in der Oper bei Tristan und Isolde, so wunderbar sich ihr Gesang anhört.

Deshalb darf ich dich jetzt ausziehen, meine Geliebte. Ich bin kein Anfänger mehr wie du. Aber ich fühl' es: du hast es begriffen, du begehrst mich auch – und wir werden uns haben, ganz und gar, mit Leib und Seele. Sofort."

Es war ein schreckliches Missverständnis.

Konnte sie Erik, dem zweiten Mann in ihrem Leben, die Wahrheit gestehen, die volle Wahrheit? Wie vor mehr als zehn Jahren ihre erste und einzige, ihre jungfräuliche Liebesnacht verlaufen war? Dass sie sich danach geschworen hatte: Nie wieder Liebe? Und dass sie bis zu seinem Überfall vor ein paar Tagen nie mehr mit einem Mann geschlafen hatte Nein, sie konnte es nicht. So ließ sie weiterhin hilflos alles mit sich geschehen. "Dachte" sich ihre Enthaltsamkeit. Auf geheimnisvolle Weise würde ihr ihre Gabe vielleicht doch noch einmal zu Hilfe kommen? Kein Herbeidenken, Herbeizaubern von etwas. Nein, umgekehrt: ein Wegdenken, ein weggezauberter Beischlaf! Konnte sie damit vielleicht irgendwie mit sich im Reinen bleiben?

Unerlöst von ihrem Gelübde seufzte sie: Mit ihm schlafen, das darf ich ja nicht, ich hab' es gelobt! Aber er soll es wenigstens niemals erfahren."

"Und nun, meine liebe Emma, will ich dir erklären, warum ich, wo immer möglich, deine Zwillinge getrennt habe.

Ich zum Beispiel bin ein echter eineiiger Zwilling. Ich sehe meinem Bruder zum Verwechseln ähnlich. Ich war in der Schule genau so gut in Mathematik wie er, bekam die gleiche Eins im Abi. Und was ist aus uns beiden geworden? Ich – Volksschullehrer, er – Universitätsprofessor. So etwas ist nämlich auch bei eineiigen Zwillingen möglich. Aber nur, weil unsre Eltern uns nicht auf diese Zwillings-Gleichheit, sondern auf unsere Verschiedenheit, unsere Individualität getrimmt haben.

Ich wollte schon immer anders sein als mein Bruder, auf keinen Fall mich ins gleiche Mädchen verlieben, wollte Fußball spielen, statt Bücher lesen wie er. Er hat geheiratet, eine Familie gegründet – ich bin ledig. Er hockt am Schreibtisch und schreibt Bücher - ich mache Reisen.

Aber ich, weil ich zufällig als erster auf die Welt kam, werde "Großer" genannt und mein Bruder, der Zweitling, "Kleiner". "Hallo, Großer!", sagt er noch heute zu mir. "Hallo, Kleiner!", sag' ich zu ihm. Wir haben unsern Spaß damit. So kann man es eben auch machen. Nicht diese vertrackte Gleichheit – Konkurrenz macht stark! Mein Bruder ist der geborene Hochschul-Professor – ich hab's mehr mit den Erstklässlern.

Fast alles im Leben hat zwei Seiten – so auch das Zwillings-Sein. Es gibt da nicht nur Harmonie, es gibt zwischen beiden auch eine ganz natürliche Konkurrenz. Und so soll es sein, das bringt weiter. Für dich aber, die du deine Kinder mit aller Kraft verpaart und vereinheitlicht hast, ist Konkurrenz etwas Ungutes, Unschönes, Widerwärtiges, eine Sünde gegen den Zwillings-Geist.

Genau das habe ich damals vermeiden wollen – aber wo du nur konnntest, hast du dagegen gerudert. Du hast deinen Zwillingen damit etwas verbaut, was schon in der Antike gefeiert und gefördert wurde: der edle Wettstreit. Der war, wie du weißt, den Athenern so heilig, dass um des friedlich-sportlichen Wettkampfs willen die Waffen ruhten.

Ich habe die Zwillinge im Wettrennen gegeneinander laufen und in der Musikstunde gegeneinander ansingen lassen, und wenn der Bruder die Mathematikaufgabe nicht lösen konnte, habe ich die Schwester aufgerufen – aber wenn ich ihn gelobt habe, habe ich bei der nächsten Gelegenheit auch sie gelobt. Ich habe sie nie gegeneinander ausgespielt. Ich habe sie um deinetwillen geliebt, Emma, als wären sie meine eigenen Kinder. Und ich werde es ihnen mit aller Kraft einbläuen, dass sie nicht zusammengebacken etwas Besonderes sind, sondern jeder für sich ein Individuum, ein soziales Wesen.

Und ich werde auch noch herauszufinden, welche Gaben sich in ihnen verbergen. Beide waren sie durchschnittliche Schüler, absolut keine kleinen Genies. Doch – Émile! Der hat was. Ich ahne auch, was es sein könnte. Aber du hältst dich da raus!

So begannen nicht ganz vier glückliche Jahre. Erik war ein kluger, einfühlsamer Aushilfs-Papa. Nein, mehr. Er wurde ihr Leitstern.

Emma und ihre Zwillinge wohnten inzwischen in einem kleinen Reihenhaus. Da tobte Erik anfangs noch mit ihnen vom Keller bis unters Dach, ließ sich beim Versteckspielen in Winkeln und Schränken von ihnen suchen. In diesem Alter musste es möglichst laut zugehen, Emma stand dem ganzen Tun und

Treiben, das Eric in ihrem Haus entfaltete, ein wenig hilflos gegenüber. Es war so durchdringend "real". Sie hielt sich manchmal die Ohren zu, Erik schrie immer mit. Manchmal gab er sogar einen Jodler zum besten, den man halbwegs als solchen bezeichnen konnte. Erik war einfach glücklich. Das übertrug sich unmittelbar.

Es wurde Sport getrieben: Skilaufen, Joggen – und, seine Leidenschaft, Tischtennis! Vor allem jedoch wollte Eric herausfinden, ob irgendwelche verborgenen Gaben in den Zwillingen steckten. In der Grundschule hatte er nichts davon entdecken können. Sie waren ganz durchschnittliche Schüler gewesen. Aber dann fand sich: Émile hatte nicht nur eine Stimme, einen schönen Knaben-Sopran, er hatte auch ein Gehör. Und so bestand Eric darauf, dass ein Klavier angeschafft wurde, nachdem er ein paarmal mit Émile in diverse Konzerte gegangen war, um herauszufinden, auf welches Instrument der in seinen Augen musikalisch hoffnungsvolle Knabe ansprechen würde. Es war immer das Piano.

"Also geben wir ihm eine Chance!" sagte Erik und machte sich auf die Suche nach einem Lehrer. Das war dann ein Student der Musikhochschule – der sich mit seinem Professor über seinen Schüler beriet, sich Tips geben ließ, was er probieren durfte, was zu vermeiden war.

Es wurden Spiele gemacht, Spiele jeder Art, mit Karten, mit Würfeln – alle die schönen, alten, von denen die Kinder noch nie etwas gehört oder gesehen hatten. Gegen die sie sich anfänglich wehrten, weil sie das Internet lockte. Und dann die raffinierten, neuen, die auf den Markt kamen. Erik schleppte sie unermüdlich an – so flogen die dunklen Wintermonate vorbei, immerzu begleitet von Gelächter und vielem Lustgeschrei.

Einmal baute Erik ein Schachbrett mit seinen Figuren auf. Er betrachtete das Spielfeld lange und behaglich, als freue er sich auf den ersten Zug. Er schaute und schaute, bis Émile es nicht mehr aushielt: "Nun fang doch endlich an!"

"Ja", sagte Erik, "das ist leichter gesagt als getan. Schach ist nun mal ein Nachdenkspiel; wenn ich den ersten Zug vermassle, habe ich schon ein bisschen verloren. Aber ich bin jetzt so weit: ich setze den ersten Bauern."

"Wieso darf der anfangen? Ist das demokratisch?"

Erik spielte gegen sich selbst, ununterbrochen in Selbstgespräche versponnen. Atemlos folgten die Kinder. Immer, wenn eine Figur geschlagen wurde, gab Erik einen Wehlaut von sich und einen bekümmert erklärenden Kommentar, und er wiederholte auch gerne den Zug, sofern es seitens der Zuschauer gewünscht wurde. Der Dame erwies er immer wieder den gebotenen hohen Respekt als der wahren, der einzigartigen Königin dieses Spiels, verneigte sich symbolisch nach einem Zug mit ihr. Sie war es auch, die zusammen mit einem Turm und einem Bauern den König schachmatt setzte.

"Ein Bauer, habt ihr gesehen, ein ganz gewöhnlicher Bauer, der nur vorwärts einen einzigen Schritt tun aber seitwärts schlagen darf – er ist der Spielmacher gewesen. Sein letzter Zug war der Sieg-Zug. Ein Bauer!"

Von da an bettelte Émile darum, Erik solle ihm das Schach-Spiel beibringen. Aber Erik sagte:

"Wenn du fünfzehn bist, kannst du damit anfangen – aber ein anderer Lehrer, dein richtiger Vater, soll es dir zeigen – und vieles andre! – nicht ich."

Eine Bemerkung, die Émile überhaupt nicht einging. Was bedeutete ihm schon dieser ferne Vater – trotz aller Geburtstagsgrüße und -geschenke? Aber von Erik gab es keine weitere Erklärung; Émile sollte darüber nachdenken und begreifen, dass und warum es Erik sehr ernst damit war.

Als sie dreizehn, vierzehn waren, wurden kleine Szenen erfunden, Sketche, fast schon eine Art Theaterstücke. "Will mal sehen, vielleicht habt Ihr ein Schauspieltalent!?" Er testete gern. Émile und Emily traten in echte Konkurrenz: wer hatte die bessere, die beste Idee. Und dann die Performance! Erst das Verkleiden, dann das Deklamieren, wie die Pointen serviert werden mussten! Émile und Emily hatten schon bei Erik in der Grundschule dergleichen geübt. Er hatte damals die Klasse damit in Schwung gehalten.

Erik konnte natürlich das Internet und seine Faszination nicht verhindern, wollte es auch gar nicht. Was er zu erhalten versuchte: die täglichen Hilfsdienste der Zwillinge im Haushalt: Briefkasten leeren, Spülmaschine ausräumen, Gehweg fegen, Papier zur Papier-, Glas zur Glastonne bringen. Im Frühjahr Beete im Garten umgraben, im Sommer Rasen mähen, Unkraut jäten, Blumen gießen, im Herbst Laub zusammenrechen, Nüsse unterm Nussbaum aufsammeln, im Winter frühmorgens Schnee räumen. Erik war ein Antreiber der eleganten Art. Gelegentlich nannte er Émile und Emily "geliebter Sklave, allerliebste Sklavin", und fügte hinzu: "Ich werde euch weder verkaufen noch hungern lassen, sondern, wie es sich für einen echten pater familias, einen römischen Hausvater, gehört, euch wie ein Familienmitglied ehren, ernähren und ein regenfestes Obdach gewähren."

Jeden Tag jedoch, wirklich an jedem gab es zwischen all diesen nicht immer vergnüglichen Pflichten ein echtes, wunderbares, gemeinsames Vergnügen – auch wenn er sich nur ans Klavier setzte und ihnen ein Lied oder manchmal sogar eine Opernarie vorsang.

Bis zum letzten Tag aber las er ihnen ein paar Seiten aus einem Buch, das er ausgesucht hatte, zum Einschlafen vor, so lange, bis die beiden Blut geleckt hatten und sich stritten, wer als erster das Buch für sich allein weiterlesen durfte. Dann zog Erik das nächste Buch aus dem Ärmel, immer hatte er eins parat, und immer schlug es ein. So kam mit der Zeit eine hübsche kleine Bibliothek zusammen. Erik hätte es, als sie vierzehn waren, sogar gewagt, ihnen hier und da ein Erwachsenen-Buch anzubieten, wollte bald mit etwas Ernsthaften anfangen, war noch am Suchen und Überlegen. Er probierte es – Himmelherrgott, warum eigentlich nicht? – mit ein paar Tagebuchseiten von Pepys. Sagte ein paar einleitende Worte, dann ging vor ihren Augen die Stadt London durch das *Große Feuer des Jahres 1666* in Schutt und Asche zugrunde. Würden die Teenager, die sie inzwischen waren, protestieren? Sie hörten atemlos zu.

In den Sommerferien zog es Erik alljährlich weit in die Ferne, dann auch einmal nach Afrika. Die letzten Tage und die Nacht vor dem Heimflug verbrachte er mit einem jungen Schwarzen, betört von der Schönheit, der Anmut seiner Bewegungen, halb um den Verstand gebracht von den Getränken, die man ihm einflößte.

Erst nachdem sie in überschäumender Wiedersehensfreude miteinander geschlafen hatten, machte er Emma ein Geständnis.

"Ich bin einem griechischen Götterjüngling mit schwarzer Hautfarbe begegnet. Er hatte die Anmut eines sanften Tieres, die Unschuld, die Inbrunst, die Hingabe eines Engels. Ich konnte ihm nicht widerstehen. Vielleicht hat er mich verführt, vielleicht ich ihn? Verzeih mir, Emma! Oder jagst du mich jetzt davon?"

Sie hörte es mit Entsetzen. Es verschlug ihr die Sprache. Was gab es da noch zu sagen? Dann:

"Darauf bin ich nicht gefasst, Erik ... Ich muss nachdenken. Ich muss allein sein." Sie verließ ihn, schloß sich in ihr Zimmer ein. Am Nachmittag kam sie zu ihm:

"Lass uns noch einmal nebeneinander schlafen. Aber rühr' mich nicht an ... Ich will spüren, ob ich dich noch ertrage, die Nacht neben dir aushalte. Oder ob ich dich wegschicken muss."

Als sie am andern Morgen erwachte, war Erik verschwunden. Vor dem Bett lag ein Zettel.

*"Selbst wenn du mir verzeihen würdest, ich könnte nicht bei dir bleiben. Ich hasse mich, weil ich dich betrogen habe, weil ich dir wehtun, weil ich dich verlassen muss. Ich will meinen schwarzen Jüngling nach Deutschland holen, ihn zur Schule schicken, ausbilden lassen. Ich will ihn für immer bei mir haben."*

Er war in seine frühere Behausung zurückgekehrt. Sie rief ihn an.

"Erik, ich glaube nicht an Zufall. Dein schwarzer Jüngling war dir vorbestimmt. Du sollst ihn haben! Durch ihn ist ein anderer Erik zum Vorschein gekommen. Ein Erik, der mir fremd ist und den auch du vielleicht noch nicht richtig kennst. Dieser andere Erik will mit seinem schwarzen Jüngling leben. Er hat sich in einen jungen Mann verliebt, in Zukunft wird er sich nur noch in junge Männer verlieben.

Aber lauf nicht gleich weg. Bleib da. Richte dir irgendwo im Haus eine Schlafstätte her. Nur rühre mich nie wieder an. Halte den Kindern die Treue, die dich so sehr lieben und dir vertrauen. Stürze sie nicht in Verzweiflung."

Aber Erik sorgte sich um Émile, der seit dem ersten Schultag, ohne es je zu merken, sein Liebling geworden war. Das konnte er nicht mehr bleiben. Jetzt, nach seiner Rückkehr, fühlte Erik: für diesen wohlgestalteten Teenager, der, noch nicht von Pusteln entstellt, eben emporschoss, und zu dem es ihn mehr denn je hinzog – für diesen Émile, der gerade dabei war, sich zum Jüngling, zum jungen Mann zu entwickeln, würde er, Erik, zur Gefahr. Es gab für ihn nicht den geringsten Zweifel: er musste sich von diesem Haus trennen, vor allem jedoch fernhalten von Émile. Vorerst war Émile noch hinreichend verliebt in seine eigene Schwester. Auch das war in gewisser Hinsicht prekär ... Erik ahnte nicht, dass er aus Afrika eine Ansteckung mitbrachte und dass er vielleicht – bei der einzigen, der letzten mit ihr verbrachten Nacht – HIV auch auf Emma übertrug.

Beim Abschied von Emma redete Erik ihr ins Gewissen:

"Jetzt brauchen deine Kinder ihren richtigen Vater! du hättest studieren sollen, dich reinhängen – nicht ins Träumen, sondern ins Denken, in die großen Gedanken großer Geister, die überall herumliegen. Die du aber liegengelassen und niemals angerührt hast. Sonst wüsstest du, was jetzt zu tun ist. Die Kinder haben in mir einen Spielkameraden gehabt und es war sehr schön für uns alle.

30

Sie sind aber keine Kinder mehr, jetzt muss ein andrer sie fürs Leben trainieren. Mach's gut, mach's richtig, Emma!"

Emma nickte nur. Sie wusste ja, was richtig, was falsch war.

Aber vorerst trauerten alle Erik nach. Alle mussten sich in diesem neuen Leben – einem Leben ohne Erik – erst einmal zurechtfinden. Erik war ihr Leitstern gewesen. Erik war ein Genie. Genies sind unersetzbar.

Eriks letzter Ratschlag klang lange nach. Natürlich hatten die Kinder ein Recht auf ihren richtigen Vater!

Wenn Emma sich an ihn, an Ole, den Juraprofessor in Hamburg, zu erinnern versuchte: wie war er eigentlich? Anders als Erik! Ganz anders!

Das besagte nicht viel, denn auch er hatte sie, Emma, damals für sich eingenommen. Er war sehr sympathisch und sehr in sie verliebt gewesen – nur sie nicht in ihn. Trotzdem: wie sonst hätte sie mit ihm schlafen können, um ein Kind zu zeugen! Aber würden seine Zwillinge ihn, den unbekannten Ole, jetzt – von einem Tag zum andern – als Ersatz für Erik akzeptieren? Ole gegen Erik? Nein! Sie würden ihn mit Aplomb ablehnen. Weder für Ole noch für die Zwillinge war es zumutbar. Niemals könnte der echte Vater die schmerzliche Lücke ausfüllen, die Erics Abschied gerissen hatte. Sie wussten ja kaum etwas von ihrem Vater. Es kamen regelmäßig Geburtstagsgrüße und Geschenke aus Hamburg. Fotos gingen hin und her. Emma erzählte ihnen, dass Ole sie, sie aber nicht Ole heiraten wollte. Früh, lang vor der Geburt ihrer Zwillinge hatte sie sich von ihm getrennt, war von Hamburg nach München gezogen. Es war ein sehr dünner Faden, der über lange Jahre Hamburg mit München verband. Sie quälte sich monatelang mit einem Entschluss. Schob ihn hinaus, immer weiter hinaus. Bis er ihr dann einfach entfiel.

Nach und nach kehrte eine neue Wirklichkeit bei ihnen ein. Allmählich wurde das Leben ohne Erik normal. Dem Anschein nach. Zunehmend, je mehr sie sich ihrem 16. Geburtstag näherten, waren die Zwillinge mit sich und mit dem, was mit ihnen, in ihnen vorging, beschäftigt. Diesen Tag feierten sie noch einmal, nicht anders als die Jahre zuvor, zu Dritt. Es sollte das letzte gemeinsame Fest sein.

Emma spürte: die Sechzehnjährigen wurden selbständiger. Begannen sie ihr zu entgleiten? Die Zwillinge waren doch ihr Lebensinhalt: Sie konnte und wollte sie nicht hergeben. Noch nicht. Aber wie hatte Erik gesagt? Sie gehören dir nicht. Sie gehören einzig und allein sich selbst. Natürlich wusste Emma, dass man irgendwann seine Kinder loslassen muss, normalerweise. Aber was hieß "normal"? Bei ihnen war alles anders, eben nicht "normal". Ein Gefühlssturm suchte sie heim. Sie brauchte Hilfe. Sie brauchte Erik! Sie brauchte seinen Rat. Es waren nicht ganz zwei Jahre seit seinem Abschied vergangen.

Sie rief in seiner Schule an, wollte ihn sprechen. Erik gehörte längst nicht mehr zum Lehrerkollegium, er hatte sich nach auswärts versetzen lassen. Wohin? An welche Schule? Niemand wusste es, es hatte auch sonst viel Lehrerwechsel gegeben. Der Direktor war ebenfalls nicht mehr der alte. Sie erinnerte sich Eriks Zwillingsbruders, des Mathemartikprofessors. Der wenigstens war in München auffindbar. Sie bat ihn telephonisch um eine Zusammenkunft. In ein Café in der Innenstadt verabredeten sie sich. Er erinnerte sich sehr wohl, dass sein Bruder Erik ein paar Jahre mit ihr zusammengelebt hatte. Und wirklich, er sah seinem Bruder Erik so ähnlich, wie nur ein echter Zwilling seinem Geschwister ähneln, nein, gleichen kann! Sie wäre ihm fast um den Hals gefallen vor Glück, Eriks Ebenbild vor sich zu sehen.

Wo lebte Erik? An was für einer Schule? Wie ging es ihm? Hatte er geheiratet? War er glücklich? Hatte er Kinder? Sie konnte gar nicht mehr aufhören mit Fragen. Er schwieg. Dann:

"Ich will Ihnen gleich die Wahrheit sagen. Erik ist todkrank. Erik wird nicht mehr lang leben. Erik wird sterben. Bald. Vielleicht heute. Vielleicht morgen. Vielleicht auch erst in ein paar Tagen. So steht es mit ihm. Endstadium Aids."

Es traf sie wie ein Keulenschlag. Sie war einen Augenblick lang unfähig, das Gehörte zu begreifen. Eriks Bruder ergriff ihre Hand.

"Sie lieben ihn noch?"

"Er hat mich ja verlassen, nicht ich ihn. Aber er musste gehen, ich bin ja nur eine Frau, und er liebte plötzlich Männer. Ich hätte nichts dagegen gehabt, hätte nicht versucht, ihn umzustimmen – wegen Émile wollte er weg. Er könne nicht bei uns bleiben. Er sah sich selbst unverhohlen als Gefahr für meinen heranwachsenden Sohn. So hat er es mir zu verstehen gegeben."

"Ja, so einer ist Erik. Er hat sich nicht einfach nur genommen, worauf er Lust hatte, er hat immer gewusst, was er anderen schuldig war: Ehrlichkeit. Auch Homos sind Menschen – und er ist sicher ein besonderer Mensch, ein besonders ehrlicher."

Sie weinte leise vor sich hin, wollte es sich nicht anmerken lassen.

"Wissen Sie, ich kann bloß Mathematik – nichts andres, gar nichts! Ich bin nicht musikalisch, male nicht, treibe keinen Sport, schreibe höchstens hin und wieder ein Buch – habe keine einzige sonstige Gabe. Alles, was das Herz nur begehrt, hat mein großer Bruder geerbt. Er hat Ihnen sicher erzählt, dass man mich seinen kleinen Bruder nennt, weil ich der Zweitgeborene bin. Darauf war er mächtig stolz, denn er sei ja nur Grundschullehrer – und ich ein Universitätsprofessor. Aber in Wirklichkeit war Erik eben nicht nur der Große, sondern auch das Genie in der Familie, und ich war der zu kurz Gekommene. Er hätte viel mehr aus sich machen, eine ganze Reihe von Berufen ergreifen können, er hatte so viele Talente. Aber er war glücklich mit seinen ABC-Schützen – mit Ihnen und Ihren Zwillingen. Es tröstet mich, dass er in Ihrem Haus so viel Glück fand, wie man es vielleicht nur einmal im Leben erfährt – und später nie wieder ... Er ist niemals einem ihm ebenbürtigen Gefährten begegnet. Er musste immer weit unter sein Niveau gehen, das hat ihn kaputt gemacht. Es lag nicht daran, dass er Homo war – es ist ihm halt einfach nicht der Mensch begegnet, der wirklich zu ihm gepasst hätte – immer nur welche zum Sex."

"Ich möchte ihn besuchen, ihn noch einmal sehen, ihn streicheln, ihm sagen, ich liebe ihn noch immer – und ihm noch einmal danken für alles Glück, das er uns geschenkt hat – nicht wir ihm!"

"Ich werde ihn fragen, er liegt hier in einem Hospiz. Aber ich fürchte, er wird Sie nicht sehen wollen. Er schämt sich – und das ist vielleicht das Schlimmste an dieser furchbaren Krankheit, dass sie die Menschen so sehr entwürdigt: ein Aids-Kranker stirbt ja sozusagen am Sex. Geschieht ihm doch recht, sagt das Volk. Ach, es ist eine Tragödie."

Er war selber den Tränen nah.

"Wissen Sie, ein Zwillingsbruder, das ist noch etwas ganz anderes als ein gewöhnlicher Bruder. Es zerreißt mir das Herz."

"Werden Sie ihn sehr, sehr bitten, dass ich ihn besuchen darf?"

"Das tue ich. Morgen abend rufe ich Sie an, wenn ich bei ihm war."

"Danke!"

Dann, plötzlich: "Nein, tun Sie es nicht! Ich weiß, wie ich zu ihm kommen darf, ohne zu fragen. Er wird mich nicht abweisen!" Sie lächelte trotz allen Kummers.

Anderntags besorgte sie sich ein Veilchensträußchen.

Auf Station wollte die Schwester sie wegschicken. "Kommt gar nicht in Frage!

Lassen Sie ihn in Ruhe!"

Emma hielt ihr das Sträußchen hin.

"Bringen Sie ihm das, bitte. Ich warte."

Die Schwester ging kopfschüttelnd in sein Zimmer. Es dauerte keine zwei Minuten, bis sie wieder herauskam.

"Sind Sie Emma?"

"Die bin ich."

"Dann gehen Sie in Gottesnamen zu ihm."

"Du Schlange" flüsterte Erik, als sie sich über ihn beugte. Erst einmal setzte sie sich ganz nah zu ihm auf sein Bett.

Die Schwester stand vor der Tür. Lauschte.Was würde diese Frau mit dem Patienten, denn sie alle so besonders mochten, anstellen?

Sie hörte ihn lachen. Richtig lachen! Todesnah – und er lachte laut. Sie entfernte sich kopfschüttelnd, ungläubig. Was war das bloß für eine Frau?

"Schlange, Erik? Das passt!" hatte Emma geantwortet: "Einer von uns beiden ist ja schon beinah im Paradies!" Darauf das Lachen.

Sie küsste ihn. Er sagte:

"Mein Engel! Mein Todesengel."

Sie küsste ihn wieder und wieder.

"Ich habe dich damals ohne Groll deinem afrikanischen Jüngling überlassen. Ich wünschte dir Glück, viel Glück. Du hattest es dir so sehr um uns verdient. Was ist aus ihm geworden? Aus euch beiden – ihm und dir?"

"Ich habe ihn gesucht, gesucht, gesucht – und nie wiedergefunden, Emma."

"Nun musst du zuletzt mit mir vorlieb nehmen, Erik. Ich liebe dich, habe nie aufgehört, dich zu lieben. Mehr Liebe geht nicht, als meine Immer-noch-Liebe zu dir, Erik. Und jetzt möchte ich bei dir sein bis zum Schluss. Erlaubst du mir das?"

Er schwieg, schloss die Augen.

Sie wartete geduldig, hielt nur seine Hand.

Dann blickte er sie wieder an: "Ja".

Sie kam wieder, verbrachte den nächsten, den übernächsten Tag bei ihm. Immer saß sie nur schweigend Stunde um Stunde an seinem Bett, wischte ihm den Schweiß von der Stirn, feuchtete ihm die trockene Mundhöhle und die Lippen an, hielt seine Hand.

34

Am vierten Tag empfing die Schwester Emma mit Tränen: "Heute Nacht ist er gestorben – mit einem Lächeln. Sie standen ihm bei, Emma."

Eine erfahrene Krankenschwester auf einer Station, die kein Patient jemals lebend verließ – die sich nicht anders als mit einer frommen Lüge zu helfen wusste? Hatte sie sich in Erik, ihren Patienten, verliebt? Wollte sie sich, aber auch Emma, mit seinem angeblichen Lächeln trösten? Emma wusste es besser. Nie hatte sie in ihrem Heim Sterbende lächeln gesehn. "Lebe wohl, Erik ... "

"Er hat mir eine Mahnung an Sie aufgetragen. Sie sollten sich untersuchen lassen, ob er Sie angesteckt hat. Früher einmal ... Sie sollten darauf hören, Emma."

Dem Toten hatte man ihr Veilchensträußchen in den Sarg mitgegeben – so, als habe er es mit weit geöffneten Händen aufgefangen, als irgendein ferner Himmel es auf ihn herabregnen ließ.

Erik hatte sie also zum zweiten Male – endgültig – verlassen.

Sein Tod war ein unbeschreiblicher Schock für ihre Kinder. HIV, seine Todesursache, verhehlte sie ihnen. Jetzt erst gestanden sie ihrer Mutter, Erik war die ganzen Jahre mit ihnen, mit *seinen Zwillingen* in Verbindung geblieben. Immer wieder hatte er ihnen über Dritte kleine Botschaften und Grüße zukommen lassen wie: *"Hoffentlich seid ihr glücklich, ihr beiden, geht gern zur Schule?"* Oder: *"Macht ihr auch nebenher ein bisschen Sport?"* – *"Wie geht's mit dem Klavier, Émile?"* *"Kapiert ihr Mathe noch? Sonst schicke ich euch Hilfe."* – *"Emily und Émile, ihr vergesst mich doch nicht?"* Und sie ließen ihm ausrichten: *"Wir haben dich sehr lieb, Erik, wir vergessen dich nie."*

Über die ganzen Jahre dachten sie ihn sich weiterhin in seinem Beruf: ein erfolgreicher Lehrer – wenn auch nach wie vor geheimnisvoll unerreichbar. Doch gerade dieser mysteriöse Umstand machte seinen liebevollen Zuspruch, seine guten Wünsche zu etwas ganz Besonderem. Vor der Mutter hielten sie diese in unregelmäßigen Abständen erfolgenden indirekten Kontakte geheim, nicht, weil es den Reiz erhöhte, sondern weil sie das Gefühl hatten: der Absender hätte es gern so gehabt.

Mit Entsetzen, Verzweiflung, tränenerschüttert reagierten sie auf die Todesnachricht. Warum musste Erik, ihr Erik so früh sterben? Er war doch noch so jung, in den allerbesten Jahren. Ihm, gerade ihm, ihrem geliebten Ziehvater Erik, hätte kein Tod, kein Schicksal etwas anhaben dürfen!

Warum war er überhaupt damals von ihnen weggegangen? Wäre er bei ihnen geblieben, er würde vielleicht noch leben? Woran war er gestorben?

Emma dachte, nun müssten sie es wohl doch erfahren, warum er sie verlassen hatte. Wo und wie er sich mit seiner Todeskrankheit – Aids – angesteckt hatte. Wie furchtbar er dahingesiecht, wie elend er gestorben war. Sie brauchten lange, um es zu fassen. Dann, nach langem Nachdenken, sagte Émile, und er war sich der Bedeutung seiner Worte wohl bewusst: "Darum also ist er weggegangen. Mir zuliebe ... "

Es war eine tieftraurige Erfahrung für Émile: von einem geliebten Menschen aus vorsorgender Liebe verlassen zu werden – und für Emily: keine Teilhaberin dieser Liebe gewesen zu sein.

"Emily", sagte ihre Mutter, nahm sie in die Arme. "Du weißt, es gibt Männer, die wollen uns Frauen nicht. Aber merkwürdigerweise lieben sie uns trotzdem, ungemein zärtlich und auf eine ganz besondere Weise – jedoch, um es klar und deutlich zu sagen, ohne Sex. Erik und ich, wir haben uns bis zu seiner letzten Stunde geliebt. Scheinbar mit ihm allein saß ich an seinem Sterbelager. Aber in Wirklichkeit habt ihr – du, Emily und du, Émile – ihn zusammen mit mir in den Tod begleitet. Ihr wart dabei, habt ihn gestreichelt, seine Stirne gekühlt, ihn ein letztes Mal geküsst. Das muss euch trösten."

Aber es gab keinen Trost. Emma konnte es ihnen nicht einreden. Eriks Schicksal hatte ihnen unbarmherzig eine illusionäre Gewissheit, eine fraglose Lebenszuversicht, einen naiven Irrglauben zerstört. Jetzt wussten sie: vieles im Leben geht letztlich nicht gut aus, manches findet ein unvorstellbar schreckliches Ende – und auch ein unheilvoller Knoten löst sich nicht einfach von selber auf.

Damit bekam ihr Zusammenleben – fast unmerklich zuerst – eine neue Farbe, einen anderen, unliebsamen Unterton – oder genauer gesagt einen *Riss*. Es fing ganz langsam an, anfangs war Émile nur ein klein wenig renitent, als wolle er sich gegen ein unbekanntes Regulativ zur Wehr setzen. Dies, jenes passte ihm nicht. Er widersprach öfter, wusste erst manches, dann vieles, zuletzt alles besser; lehnte ab, brüskierte die Mutter. So steigerte es sich von Monat zu Monat, dann von Woche zu Woche, zum Schluss fast von Tag zu Tag. Er wurde immer öfter laut, fing an zu schreien. "Lass mich in Ruhe!" "Halt die Klappe!" und am Schluss wurde daraus ganz einfach "Halt's Maul!"

Als erstes kündigte Émile eigenmächtig seinem jungen Klavierlehrer, mit dem er zuvor sehr vertraut gewesen war. Aber dann warf er ihn buchstäblich aus dem Haus. Der Klavierlehrer sagte nur: "In Ordnung, Émile. Wenn du mich wieder brauchst, ruf' an! Die Musik schweigt niemals. Und sie hilft immer."

Dann brachte Émile Freunde ins Haus, die sich sehr merkwürdig benahmen. Sie grüßten nicht und gingen wie selbstverständlich an den Kühlschrank, um abfällig festzustellen: "Kein Bier in diesem Laden!" Sie kamen zu fünft, manchmal zu sechst, allesamt kaum unterscheidbar: groß, grob, ungeschlacht, ungewöhnlich ausstaffiert, mit Tätowierungen bedeckt – an Armen, Brust und Rücken. Den Oberkörper trugen sie sowieso halbnackt, sobald es wieder wärmer geworden war.

Eine schreckliche Zeit für Emma.

Nahm Émile Drogen? War er unter den Einfluss einer Sekte geraten? Und wenn: was waren ihre Ideen? Ihr Verhalten? Ihr Einfluss? Ihre Hintergründe? Wo hielten die ihre Zusammenkünfte ab? Was waren ihre Ziele? Sie konnte ja Émile nicht fragen, er wäre ihr ins Gesicht gesprungen.

In Wirklichkeit waren sie allesamt nur halbwüchsige Rocker, die sich aufspielten, bereit, auch einmal ein richtiges Ding zu drehen – weil es sich halt so gehörte. Beratschlagten sie noch, brüteten, wenig sachverständig, ein Vorhaben aus? Die Straße hatte sie erzogen, sie waren noch nicht richtig böse – erst einmal nur rauflustig. Zum Biertrinken brauchte man Geld, und für ein ab und zu "geliehenes", meist uraltes Motorrad musste man das Benzin bezahlen können.

Sie, Emma, was hatte sie mit ihrer freundlichen, diskreten Erziehung erreicht? Die Straße hatte über Mutter, Tochter und Sohn, über ihr liebevoll dreieiniges Miteinander gesiegt. War dieser unbegreiflich fremdgewordene, der Straße erlegene Émile überhaupt noch ihr Sohn?

Noch viel mehr litt Emily unter ihm. Viel zu sehr und viel zu lange hatte ihre Mutter die Geschwister voneinander abhängig gemacht, noch bis vor kurzem waren sie sich gegenseitig ihr Ein und Alles gewesen. Und jetzt? Jedes Mal, wenn er und seine Kumpane mit Getöse das Haus stürmten, scheuchte Émile seine Schwester als erstes barsch in ihr Zimmer hinauf mit dem Befehl: "Schließ ab!" Nur mit Mühe hielt er das grölende Rudel zurück, hinter ihr die Treppe hinaufzustolpern. Könnte er sie im Ernstfall daran hindern, Emily zu überfallen und sie, einer nach dem andern, sechsfach zu missbrauchen? Emma rannte, kaum dass Erik mit seinen Kumpanen lärmend ins Haus einfiel, wie besinnungslos vor Angst hinaus in den Garten – zitternd zugleich um Emily.

Hatte sie auch nur versucht, ihre Tochter zu schützen? Nein, sie hatte vor allem sich selber in Sicherheit gebracht und – wenn auch schamerfüllt – Emily jedes Mal höchster Gefahr preisgegeben. Sie blieb im Garten, so lange der Sohn sich mit seinen Kumpanen in Küche, Wohnzimmer oder Keller herumtrieb, wo es ihnen gerade gefiel – bis die Horde die Lust am Fernsehen, am Herumstöbern in Schubladen und Schränken verlor, das mitgebrachte Bier ausgetrunken war, und die Burschen, gelangweilt, mit wuchtigem Türzuhauen das Feld räumten.

Nach einigen Wochen machten sie einen Einbruchsversuch in einem Elektro-Geräte-Lager. Die Bande wollte sich neueste Handys beschaffen, nicht nur für sich, sondern natürlich, um sie zu Geld zu machen. Zwei von ihnen waren zeitweise als Hilfskräfte mit Einsortieren beschäftigt gewesen, sie kannten sich aus. Der Einbruch ging schief.

Émile flüchtete auf einem Leicht-Motorrad, als die Sirene ohrenbetäubend Alarm auslöste. Seit wann konnte er Motorradfahren? Er besaß doch gar keinen Führerschein! Und wem gehörte das Fahrzeug? Es war als gestohlen gemeldet. Bei der Verfolgung durch die Polizei verunglückte Émile schwer. Er kam als Untersuchungshäftling ins Krankenhaus. Musste operiert werden.

Ihn als einzigen hatte die Polizei erwischt, alle seine Komplizen konnten unerkannt flüchten. Keiner stellte sich, sie überließen Émile als Hauptverdächtigen der Justiz. Er gab die Namen seiner Kumpel nicht preis. Sie wurden dann aber doch rasch identifiziert.

Emma rief Ole zu Hilfe. Der kam nach München, organisierte die Verteidigung seines Sohnes. Émile bekam eine Wochenend-Jugendstrafe, er war gerade erst sechzehn geworden. Die andern Täter waren älter, z.T. auch schon vorbestraft. Émile würde weiter die Schule besuchen können. Irgendwie schien er kuriert. Er war völlig verstummt. Zum Kennenlernen besuchte ihn sein Vater nur kurz an Emilys Arm in der Klinik. Er warf einen wortlosen Blick auf den Patienten, verzog keine Miene, schüttelte nur den Kopf mit einem schwer deutbaren, keineswegs etwas Gutes verheißenden "Mh".

"Vielen Dank, Ole", sagte Émile schüchtern.

Ole versteifte.

"Ich bin nicht Ole für dich! Ich bin dein Vater! "

Mit diesen Worten, im harten Tonfall eines Staatsanwalts, verlor Ole bei ihrer allerersten Begegnung das Herz seines Sohnes Émile.

War Ole denn überhaupt sein Vater, oder bestenfalls nur sein Erzeuger? Ein

Vater – das war Erik für ihn gewesen, der Erik, der ihn aus Angst vor allzu großer, vor verbotener Liebe verlassen hatte. Und jetzt war Erik tot. Das war das Einzige, was zählte, nach wie vor. Émile empfand keine Sekunde Abneigung gegen den Homo Erik – im Gegenteil. Eine tiefe Sehnsucht verband ihn noch immer, ja, jetzt erst recht mit ihm. Émile hatte etwas verloren, was ihm noch gar nicht zuteil geworden war. Für immer würde es ihm vorenthalten bleiben.

In Emmas Haus beließ Ole es ebenfalls mit einem nur flüchtigen Besuch. Auch Emily blieb dieser angebliche Vater fremd. Allzu tief hatte er in ihrem Beisein den Bruder gekränkt. Wenigstens beim Abschied von der völlig verschüchterten Emily sagte Ole freundlich:

"Wir sehen uns ein andermal wieder – und dann werden wir uns umarmen und fröhlich sein miteinander. Einstweilen – leb wohl, liebe Emily. Du warst eine große Freude für mich."

Bis dahin sollten noch einmal zwei Jahre vergehen. Zwei Jahre, die Émile Zeit gaben, sich wieder in sein altes Ich zurückzuverwandeln. Aber wie kann sich ein junger Mensch, den die Pubertät noch einmal mit aller Kraft durchrüttelt, zurückverwandeln? Emma rief den Klavierlehrer an. Mit seiner Hilfe vielleicht?

Er kam, setzte sich ans Klavier.

"Lass uns ein wenig vierhändig spielen, Émile, da finden wir uns am ehesten wieder zusammen. Ich habe dir die Jupitersinfonie von Mozart auf vierhändig mitgebracht. Wusstest du, wie ihr Thema beginnt? Es sind die ersten vier Töne des Kyrie eleison aus einer mittelalterlichen Messe. 'Christus, erbarme dich' – hättest du das gedacht? Es ist gut gegen die Schuld – und es ist gut gegen den Schmerz, den Schmerz in deiner Seele, Émile."

Er schlug die Tasten an.

"Jahrhundertelang haben unzählige Komponisten dieses berühmte Do-Re-Fa-Mi musikalisch verarbeitet. Es passt auch heute noch? Auch für einen wie dich."

Als die Schule wieder begonnen hatte, bekam Emma eines Tages seltsamen Besuch.

Einer aus Émiles Bande stand vor ihrer Tür. Sie erschrak zu Tode, wollte die Tür zuwerfen, aber der Junge rief: "Nein, bitte nicht!" Und dann: "Sie müssen keine Angst vor mir haben, ich will nur mit Ihnen reden. Sie sind eine gute Mutter – warum hat Émile sich bloß eingelassen mit so verkorksten Burschen wie uns? Ich hab's nie verstanden. Bitte, lassen Sie mich einen Augenblick rein?"

Sie war immer noch ängstlich, aber sie sagte: "Émile zulieb!" und öffnete die Türe. In der Küche bot sie ihm ein großes Glas Milch an und machte ihm ein Wurstbrot zurecht. Er setzte sich erst, als sie ihm einen Stuhl anwies.

"Und? Sie möchten mir doch etwas sagen, nicht wahr?"

"Ja, das möchte ich. Mir hört ja nie jemand zu. Immer muss ich alles für mich behalten. Deshalb dachte ich, Émile hat eine Mutter, die kann vielleicht zuhören."

"Jawohl, das kann ich, sogar sehr gerne. Sie wissen vielleicht, dass ich in einem Seniorenheim arbeite? Und was glauben Sie, was das Allheilmittel für alte Leute ist? Wenn ihnen jemand zuhört. Das habe ich dort gelernt, aber ich glaube, das gilt nicht nur für alte, das gilt für alle Menschen. Also, was haben Sie auf dem Herzen?"

"Bitte sagen Sie du zu mir. Ich heiße Jens."

"Gerne, Jens. Und ich bin Emma. Schließen wir einen Bund: wenn du jemand brauchst zum Zuhören, dann komm her. Also los."

Jens holte tief Atem für einen längeren Monolog.

"Aber zuerst: Danke, dass ich Emma sagen darf!

Ja, also: wissen Sie, was das größte Wunder ist, bei uns auf der Erde und überhaupt, im ganzen Weltraum?"

Sie schüttelte den Kopf

Jens sagte mit allem Pathos, der ihm zu Gebote stand:

"Es ist die Anziehungskraft, auch Schwerkraft genannt. Darüber wollte ich gerne mit Ihnen reden."

Er machte eine erwartungsvolle Pause.

Emma verschlug es für einen Augenblick die Sprache.

Sie hatte alles mögliche erwartet – eine Reuebekenntnis, einen Bericht über seine unglückliche Jugend, die Bitte, ihm finanziell oder sonstwie zu helfen – all dies, nur keine Eloge über die physikalische Beschaffenheit des Weltalls, über die Gravitation.

Jetzt war Jens nicht mehr aufzuhalten in seiner Begeisterung.

"Sie allein, die Schwerkraft hält alles gegenseitig in Balance: die Sterne, die Planeten, alle Körper am Himmel und auf der Erde – in einer wunderbaren Harmonie.

Wer hat sich bloß so etwas ausdenken können – so ein allumfassendes System, in dem alles mit allem zusammenhängt? Im ganzen Kosmos gibt es kein größeres Wunder! Alle Körper gehen ihrer Wege, jeder zieht seine eigene Bahn. Auf Abstand! Oder manche stehn ewig still. So habe ich es in der Schule gelernt.

Ich denke mir, vielleicht hat es doch etwas mit Gott zu tun?"

"Du glaubst an Gott, Jens?"

"Ja. Im Heim, wo ich aufgewachsen bin, hat man mir Gott mit Gewalt eingetrichtert. Und genau das Gegenteil damit erreicht. Jetzt, wo ich erwachsen bin, mache ich mir meine eigenen Gedanken. Die Gravitation hat mich bekehrt."

"Und dabei bleibst du?"

"Ja, dabei bleib' ich. Weil, das überwältigt doch jeden denkenden Menschen. Ungeheure Räume, eine unendliche Vielzahl von Sternen, Sonnen, Planeten – Himmelskörpern!"

Jens glühte vor Bewunderung.

"Und die Schwerkraft hält alles im Gleichgewicht! Wer kann so etwas erdacht und erschaffen haben? Nur Gott! – er allein."

Er versank in Schweigen.

Auch Emma schweifte ab.

Bin ich etwa kein denkender Mensch? Habe ich je über die Gravitation nachgedacht, auch nur mit einem Gedanken? Und jetzt redet mir dieser junge Mensch von Gott ... Ob die Meinen wohl auch manchmal über Gott nachdenken? Ich würde mir's wünschen, aber wann habe *ich* jemals mit ihnen über Gott geredet? So was überlässt man dem Religionsunterricht. Jens hat sich aus diesem verhassten Unterricht letztendlich dann doch "die Vermutung Gott" ins Erwachsenwerden gerettet. Daran konnte er anknüpfen.

Plötzlich lächelte Jens ganz verklärt:

"Kennen Sie das Regentropfen-Wunder? Ein kleines, nein, ein ganz großes Wunder!"

Jens hatte ihr soeben eine schmerzende Wunde zugefügt: Wenn er auch weder von der Theologie, noch von der Physik eine Ahnung hatte – dieser elternlose Gassenjunge hatte ganz für sich allein einen winzigen sozusagen metaphysikalischen Zipfel erwischt. Sie riss sich mühsam los von ihrem Problem.

"Nie davon gehört, Jens. Erklär's mir."

" Richtig erklären kann ich es nicht. Ich kann's nur beschreiben.

Jedesmal nach einem Regen passiert es. Direkt vor meinem Fenster im vierten Stock. Da hängen plötzlich unter dem Handgriff meiner Feuerleiter – einem waagrechten Rohr – lauter wunderschöne, kugelige Wassertropfen. Aufgereiht wie Perlen.

Ich hab mich gefragt: Vergeudet die Natur sie einfach – diese Tropfen?

Und dann bin ich draufgekommen: Nein, keineswegs!

Weil: Wenn über Bäume, Sträucher und Pflanzen ein Regenschauer hinwegrauscht, dann versickert er alsbald in der Erde. Aber an Blättern, Stengeln und Ästen bleiben seine Wassertropfen hängen. Die verdunsten dann langsam. Das ist – nach dem großen Regen – die Nachspeise für alle Gewächse."

Jetzt hält Emma nichts mehr. "Jens, du bist ja ein Dichter?"

"Nein, das bin ich nicht. Ich will mir auch gar nichts zusammendichten. Wie es in der Natur wirklich zugeht, das will ich wissen, nur das!

Wie zum Beispiel diese Tropfen zustande kommen, das weiß ich nämlich noch immer nicht.

Ich weiß nur: in jedem Wassermolekül steckt ein elektrisches Plus und ein Minus. Damit ziehen die Moleküle sich gegenseitig an und halten sich aneinander fest. So entstehen diese schönen, gleich großen, gleich schweren Tropfen vor meinem Fenster.

Woher "weiß" aber so ein Tropfen, der da unten am Rohr hängt, wann er "fertig" ist? Wann er keine weiteren Wassermoleküle mehr aufnehmen darf, weil er sonst zu schwer wird und abstürzt? Und wie macht er es, dass er so rund wird?

Ist so ein Rundling vielleicht nur einfach die ideale Konstruktion für den Zusammenschluss von Materie? Nicht nur für Kieselsteine – sondern eben auch für den Regen?

Denn warum läuft das Regenwasser nicht einfach platsch! – auseinander? warum macht die Natur aus ihm solche Tropfen?

Überlegen Sie! Das sind ja senkrecht hängende räumliche Gebilde, Körper – nicht etwa aus fester Materie, sondern aus Wasser! Und sie fließen nicht weg oder fallen runter. sondern sie hängen vor meinem Fenster an einem Rohr, einer neben dem andern.

Wie bleiben diese Tropfen als Tropfen erhalten?

Jens erlaubte sich eine kunstvolle Pause. Dann:

"Durch die Oberflächenspannung.

Diese geheimnisvolle Oberflächenspannung. Wie mit einer hauchdünnen Haut überzieht sie den Wassertropfen und gibt ihm seine Form!"

Jens holte noch einmal tief Atem:
Und eben das ist das Regentropfen-Wunder!

Emma war tief beeindruckt.

"Jens, was du alles weißt! Es gefällt mir, worüber du nachdenkst! Was du beobachtest! Und es ist aufregend, wenn man dir zuhört."

"Immer, wenn ich mit den andern hier bei Ihnen eingedrungen bin, habe ich Ihre Bücher gesehen, habe Sie dafür bewundert und darum beneidet. Jetzt bin ich sehr glücklich, dass ich Ihnen das alles erzählen durfte. Ich musste unbedingt einmal drüber reden! Kein Mensch wundert sich über die Schwerkraft ... Ich will mich aber wundern, verstehen Sie das?"

Emma verstand. Jens war – wie viele junge Menschen – der einsamste junge Mensch auf dieser Welt.

Sie nickte ihm zu mit großem Ernst. Darauf hatte er gewartet. Er musste noch seinen letzten Gedanken loswerden:

"Wenn wir Menschen doch auch von Natur aus so etwas wie diese gegenseitige Anziehungskraft in uns hätten? Die dafür sorgen würde, dass wir allen Mitmenschen freundlich entgegenkommen – und sie uns. Und dass wir gleichzeitig immer einen Abstand einhalten. Wenn sich jedoch zwei Menschen stark und unwiderstehlich voneinander angezogen fühlen, dann erlaubt es die menschliche Gravitation, dass die beiden sich zusammentun wie zu einer Kugel. Das wäre dann die Schwerkraft der Liebe."

"Ach, Jens, wenn du schon kein Dichter bist, dann ein Träumer."

"Ja, ich träume – aber vom Studieren. Dabei habe ich nicht mal einen Realschulabschluss."

Er stand auf, um sich zu verabschieden.

"So lasse ich dich nicht gehen, Jens. Versprich mir, dass du mich in meinem Seniorenheim besuchst. Hast du denn eine feste Arbeit?"

"Nein, keine."

"Dann wirst du bei uns anfangen. Gleich morgen. Rasen mähen, Fenster putzen etcetera. Gegen Lohn natürlich. Und übers Studieren reden wir ein andermal. Abgemacht, Jens?"

Sie gab ihm die Adresse, reichte ihm beide Hände. "Versprich es mir. Ehrenwort?"

Es war eine vollkommen impulsive Entscheidung. Sie konnte nicht ahnen, welche Art Früchte sie ihr eintragen würde.

Mit der Verwaltung gab es keinerlei Schwierigkeiten..

So verschaffte Emma dem Heim eine tüchtige Hilfskraft, wie sich bald an Jens' unerwartet vielfältigen, handwerklichen wie sozialen Talenten erwies.

Daraufhin empfand sie das Bedürfnis, ihrerseits einen neuen Lebensabschnitt zu markieren.

Sie kramte ihr lange vernachlässigtes Schreibheft heraus. In einsamen Nächten – sie konnte gar nicht mehr aufhören – schrieb sie:

*Dies ist ein Bericht, eine Erklärung, eine Rechtfertigung – vielleicht auch eine Ausrede? Aber es geht mir wie Jens mit seiner Weltwunder-Physik, ich muss mir meine Gedanken von der Seele schreiben.*

*Wer bin ich überhaupt?*

*Ich kam in Paris zur Welt. Mein Vater ist unbekannt. Meine Mutter habe ich nie kennengelernt. Sie lebte und lebt wohl noch heute in Paris. Angefangen hat sie als Tänzerin im Pariser Varieté Moulin Rouge. Später, zu einer Art Ballett-Meisterin avanciert, hat sie in diesem Etablissement – wie man der Oma hinterbrachte – viele Jahre lang die Auftritte der Show-Girls höchst erfolgreich arrangiert. Dabei mutierte sie wohl ganz und gar zur Französin. Nach meiner Geburt kam sie kurz nach Stuttgart, deponierte mich auf den Wohnzimmertisch ihrer vollkommen konsternierten Mutter – und entschwand. Meine Großmutter war eine typisch schwäbische Stuttgarter Hausfrau mit Kehrwoche und so – etepetete halt. Sie trug die Nase immer hoch. In diesem Milieu, dem ihre Tochter dereinst mit grade mal sechzehn, siebzehn entflohen war, bin ich, ihre Enkelin, aufgewachsen.*

*Eigentlich wollte mich die Oma sogleich zur Adoption freigeben. Aber ihre Cousine, meine Bietigheimer Großtante Emma, entschied: "Das Kind bleibt da!"*

*Die ganzen Jahre kam sie für mich auf. Mit Argusaugen wachte sie über mein Wohlbefinden. Ich höre sie noch: "Hat das Kind auch genug zu essen?" "Das Kind braucht einen anständigen Wintermantel und feste Schuhe!" Ich bekam ein mit meinen Initialen graviertes silbernes Essbesteck und zu jedem Geburtstag ein Schmuckstück aus ihrer Schatulle. Nach und nach besaß ich drei wunderschöne Puppen – auf Schwäbisch "Docken" – und alle möglichen Kleidungsstücke, um sie für Tag und Nacht, Winter, Sommer, Alltag und Feiertag aus-, an- und umzuziehen, was ja für Puppenmütter das Allerwichtigste ist. Kurz, ich wurde zum Missvergnügen meiner Oma ziemlich verwöhnt. Die*

44

Oma sorgte denn auch dafür, dass mir der Segen, der mir von Tante Emma zuteil wurde, nur ja nicht zu Kopf stieg.

Schließlich kam eines Tages noch ein süßes Baby dazu. Ein Knabe, laut Tante Emma "ein strammer kleiner Emil". Diesen Namen behielt er denn auch. Beiläufig sagte sie: "Wenn du ihm mal die Windeln wechselst, wirst du feststellen, man hat ihm ein äußerst wichtiges Körperteil vorenthalten. Die Puppenmacher sind eben schamhafte Leute. Macht nichts, ist sogar ganz praktisch. Kannst, wenn du willst, zur Abwechslung auch mal ein Mädchen aus ihm machen. Wenn man's genau nimmt, steckt in jedem Menschen ja sowieso beides, das eine wie das andre, mehr oder weniger, zum Guten und zum Schlechten." Nie wieder hat die Tante Emma über ein für mein Kleinmädchenalter so subtiles Thema mit mir gesprochen. Aber ein Penis erschien ihr wohl unverzichtbar – selbst bei einer Puppe? Hatte sie sich zuvor per Augenschein von seinem Nichtvorhandensein überzeugt? Diesbezüglich ließ die Oma dann später eine recht verächtliche Bemerkung über die Tante Emma fallen.

Schließlich, gegen Ende der Grundschule, erging das Kommando: "Das Kind geht aufs Ebelu!" Das jahrhundertealte, feine, humanistische Stuttgarter Eberhard-Ludwig-Gymnasium. Sie ließ es mir wirklich an nichts fehlen!

Natürlich war sie meine Taufpatin, und ich – das uneheliche Balg! – bekam ihren Vornamen. Grade dafür sorgte die Oma. Der ja damals nicht sehr attraktiv war. Die Großtante Emma hätte es auch gar nicht erwartet. Umso mehr hat sie sich dann darüber gefreut und es mich mit allerlei Kosenamen auch wissen lassen. Emmelinchen nannte sie mich, als ich noch klein war.

Jedesmal, wenn sie zu uns zu Besuch kam – immer in Samt und Seide, gegenüber ihrer Stuttgarter Cousine wortkarg, majestätisch, unnahbar - um zu kontrollieren, ob es mir bei meiner stets mürrischen, sich betont "feiner Manieren" befleißigenden Großmutter auch wirklich an nichts fehlte, bekam ich eine Tafel Schweizer Schokolade. Und später ein monatliches Taschengeld. Durch das großzügige Erbe meiner schwäbischen Großtante hätte ich sorglos studieren können. Nun ist es halt anders gekommen ... Sie hinterließ mir alles, was sie besaß. Ich hoffe, sie ist trotzdem mit mir zufrieden. Ach, Tante Emma, dein Name ist mir heilig!

Mit grade achtzehn hatte ich mich in Freiburg, wo ich mit dem Jurastudium beginnen wollte, in einem zum Abbruch bestimmten Hinterhaus in eine "Bude" mit separatem Eingang und mit Toilette im Treppenhaus eingemietet. Die *wollte keiner haben, trotz großer Wohnungsnot der Studenten. Meine mürrische Wirtin, Hausbesitzerin, Millionärin, besaß in Freiburg-Littenweiler eine nach dem Krieg für sie erbaute protzige, höchst komfortable Villa, die sie dann vermietete, statt sie zu bewohnen. Sie selbst hielt weiterhin Jahr für Jahr dies baufällige Hinterhaus besetzt. Schlurfte den ganzen Tag in Schlappen und Bademantel durch ihre Wohnung, besaß kein Badezimmer, stattdessen in der Küche eine freistehende, uralte Badewanne. Sie verteidigte ihr Eigentum erbittert gegen den längst überfälligen Abbruch. Eine seltsame alte Frau. Aber sie ließ mich in Ruhe, kein Herrenbesuchs-Verbot.*

*Eines Spätabends klopfte es an meine Tür: Ramon, ein Jura-Kommilitone. Er erklärte sich nicht, sagte nur: "Darf ich einen Augenblick reinkommen?" Ich kannte ihn kaum, fast nur vom Sehen. Man munkelte, er sei was Besonderes. Aber was? das wusste niemand.*

*"Darf ich mich setzen?"*

*Ich sagte nicht "Setz dich!" sondern "Bitte, nimm Platz!" So ein förmliches Gehabe! es rutschte mir so raus. So fing dieser Abend schon an, ging so weiter bis tief in die Nacht: verdreht, unnatürlich, sinnlos.*

*"Und du heißt wirklich Emma?"*

*"Ja – stört es dich? Du findest es altbacken."*

*"Nein, nur dass es nicht zu dir passt."*

*Um überhaupt etwas zu sagen, fragte ich: "Und welcher Name würde nach deiner Meinung besser zu mir passen?"*

*"Ich habe eine wunderschöne, aus Arabien angeheiratete Cousine mit Namen Emina. Emina! Wäre das nicht auch ein Name für dich? Emina! Ja?"*

*Ich hätte jetzt gerne gefragt, ob er gekommen sei, um zwischen zehn und elf Uhr nachts mit mir über meinen Vornamen zu diskutieren. Aber ich traute mich einfach nicht – war vollkommen gehemmt und ärgerte mich über mich selbst. Ramon schaute mir unausgesetzt in die Augen. Aber nicht spöttisch, ironisch, herablassend. Eher traurig, bekümmert, liebevoll. Beabsichtigte er vielleicht, mich zu überfallen? War das der Blick eines Sex-Attentäters? Musste ich mich vor ihm fürchten? Er saß völlig entspannt auf seinem Stuhl, die Hände ganz leicht ineinander geschlungen.*

*"Sag'! Was hältst du von Emina?"*

*"Ist das nicht ein bisschen weit hergeholt? Und außerdem bin ich doch keine Muslimin."*

46

*"Aber welch ein Zufall: du siehst ihr so ähnlich. Sie ist auch genau so zart wie du."*

*"Ich bin nicht zart. Ich bin ein ganz harter Knochen!" Mir wurde es einfach zu viel.*

*"Nein, du bist zart wie Seide, genau wie Emina. Aber ich hätte das natürlich nicht sagen dürfen, das gehört sich nicht."*

*Jetzt kapierte ich endlich:*

*"Du bist verliebt in diese Emina! Aha!" Seine Hände verkrampften sich. Er schaute weg.*

*Na also! Ich hatte den Nagel auf den Kopf getroffen! Wie lächerlich! Da saß er vor mir, der Unglücksvogel, und würde mir gerne sein Herz ausschütten über seine unglückliche Liebe zu dieser arabischen Emina, die er nicht lieben durfte, weil sie ja schon mit seinem Cousin verheiratet war. Aber er kriegte es einfach nicht raus!*

*"Glaubst du an Zufall?" fragte er.*

*"Na ja, mal mehr, mal weniger."*

*Und er selber? Er schwieg. Dann:*

*"Ich glaube an die Vorsehung." Wieder ein langes Schweigen. Was sollte man auch antworten? Dann sagte er leise, stockend:*

*"Die Vorsehung, ja, weil – die würfelt nicht."*

*Wieder ein langes Schweigen. Dann:*

*"Aber manchmal – – vielleicht – – würfelt sie da halt nicht doch … ?"*

*Ich hatte keine Ahnung, was das nun wieder bedeuten sollte.*

*Von da an lief das Gespräch ins Leere. Würde er endlich aufstehen und gehen? Nein:*

*"Kann ich bitte ein Glas Wasser haben?"*

*Ich stand auf, wirtschaftete rum, wendete ihm den Rücken zu – in diesen Augenblicken muss er meinen Seidenschal, der über einer Stuhllehne hing, an sich genommen haben.*

*Um 2 Uhr nachts war es endlich so weit! Er erhob sich. Es hatte keinerlei Annäherungs-, oder Erklärungsversuche gegeben. Warum kam er überhaupt her? Was hatte er von mir gewollt? Keine Ahnung. Aber egal. Hauptsache, er verließ mich.*

*Ich war viel zu müde, um noch weiter über diesen sinnlosen Besuch nachzudenken, ging endlich schlafen.*

*Anderntags:*

*"BANKEINBRUCH – EINBRECHER ERSCHOSSEN!" auf allen Zeitungs-
ständern. Überall mit seinem Namen und seinem Porträt: Ramon! Mit meinem
ganz und gar unpassenden Schal um den Hals geschlungen. Eine einzige Frage
beschäftigte alle: Von welcher Frau, welchem Mädchen hatte er diesen wunder-
schön farbigen, diesen mysteriösen, seidenen Schal?*

*In Panik verließ ich Freiburg. Floh ans andere Ende der Republik: nach Ham-
burg. Aber auch dort war ich kaum imstand, endlich mein Jura-Studium zu
beginnen.*

*Es war ja nichts weiter passiert. Kein Cent war der Bank abhanden gekom-
men. Niemand hatte Schaden gelitten. Nur Ramon – den hatte der Nachtwächter erschossen. Ramon war tot,*

*Aber warum versuchte er überhaupt, in die Bank einzubrechen?*

*Ramon stammte aus begütertem Haus, Ramon fehlte es an nichts.*

*Warum saß er vorher stundenlang bei mir herum?*

*Warum klaute er meinen Seidenschal?*

*WARUM TUN MENSCHEN SO ETWAS? ETWAS SO ABSOLUT SINNLOSES?*

*Ich begriff es einfach nicht.*

*Ein Rätsel, ich komme noch immer nicht davon los.*

*In Hamburg lernte ich Ole kennen, den Juraprofessor.*

*Er bot künftigen Jura-Studenten Gesprächsberatung an unter dem Motto:*

*"Studiert nicht Jura, wenn ihr nicht absolut Lust darauf habt!"*

*Ich hatte wirklich keine Lust darauf, aber ich wusste sowieso nicht, worauf ich
noch Lust haben könnte. Im Beratungsgespräch erwähnte ich den Tod meines
Kommilitonen, der ja ebenfalls Jura studierte. Ole wurde hellhörig. Auch er
hatte von dem versuchten Bankraub und dem Tod des jungen Mannes gelesen
– vom Seidentuch, nach dessen Besitzerin noch immer gefahndet wurde.*

*"Sie, Emma, sind das gewesen?"*

*Ole verliebte sich in mich – aber ich nicht in ihn. Er wollte mich heiraten.*

*Ich wollte keine Ehe, und schon gar nicht mit Ole. Ich wollte auch nicht
mehr Jura studieren. Was aber wollte ich dann?*

*Und plötzlich fiel mir die Bietigheimer Großtante Emma ein. Ich hatte mich
oft gefragt, warum sie mich bei meiner Oma aufwachsen ließ und nicht zu sich
geholt hat.*

Sie war vermögend, hatte Platz genug und außerdem Personal. Kein einziges Mal lud sie mich nach Bietigheim ein, keinmal habe ich sie besuchen dürfen. Heute weiß ich natürlich, warum. Es gab gelegentlich hämische Bemerkungen meiner Großmutter, die ja meinetwegen wirtschaftlich von ihr abhing: "Emma – die hatte genug Dreck am Stecken". Inwiefern? Ich habe es mir dann nach und nach aus ihren Anspielungen, die sie immer wieder fallen ließ, zusammengereimt.

Da war als erstes die mehrjährige Liaison Tante Emmas mit einem verheirateten Mann in gehobener, sehr gehobener Stellung! Die Liebe zerbrach, als ihm seitens seiner geldschweren Gattin eine Scheidung unter skandalösen Begleitumständen angedroht wurde, die ihn seine politische Stellung gekostet hätte. Das Paar verzog sich irgendwohin nach Oberschwaben, nahe dem Bodensee. Feigling!

Und dann dies feine kleine Hotel, das sie betrieb! Es diente – laut Oma – gelegentlich nebenher und natürlich streng geheim einigen besonderen und besonders anspruchsvollen Herren aus Industrie und Wirtschaft als so etwas wie ein exklusives Gelegenheits-Bordell. Wenn ihre Gäste mal eben von irgendwoher nach irgendwohin unterwegs in der Nähe vorbeikamen – und dann für ein paar Stunden oder eine Nacht bei ihr abstiegen. Auf ihre unerschütterliche Verschwiegenheit konnten sie absolut bauen. Was auf Bestell-Service geliefert wurde, war "schwäbische Wertarbeit": Klasse-Damen des horizontalen Gewerbes. Und das machte sich natürlich bezahlt.

"Von diesem Sündgeld, meine liebe Emma, habe ich dich großgezogen!" Damit weihte mich die Oma kurz vor ihrem eigenen Tod in die Untaten ihrer bereits verstorbenen Cousine ein. Ich fand meine Großtante Emma über alle Vorurteile erhaben, anti-spießbürgerlich, bewunderte sie.

In ihrem Abschiedsbrief, den sie mir hinterließ, schrieb sie:

"Ich habe mir so sehr ein Kind gewünscht. Alles, was ich im Leben wollte, habe ich bekommen – nur das eine nicht, ein Kind. Ich war unfruchtbar. Du bist dann mein Ersatz geworden – ein Himmelsgeschenk. Werde glücklich, Emma, mein Kind!"

Ich glaube, ich bin ihr wirklich ans Herz gewachsen wie ein eigenes Kind.

Jetzt wusste ich, was ich mit Gottes und Oles Hilfe wollte: nicht bei ihm studieren, nicht ihn heiraten – bloß ein Kind wollte ich von ihm. Ein Kind, dem ich eine glückliche Kindheit würde geben können – das erlaubte mir das

*Erbe der Großtante Emma. Ich könnte es nicht besser anlegen – nein! Ich wollte ihm das Leben schenken – so sagt man doch? – in Erinnerung an die Großtante Emma – und ihr zu Ehren.*

*Ein Kind großziehen, das schien mir – auch im Hinblick auf Ramons Schicksal – das einzig Sinnreiche, das ich mit meinem Leben anfangen konnte. Noch immer lag der "Alptraum Ramon" auf mir. Ramon gegenüber trage ich für alle Zeit eine Gewissenslast: hätte ich in jener Nacht nicht merken können, dass er irgend etwas Ungewöhnliches, Gefährliches, Verzweifeltes im Sinn hatte? Hätte ich's ihm nicht irgendwie ausreden können? Wie kann ich gutmachen, was ich an ihm versäumt habe? Ich war ihm ja eigentlich gar nichts schuldig, wir kannten uns im Grunde nur flüchtig. Aber genau darum geht es: dass man die meisten Menschen, die man kennt, eben nur so, auf genau diese flüchtige Weise kennt, die zu nichts verpflichtet – die man im Notfall immer ignorieren kann.*

*So flüchtig, ungenau und nicht anders kannte ich ja auch Ole. Wollte ich ihn überhaupt besser kennenlernen? Er hatte sich in mich verliebt, vielleicht liebte er mich sogar richtig, von Herzen, tief? Aber ich konnte sein Gefühl nicht erwidern. Alles, was ich mir wünschte von ihm, war ein Kind.*

*Ole schlief mit mir. Er hoffte immer noch, ich würde ihn doch heiraten. Ich war voller Vorfreude auf das Kind. Und dann zeigte sich: Es wurden zwei! Zwei! Der eine Zwilling, das Mädchen, für Tante Emma – der andre, der Junge, für Ramon. Ich war überglücklich. Als habe mir der tote Ramon ein Zeichen geschickt: Freue dich!*

*In Stuttgart bin ich aufgewachsen, in Freiburg wollte ich Jura studieren, in Hamburg habe ich von Ole meine Zwillinge empfangen. Jetzt war ich in München daheim, wartete auf sie.*

*Dass es Zwillinge wurden, war ein noch viel größeres Geschenk, als ich zu hoffen gewagt hätte. Für ein Kind allein aufzukommen hätte ich mir noch zugetraut – für Zwillinge musste ich nun doch den Kindsvater Ole um Hilfe bitten. Er ließ mich nicht spüren, wie sehr er einerseits enttäuscht war, denn andererseits war er sehr glücklich. Er stellte auch keine Bedingungen. Bat nur um regelmäßige Berichte in Worten und Bildern. Darin willigte ich gerne ein und habe die ganzen Jahre mein Versprechen getreulich gehalten. Nur für einen Teil des Unterhalts und die spätere Ausbildung der Zwillinge ließ ich mir eine Versorgung von ihm zusichern.*

50

Für mein eigenes Auskommen arbeitete ich nach der Geburt weiterhin im Alters- und Pflegeheim. Anfangs stellte ich den Kinderwagen im großen gepflegten Garten des Heims ab. Später, als die Zwillinge größer wurden, fanden sich dort immer wieder neue Omas und Opas, die sich zwar nach und nach in den Himmel verabschiedeten, aber an Nachschub fehlt es ja nie. Es handelt sich um eine recht humane Senioren-Einrichtung: die Heimbewohner dürfen sogar ein kleines Haustier mitbringen. Es gibt also Kanarienvögel und winzige Hunde bei uns – und ein großzügiger Mäzen finanziert eine Art regelmäßige Tierpflege und Betreuung durch den pensionierten Angestellten einer Zoohandlung.

Ich habe mich langsam ein- und hochgearbeitet im Seniorenheim, Kurse und Praktika absolviert, Bücher gelesen, Vorlesungen gehört. Man ließ mich merken, man habe noch etwas mit mir vor. Eines Tages, nach Jahren, bot man mir die Leitung des Hauses an. Ich war so weit, die Verantwortung zu übernehmen. Längst hatte ich mich in dies Haus, in seine Bewohner, in den Umgang mit ihnen verliebt. Ich mochte sie. Ich merkte, sie hatten das gleiche Problem wie einst meine Kinder: sie wussten nichts mit ihrer vielen Zeit anzufangen – sie wollten beschäftigt werden. Wollten sie das wirklich? Wollten sie nicht viel lieber – aktiv – sich selbst eine Beschäftigung ausdenken, am besten eine gemeinsame, an dem viele, wenn nicht alle teilnehmen konnten? Es gab gemeinsames Singen, Vorlesen, Basteln. Das Übliche. Es waren aber immer welche dabei, die keinen Spaß daran hatten, die sich wie im Kindergarten, wie vergewaltigt fühlten. Wollte ich etwa im Alter gemeinsam Kinderlieder im Stuhlkreis singen? Überhaupt dieser Stuhlkreis! Ich suchte etwas, das jedem einzelnen Heimbewohner seine ganz persönliche Identität rettete, ihn oder sie so heraushob, wie mich einst jene mirakulöse Analogie meiner Mutter mit Aphrodite und Nofretete. Und so habe ich nach und nach meinen eigenen Stil und meine Methode, dies Haus zu führen, gefunden.

Sie erzählen so gerne von ihrem Leben, am liebsten von ihrer Kindheit. Aber auch von ihrem Beruf – von ihrer Ehe, ihren Kindern. Ihren Ferienreisen. Ihrem Garten, ihrem Hund, ihrer Katze. Von Kochrezepten und Gastmählern, Geburtstagsfeiern und Hochzeitsfesten. Sie leben wieder auf, selbst alte Damen, die mich noch nach Jahren nur anknurrten und mir böse Blicke zuwarfen, sind zahm, handsam geworden. Es gibt inzwischen richtige Erzählstunden bei uns. Sie einigen sich auf ein bestimmtes Thema, setzen eine bestimmte Zeitspanne fest – es gibt kein Muss zur Teilnahme. Wer zuhören will, hört zu. Ich besorgte ein Aufnahmegerät, lasse sie reden, reden reden. Einige wollen auch lieber allein in ihrem Zimmer ihre Erinnerungen ins Aufnahmegerät sprechen.

Es ist fast unglaublich, wie wohl diesen alten Menschen das Reden tut. Und welche Geschichten wir zu hören bekommen. Man sollte sie aufschreiben, damit sie nicht einfach wieder vergessen werden mit ihrem Tod. Und der steht ja ununterbrochen vor unsrer Tür.

Dazwischen, da hilft nichts, wird gestorben. Der Schmerz über den Verlust ist jedes Mal groß; wir spielen uns nicht vor, wir seien das ja gewohnt, es mache uns nichts aus. Dem einen und der anderen laufen immer wieder die Tränen übers Gesicht – und einer oder eine findet sich immer, um diese Tränen abzuwischen.

An manchen Wochenenden wird "getanzt". Zuvor schauten wir uns einmal im Fernsehen an, was unsre Jugend heute in ihren Discos unter Tanzen versteht. Das, sagten sich meine alten Herrschaften, das können wir auch. Ein bisschen mit den Armen herumwedeln, an Ort und Stelle ein klein wenig auf und ab mit den Beinen im Rhythmus – was ist denn daran schwierig? Also hopst man jetzt ebenfalls gemächlich im Rhythmus ein wenig herum: hernach fällt jeder erschöpft in einen der bereitstehenden Sessel, um Atem zu schöpfen.

Natürlich: das muss alles wohldosiert verteilt werden, kein tagtägliches Remmidemmi! Es muss einen Alltag geben, einen Feierabend und – im richtigen Abstand – auch mal einen Feiertag!

Einmal, auf besonderen, innigen Wunsch meiner Hausgäste, fuhren wir mit einem Omnibus nach Maria Eich, der Wallfahrtskirche in Planegg. Auch die evangelischen Heimbewohner fuhren mit. Alle standen wir andächtig vor der ehemals durch ein Muttergottesbild und tiefe Verehrung geheiligten, dann durch einen Blitz zerschmetterten uralten Eiche, von der nur noch ein Stamm übrigblieb.

Und was machen wir mit denen, die schon ein wenig dement sind und die nicht mehr am Spielen, Erzählen, Tanzen teilnehmen können? Sie sitzen am Rand, schauen und hören zu – und wenn man sie anfaßt, berührt, ein klein wenig streichelt, dann lächeln sie, blühen auf. Ich habe einen Arzt gebeten, uns Gesunden einmal in einem Vortrag über Demenz zu erklären, wie diese Kranken uns wahrnehmen und wie wir ihnen vermitteln können, dass sie nicht einsam und verloren sind. Manches kann man schon beeinflussen, verändern im Zusammenleben, wenn man auch nur die Kommunikation ohne Worte ein *wenig anzuschubsen versucht.*

*So habe ich also in diesem Heim letztendlich doch noch einen Beruf gefunden, ohne ihn zu suchen – durch Zufall.*

*Aber ob ich auch mich selber gefunden habe, ist eine ganz andere Frage. Jedenfalls nicht in euch, meine lieben Zwillinge, in keinem von euch. Ihr seid ganz anders; ihr werdet mir sogar – seit der Pubertät – ein wenig fremd. Ich kann mich weniger denn je in meinen Kindern wiedererkennen.*

*Und wie war das mit dir, Erik, und mir? Du meintest, du müsstest mich aufwecken – als weibliches Wesen, als Frau. Du hast versucht, mich meinen Körper spüren zu lassen. Fielst über mich her, drangst in mich ein, mit Gewalt. Deine Gewalt war wunderbar, voller Liebe: Liebesgewalt. Manchmal hast du zu mir gesagt: "Du bist und bleibst eine Jungfrau! Meine unerweckte, schlafende Wasserfrau! Dich muss man jedesmal überwältigen. Du brennst erst, wenn man deine Phantasie mit einem Flammenwerfer entzündet."*

*So war das, Erik, mit uns beiden: ich habe dich wohl mehr mit meiner Seele geliebt als mit meinem Körper. Nie habe ich dir erzählt, wie es mir damals erging, als Ole dies einzige Mal mit mir schlief und wie sehr ich mich hernach für meine Lust an der Liebe geschämt habe. Mein ganzes Leben habe ich mich dafür gestraft. Ich hätte dich, Erik, auch weiterlieben können als Homo – ohne dass du noch jemals mit mir geschlafen hättest. Deine Küsse hätten mir vollkommen genügt, sie wären mir ein Balsam gewesen.*

*Beim Gedanken an Erik überfällt mich noch heute ein Zittern. Ich hätte ihn nie verlassen. Aber für ihn gab es ja dann auf einmal nur noch Männer.*

*Und jetzt Jens.*

Sie bekam einen Schlafplatz für Jens im Heim, also Unterkunft und Verpflegung und einen halbwegs angemessenen Lohn. Er war in der Schule sitzengeblieben und hatte bei der ersten Gelegenheit das Weite gesucht. Anders als Emma war Jens von Geburt an eine echte Waise, er hatte weder seine Mutter, seinen Vater, noch irgendeinen anderen Familienangehörigen jemals gekannt. Auf mancherlei Art schlug er sich bisher durchs Leben. Was er an "Bildung" besaß, brachte er sich durch Lesen bei, aber natürlich ohne System, voller Lücken.

Emma überließ ihm die abgelegten Schulbücher ihrer Zwillinge. Vor allem, das wusste sie ja, hing sein Herz an der Physik. Er sollte also wenigstens schulbuchmäßig erfahren, welch ein ungeheuer kompliziertes, komplexes Wissensgebiet er sich da ausgesucht hatte und welcher Anstrengungen es bedurfte, um die kosmischen Rätsel auch nur ahnungsweise zu begreifen. Er sollte sich nicht mit einer romantischen Welterklärung begnügen. Er sollte dazulernen.

Jens besaß also jetzt für wenig Lohn eine feste Stelle als "Mädchen für alles". Mit ihm im Seniorenheim würde man fortan keinen Gärtner, keinen Nachtwächter und auch keinen Hausmeister mehr brauchen, der winters den Schnee vor der Haustüre wegschippte. Und für all das würde Emma mit der Zeit auch einen ordentlichen Arbeitsvertrag und ein Jens zustehendes, gerechteres Salär durchsetzen. Im Grunde war er unbezahlbar, er machte einfach alles. Er hatte nur einen einzigen Fehler: er konnte nicht autofahren, ebensowenig wie Emma. Dabei besaß das Heim ein recht ansehnliches, wenn auch schon ältliches Auto. Emmas Vorgängerin hatte es angeschafft, es pfleglich zum Nutzen des Hauses eingesetzt und in bestem Zustand hinterlassen. Beim Verkauf hätte es nur einen lächerlichen Betrag eingebracht.

Emma nahm schon seit Wochen auf eigene Kosten Fahrunterricht. Ihre Zwillinge würden sie ja sonst mit dem Führerschein eines Tages überholen. Sie – eine Frau im Berufsleben, die nicht autofahren konnte! – im zweiten Jahrtausend! Aber erst, wenn man Jens den Führerschein ermöglichen würde, hätte das Haus endlich einen Nutzen von dem seit Jahren stillgelegten Auto. Jens beendete seine Fahrprüfung dann mühelos nach einer Mindestzahl von Fahrstunden, Emma fiel nach langem, immer wieder unziemlich verlängertem Fahrunterricht erst einmal durch, wollte aber die Fahrprüfung wiederholen. Jens versuchte, durch zusätzliche geduldige Nachhilfe doch noch eine einigermaßen passable Autofahrerin aus ihr zu machen. Das Nebeneinander im Auto war nah, sehr nah. Emma genoss es – während Jens erklärte, demonstrierte, abfragte, ein Fahrgefühl in ihr zu erwecken versuchte, sich mit ganzer Seele seinem Unterricht hingab.

Jens – ja, Jens ...

Was hatte er sich bei ihrer ersten Begegnung gewünscht? Wenn es doch die Gravitation, diese unwiderstehliche, diese kosmische Anziehungskraft auch zwischen den Menschen gäbe!

Es gab sie ja! Emma begann sie zu fühlen, fühlte sie jedesmal mehr, wenn Jens sie in ihrem Arbeitszimmer aufsuchte: um ihr Bericht zu erstatten, sich einen Auftrag zu holen. Oder auch nur, um in großer Distanz an der Tür stehenzubleiben. Dann strahlte er sie von weitem ganz unbefangen mit seinem zärtlichen, hingegebenen Lächeln an. Schwieg. Wartete auf ihr "JENS?" – wie sie auf sein "EMMA!". Lange Zeit sagten sie sich alles mit diesen zwei einzigen Worten. Hielten Distanz, schauten sich an, und Jens riss sich los.

Was war da über sie beide gekommen? Die Schwerkraft der Liebe? Er, Jens – ohne dass er es ahnte, gar beabsichtigte – ließ sie zum ersten Mal in ihrem Leben dies wunderbare Beben, Hingezogensein spüren – spüren, wie ihr Körper nach Berührung verlangte. Beseligt kostete sie allein schon diese nie zuvor erfahrene Sehnsucht aus. Nie zuvor hatte sie einen Mann wirklich begehrt – von jener verbotenen Begierde nach jenem Phantom damals abgesehen, die sie jahrelang unterdrückt und von der sie sich nach und nach befreit hatte. Von Erik war sie überwältigt worden – sie hatte ihm ihre Seele, nicht ihre Begierde geschenkt. Jens war der erste, einzige, reale, jemals von ihr Begehrte – ein Jüngling. Ein Mann?

Sie wagte nicht, es sich offen einzugestehen. Zumal sie befürchtete, man tuschele bereits über sie beide. Jens, ein gerade Zwanzigjähriger – und Emma, eine vierzigjährige Frau! Mein Gott, gehörte sich das? Sie wusste nicht, wie lange sie ihn noch im Heim halten konnte. Nein, sie hatte ihn nicht verführt. Nichts dergleichen hatte sich bisher ereignet. Noch nicht.

Sommerferien! Ole hatte die Zwillinge nach Hamburg eingeladen. Zum allerersten Mal war man sich vor zwei Jahren unter höchst unguten Umständen anlässlich Émiles Gerichtsverfahren begegnet. Alles erschien danach noch weit komplizierter als davor in diesem seltsamen Familienkonstrukt.

Den Münchner Zwillingen graute vor einem Hamburg, wo man als erstes das gute hanseatische Benehmen, den geschliffenen Umgangston zu erlernen haben würde – mit einem Zuckerguss von familiär-herablassenden Herzlichkeiten. Man würde zur Begrüßung natürlich umarmt werden, vielleicht sogar mit einem Küsschen rechts und links auf die Backe, wie in München. Auch dürfte man zum Papa "du" sagen, aber zugleich gut daran tun, seine Worte genau abzuwägen und nicht einfach so frei daherzureden, wie man das von zuhause gewohnt war.

Dies alles sollte jetzt also in Hamburg stattfinden. Emma machte sich Gedanken. Wie würden die Zwillinge das durchstehen? Und wie würde sie selbst die langen Wochen ohne ihre Zwillinge verbringen?

*Achtzehn Jahre lang habe ich mich noch nicht einmal mit dem großen Zeh über die Stadtgrenze Münchens hinausbewegt. Langsam, lautlos wuchs eine Sehnsucht in mir. Und plötzlich – die Sommerferien nähern sich ihrem Ende – fällt sie über mich her wie ein Straßenräuber. Eine Reise! Eine Reise! Am besten gleich eine Weltreise! Ich bin ja momentan frei! Und ein paar Tage Urlaub stehen mir zu.*

*Nachdem ich eine Weile darüber nachgedacht habe, verkleinert sich das Reise-Vorhaben auf die letzten Ferientage und auf die Strecke München-Paris. Warum Paris? Ich werde meine Mutter suchen. Nie habe ich so sehr eine Mutter gebraucht wie jetzt, wo ich verstrickt bin in diese unmögliche, heimliche Zuneigung zu Jens. Noch immer bewahre ich ihre damalige Adresse, die mir die Oma übergab – mit der süffisanten Anmerkung: "Da kannst du ja mal aufkreuzen und ihr zeigen, was aus dir geworden ist. Mit einem schönen Gruß von mir und Dank für die Last, die sie mir aufgehalst hat mit ihrem Balg." (Sie sprach nicht selten, wenn sie die Wut überkam, in der dritten Person von mir. Ich fing auch schon an, mich als solche zu betrachten.)*

*Die Zwillinge sind versorgt in Hamburg, hoffentlich vergraben sie sich auch dort zeitweise ins Lernen. Das letzte, kurze Jahr vor dem Abi liegt vor ihnen, es wird schnell vorbei sein.*

*Ich hatte die letzten drei Jahre Französisch auf dem Gymnasium, kann mich also, mit einem kleinen Lexikon in der Hand, getrost nach Frankreich auf den Weg machen. Fahrschein und Unterkunft besorgt man sich im Internet, einen Stadtplan später in einem Pariser Buchladen oder Zeitungskiosk. Ich fahre!*

*Jetzt, wo ich zurück bin, frage ich mich: Hat Paris mich verändert? Zu einem anderen Menschen gemacht? Ich weiß es nicht, aber ich fühle mich so.*

*Meine Mutter: sie bewohnte in einem stillen Pariser Vorort, weit draußen ein schönes altes Bauernhaus, umgebaut zu einer ländlichen Villa, einer Art Chalet, umgeben von einem bezaubernden Garten. Schräg gegenüber ist eine Omnibus-Haltestelle, dort habe ich meinen Taxifahrer entlassen. Habe mich auf eine Bank zum Warten gesetzt und hinübergeschaut. Lange, mehr als eine Stunde. Den Mut, hinüberzugehen und zu läuten, hatte ich nicht.*

*Dann, mit einem Mal öffnete sich die Haustüre. Es bewegte sich eine sehr schlanke Frau mithilfe von zwei Unterarmkrücken heraus, mühsam, in kleinen Schritten. Sie trug ein archaisches Faltengewand wie auf griechischen Vasen: eine außergewöhnlich schöne Frau – mit kahlem Schädel, kein einziges Haar auf dem Kopf.*

*Ich saß da und fast brach mir das Herz. Nach kurzer Zeit kam eine Kran-kenschwester aus dem Haus mit einem Rollstuhl. Erschöpft ließ sich die Frau darin ins Haus zurückbringen. Das also war meine Mutter.*

*Ich saß noch lange da und wartete auf den Omnibus, denn es war weit und breit kein Taxi in Sicht – und irgendwie musste ich ja in die Stadt zurück. Der Stadtplan leitete mich dann nach Notre-Dame. Ich hatte lange Zeit keine Kirche mehr betreten. Ich zündete eine Kerze für meine Mutter an und setzte mich still in eine Bank. Anderntags wollte ich zurück nach München. Aber ich konnte nicht, ich blieb.*

*Am nächsten Tag fuhr ich also wieder zur Omnibushaltestelle. Wartete. War-tete lange. Endlich kam sie heraus. Diesmal im Rollstuhl. Sie schaffte es noch mit eigener Kraft, musste nicht geschoben werden wie tags zuvor. Am mei-sten schien sie sich für den Himmel und seine weißen Wolken zu interessieren, sie hob den Kopf, schaute lange empor, schützte ihre Augen vor der blenden-den blauen Helle. Dann waren die blühenden Gartenpflanzen an der Reihe, sie bewegte sich langsam an den Rabatten entlang, streichelte dieses und je-nes Pflanzengeschöpf. Ich hoffte so sehr, dass sie lange, lange draußen bleiben würde, aber es dauerte nur kurz, da kam schon wieder die Krankenschwester und brachte sie ins Haus. Ich wusste aber jetzt, um welche Zeit ungefähr sie nachmittags ins Freie, in ihren Garten kam. Das war offensichtlich von der Schwester so eingeplant, darauf würde ich mich verlassen können. So blieb ich also in Paris, fuhr jeden Tag hinaus zur Omnibushaltestelle und wartete voll Sorge, ob sie auch wirklich käme.*

*Anschließend fuhr ich immer nach Notre-Dame. Es zog mich mit aller Macht dorthin. Jedesmal genauer schaute ich mir diese grandiose Kathedrale an. Ich hatte mir schon am ersten Tag ein Buch über sie gekauft, und anstatt durch Paris zu bummeln, fuhr ich ins Hotel und las darin. Und dachte über meine Mutter nach. Würde ich nicht endlich den Mut aufbringen, zu ihr hinüberzu-gehen und einfach zu sagen: "Guten Tag, Mama, ich bin Emma, deine Tochter – und ich liebe dich?"*

*Dann schloss ich mit mir selbst eine Wette ab: wenn sie übermorgen wieder herauskommt und die Wolken am Himmel betrachtet, werde ich rübergehn und genau diese Worte sagen! Übermorgen!*

*Am Tag darauf sah ich sie wieder, sie saß etwas zusammengesunken in ihrem*

*Rollstuhl, das machte mir Angst. Ich hatte mir inzwischen einen kleinen Fern-stecher beschafft und betrachtete sie voll Sorge. Aus der Nähe war ihr Gesicht fast weiß, leicht rosa gepudert, ihre Lippen waren geschminkt, die Augenbrauen nachgezogen. Ein kunstvoll bemaltes, wunderschönes Gesicht. Ein Antlitz. Sie war entsetzlich mager, fast fleischlos. Vom Tode gezeichnet. Ich habe ja meine Erfahrungen vom Seniorenheim. Ich weiß, wie Menschen aussehen, die dabei sind, die Erde zu verlassen. Und ich weiß auch, dass man sie bei diesem leisen Abschied nicht stören darf, es gibt sogar Menschen, die wollen, von Schweigen umfangen, allein sein mit ihren letzten Gedanken.*

*Ich habe also meiner Mutter, meiner geliebten Mutter, ein paar Minuten beim Sterben zugeschaut – von jenseits der Straße. Über diese Grenze bin ich nicht hinweggekommen. Vielmehr: meine Erfahrung gebot mir diesen letzten Abstand. Die Schwester kam sie dann holen. In Notre-Dame habe ich sie aus der Ferne weiter beim Sterben begleitet. Ach, Mama – lebenslang hat ein Erdteil von Distanz zwischen uns gelegen! Zum Schluss habe ich ihn fast überwunden, bis kurz vor deine Haustür bin ich gekommen. Dort verließ mich der Mut .*

*Am nächsten Tag waren am Haus meiner Mutter alle Fensterläden geschlos-sen. Ich ging hinüber und läutete. Niemand machte mir auf. Ich hatte einen riesigen Blumenstrauß bei mir und legte ihn vor die Türe. Dazu einen Brief durch den Türschlitz – nur ein paar Worte:*

*"Geliebte Mama, ich habe für dich gebetet in Notre-Dame. Werde ein Engel, begleite mich in dieser Gestalt. Gott gebe dir Flügel! In unendlicher Liebe – deine Tochter Emma."*

*Dann ging ich noch einmal zum Beten in dies majestätische Ungeheuer von einer Kathedrale. Ich habe mich tief vor der thronenden Madonna verneigt. Sie knickt in der Hüfte nach rückwärts leicht ein, hält das Kind hoch, ungewöhnlich hoch, zeigt es in Augenhöhe uns her, fast schwebend, und es wird ihr schwer deshalb. Sie ist, mit ihrem Kind auf dem Arm – graziös, strahlend jung und jungfräulich, eine Dame. Eine französische Prinzessin aus königlichem Geblüt.* Die Dame *von Notre-Dame, Unsere Liebe Frau.*

*Dann fuhr ich nachhause. Dort wartete eine Überraschung auf mich.*

*Jens will kündigen. Jens will Lastwagenfahrer werden, macht bereits einen Kurs für den Lastwagen-Führerschein. Hat sich sogar schon bei einer großen Transportfirma nach einer Stelle erkundigt.*

58

*Aber er ist doch viel zu jung dafür! Er muss also noch bei uns aushalten, ein Jahr mindestens überbrücken – zum Glück. Andererseits: vielleicht hat er uns beide durch seine Pläne gerettet? Mein Gott, bin ich denn eine Abnormität? Ich liebte Erik. Und jetzt liebe ich Jens. (Von jenem Allerersten einmal ganz abgesehen … ) Wer ist der Nächste? Geht das denn so weiter?*

*Werde ich ihn – die ich mich leichtsinnig in diese verrückte Neigung verirrt habe – bald wieder verlieren? Wir haben ja in Wirklichkeit gar nichts miteinander! Trotzdem: Wenn irgendwelche Gerüchte dem Arbeitgeber zu Ohren kommen, ist es mit mir vorbei.*

*Wie stehe ich also jetzt da? Mit Kindern voll in der Pubertät, oder fast schon darüber hinaus. Und einem Jens, kaum älter als mein Zwillinge. Heutzutage, sagt man, brauche das Hirn viel länger, um zum Erwachsensein auszureifen. Sie werden also wohl noch eine ganze Weile schwierig bleiben, meine zwei. Und Jens soll ebenso unfertig sein wie sie? Nein, der ist in jeder Hinsicht ein Mann, er leistet ja auch ganz andere Dinge als sie, verdient sich seinen Lebensunterhalt und lernt, lernt, lernt.*

*Dagegen Émile, der so schrecklich mit sich zu tun hat. Was brodelt in ihm, was steckt da drin? Er ist nach wie vor eigensinnig, aggressiv. Grad ihm hat die ganzen Jahre der Vater besonders gefehlt. Das wird er noch lange ausbaden müssen. Ich bin beschämt. Wie egoistisch von mir! Wie unbedacht! Ich schäme mich. Ach, Erik – du hattest es mir so sehr ans Herz gelegt: jetzt brauchen deine Zwillinge ihren richtigen Vater! Dabei habe ich die ganzen Jahre unentwegt über nichts und niemand so viel nachgedacht wie über meine Zwillinge. Wahrscheinlich schmusen sie in Hamburg inzwischen mit Ole, und wie viel sie dabei noch an mich denken, ist fraglich. Na gut, ich geb's zu, ich komme mir vor wie aussortiert, leide an Eifersucht und dem Argwohn, dass er mir meine Zwillinge abspenstig macht. Es geschähe mir recht.*

*Meine Gedankenspiele – lange vorbei. Wie Wölkchen schwebten sie am Himmel, anmutig trieben sie dahin, lösten sich am Ende auf – oder der Wind blies sie weg. Und nun kommen sie zurück: schwarz und dick aufgeplustert, drohen mir, machen mir Angst.*

*Jens sucht mich, sobald ich allein bin. Und mir klopft das Herz. Wie weiter? Unterdessen sind die Sommerferien fast vorbei.*

Sommerferien. Fünf Wochen! Für wie lange hatte Ole die Zwillinge nach

Hamburg eingeladen? Für die ganzen Ferien? Emma hatte im Stillen gerätselt: in der Einladung war nichts darüber gesagt. Emily und Émile wollten sich ohnehin drücken, aber das ging nicht, es wäre eine grobe Beleidigung gewesen. Nun saßen sie also im Flieger und jeder machte sich stumm seine Gedanken, was ihn in Hamburg erwarten mochte.

"Nichts Gutes," dachte Émile. "Eine peinliche Aussprache mit meinem Juristen-Vater? Wenn nicht gleich ein Strafgericht? Reue, Demut, Bußfertigkeit - genau das erwartet er von mir. Schon damals hat er mir's angekündigt: mit diesem schrecklichen Kopfnicken, diesem unheilvoll langen "Mhmmm ..." Dies kategorische: "Ich bin nicht Ole für dich! Ich bin dein Vater!" Bei ihm heißt das wohl nichts anderes als: "Kein Pardon! Keine Nachsicht!"

Kein Verzeihen – nein? Auch wenn ich armseliger Delinquent inzwischen zwei Jahre älter und vielleicht sogar ein wenig reifer geworden bin? Und mich noch immer damit quäle: wie und warum bin ich in diese Gesellschaft geraten? Hat das Trauma von Eriks Tod mich damals aus der Bahn geworfen?

Auch von fern hatte Erik noch fast bis zuletzt seinem ehemaligen Schüler Émile aus den Irrgängen seines labyrinthischen Ich herauszuhelfen vermocht. Seit einiger Zeit leistete ihm nun wieder sein junger Klavierlehrer gelegentlich Beistand: fast gleichaltrig, zeigte er Émile immer wieder fast untrüglich genau einen Weg. So auch im vergangenen Schuljahr:

"Übe, Émile, übe. Übe so lang, so viel, so genau, bis du alles aus dir herausgespielt und herausgeübt hast, was dich beschwert. Du wirst sehn, das hat dann einfach keinen Platz mehr in deinem Kopf und es wird dir leichter ums Herz!"

Aber über seine derzeitigen Ole-Probleme hatte ihm dieser Rat nicht hinweghelfen können..

Auch die sanfte Emily überlegte während des Flugs immer wieder: warum lädt dieser Juristen-Vater, den wir kaum kennen, uns überhaupt ein? Sind die Ferien für ihn nur ein Vorwand, eine Gelegenheit, um an Émile ein Exempel zu statuieren? Und schickt er uns danach wieder nachhause?

Selbst Emma sandte daheim in München ein Stoßgebet zum Himmel: "Lieber Gott, mach, dass Ole für seinen Sohn Gnade vor Recht ergehen lässt!" Ach, war ein Jurist wie Ole dazu überhaupt imstande?

Trüb eingestimmt, in Gedanken versunken, raffte sich Émile plötzlich auf. Es durchfuhr ihn:

60

"Emily, wenn er noch lebte und du hättest die Wahl: unseren Erik als Vater oder diesen Ole – wen würdest du nehmen? Sei ehrlich?"

"Wir haben doch gar keine Wahl! Erik hat uns der liebe Gott für ein paar wunderbare Jahre geschenkt – er wäre nie für immer bei uns geblieben."

"Trotzdem, Emily, wähle!"

"Ich kann nicht. Wir kennen unseren Vater ja noch gar nicht!"

Triumphierend sagte Émile:

"Wer nähme einen Ole, wenn er einen Erik haben könnte?"

Mit einem Mal war ihm leichter ums Herz. Er war überzeugt: mit Erik an seiner Seite hätte er sich niemals mit dieser Bande eingelassen. Er hätte unbedingt, als Erik sie verließ, einen Ersatz, einen anderen Leitstern nötig gehabt. Wo war er denn da, dieser Juraprofessor, als er gebraucht wurde, dringend gebraucht? Hatte er sich angeboten für seine Zwillinge? Hätte er überhaupt als Leitstern getaugt? Nein! Aus all den Wirrnissen ihrer Pubertät hatte er sich herausgehalten, dieser Juraprofessor. Und jetzt? Sich aufspielen als Hüter des Rechts, als Richter – das würde ihm so passen. Émile würde sich nichts mehr gefallen lassen, kein Kopfnicken und auch kein "Mhmmmm ..." Er besaß – unsichtbar – den Fürsprecher Erik an seiner Seite; der würde ihm helfen, dieses unsägliche, vom Vater in Szene gesetzte Theater mit Verachtung zu überstehen.

Das Flugzeug landete. Émile fühlte sich allen schmählichen Prozeduren, die ihn erwarteten, gewachsen.

Mochte er seinen Zwillingen noch so herzlich und offen bei ihrer Ankunft entgegengetreten sein, vorläufig blieb ihnen ihr professoraler Vater so fremd und undurchschaubar, wie sie ihn sich, von Misstrauen, Vorurteilen und Ängsten bewegt, auf dem Flug ausgemalt hatten.

Fremd war ihnen auch diese Großstadt: ihr hamburgisch-hanseatischer Menschenschlag, Wetter, Essen, Verkehr, Radio, Fernsehen, ihr ins Unverständliche genordetes Guten Morgen – ihre Straßen, Litfass-Säulen, Zeitungen, Straßenbahnen, Polizisten, Verkehrszeichen – und nochmals: "Hamburg überhaupt." Nur den Hafen, der sie brennend interessierte, gerade den enthielt ihnen Ole erst einmal vor.

Das Überraschendste für sie – als sie schon fast eine Woche bei Ole wohnten: eine fremde Frau, die sich an Emilys und Émiles erstem Wochenende geheimnisvoll unsichtbar in Oles Haus zu Besuch aufhielt. Am Samstag schickte Ole die beiden schon in der Frühe für einen ganzen Tag in den Hamburger

Zoo. Am Sonntagmorgen hieß es: Bummeln in der Innenstadt und nachmittags – nach einigen Zwischenstops zur Nahrungsaufnahme in diversen Lokalen – Oles Vorschlag: ein Museumsbesuch? Für spätabends waren Emily und Émile mit Karten für ein längst ausverkauftes, entsprechend attraktives nächtliches Pop-Konzert versorgt. Für letzteres hätte es ohnehin keiner väterlich-besserwisserischen Betreuung bedurft.

Wohlüberlegt hielten diese Termine Emily und Émile das ganze Wochenende tagsüber fern von Oles Haus. So blieb sein Rendezvous mit diesem unsichtbaren weiblichen Wesen für die Zwillinge zwar irgendwie rätselartig bemerkbar, aber trotzdem geheim. Nur ihr Duft verbreitete sich im ganzen Haus als kaum spürbarer Hauch. Frühmorgens schlummerte sie noch – Samstag- und Sonntagabend war sie Ole bereits zu einem Konzert- oder Theaterbesuch vorausgeeilt – und am Montagmorgen in aller Hergottsfrühe entschwand sie lautlos zu ihren eventuellen Pflichten. Es war ein strategisch kunstvolles, dabei leicht durchschaubares Versteckspiel: Emily und Émile sollten sich ruhig etwas dabei denken – etwas Bestimmtes natürlich, und das taten sie denn auch. Nie hätten sie jedoch gewagt, unversehens aufzutauchen, eventuelle Liebesspiele zu stören – die sie natürlich mutmaßten – und damit allerlei Peinlichkeiten zu verursachen. Ein langes erstes Wochenende ging so vorüber, dann eröffnete Ole am Montag das Gefecht. Er fragte rundheraus:

"Meine Lieben, Emily und Émile, stört Euch mein Lebenswandel?"

Die Zwillinge schwiegen verlegen, sie fühlten sich erwischt. Das Wort traf ungefähr das, was sie über ihn dachten.

"Na, das liegt doch auf der Hand, also wollen wir auch darüber reden, nicht wahr? Oder habt Ihr etwas dagegen?"

"Papa ... " sagte Emily hilflos.

Selbst Émile war eingeschüchtert.

Und dann stand Ole auf, kam herüber zu ihnen, setzte sich zwischen sie auf die Couch, Émile rechts, Emily links.

"Ja – Papa – das sagst du so und brichst dir fast die Zunge dabei. Kein Wunder, wenn man achtzehn Jahre alt ist, also erwachsen und obendrein geschlechtsreif – und noch kaum was von seinem Vater gehört und gesehen hat – vor allem nicht weiß, was man von ihm halten soll? Ist er am Ende nichts weiter als ein unerbittlicher Rechts- und Gesetzesvertreter, ein unbarmherziger Jurist? Ihr kennt mich ja nur von damals, als mein lieber Sohn Émile Mist gebaut hat.

Ja, Mist gebaut, Émile, mehr nicht! Wäret ihr, du und Emily, damit einverstanden, wenn wir hier und jetzt die ganze Geschichte ein für allemal feierlich in guter Hamburger Erde begraben und niemals mehr ein Wort darüber verlieren?"

Beide waren so eingeschüchtert von dieser unerwarteten Wendung, dass ihnen jedes Wort im Hals stecken blieb. Ole achtete nicht darauf, es schien ihm unwichtig. Er redete einfach weiter:

"Aber soll ich euch etwas gestehen? Ich habe einfach nicht gewusst, wie ich euch mit meiner Freundin – nein, mit meiner Lebensgefährtin – bekannt machen soll. Ihr habt ja nie einen Mann im Haus gehabt und wahrscheinlich gedacht, für mich existiert eben auch keine Frau. Höchstens eure Mutter, aber die zählt nicht, die habe ich vor neunzehn Jahren nur ein paar wenige Male gesehen. Ihr hingegen habt, kraft eurer vom männlichen Geschlecht unbesiegbaren Mama, fast wie im Kloster gelebt – während ich mich zu einem sinnenfrohen, paarweisen, eheähnlichen Wochenendleben bekenne.

Das ändert nichts an meiner Rolle als euer Vater. Wenn ich auch die ganze Zeit höchstens ein Phantom, oder nicht einmal das für euch war – mehr durfte ich ja nicht sein. Mehr hat Emma mir nicht erlaubt. Ich war schon glücklich, dass ich Émile bei seinem kleinen Fehltritt heraushauen durfte; so habe ich euch zum ersten Mal kennengelernt. Aber ihr wisst natürlich nicht – und ich habe es auch Emma nicht erzählt – dasss mir damals im Krankenhaus eine Schwester rigoros den Zutritt zu Émile versperrt hat. Mich gar nicht zu ihm hineinlassen wollte. Und mir voller Verachtung entgegenschleuderte:

"Sie sind also der uneheliche Vater? Schön, dass Sie sich auch einmal kümmern. Der arme Junge! Kein Wunder, dass er auf die schiefe Bahn geraten ist. Im Grunde müsste man nicht die Kinder bestrafen, sondern ihre verantwortungslosen Väter! Einen wie Sie!"

Wenn es nach dieser Krankenschwester gegangen wäre, hätte der Richter nicht dir, sondern mir eine Strafe aufgebrummt. Was haltet ihr davon? In gewissem Sinn hatte die Schwester ja recht, ich wäre euch die ganzen langen Jahre so gerne viel viel näher gewesen. Aber Emma ... Nun ja."

Eine Pause entstand. Was sollten die Zwillinge dazu sagen? Das schreckliche "Hmmmh" jedenfalls verlor an Gewicht.

"Ihr seid also jetzt eine gute Woche hier in Hamburg in Eures Vaters Haus und habt Eures Vaters Sitten, Gebräuche, Gewohnheiten und Sonderbarkeiten beobachten können. Und natürlich habt Ihr auch Eures Vaters Freundin, besser Geliebte, zwar nicht kennengelernt, aber doch ihr Vorhandensein mitbekommen. Nächstes Wochenende ist Schluss mit dieser Geheimnistuerei. Da lernt ihr euch alle kennen, ihr sie, und sie euch.

Sie heißt Lea. Sie ist Psychoanalytikerin. Ist das Bäh für euch? Für mich war es das am Anfang auch. Aber wir haben einen Vertrag: kein Wort über unsren Beruf, wenn wir zusammen sind! Ihr dagegen könnt fragen, fragen, fragen, was euch nur immer einfällt, beschäftigt, beunruhigt oder interessiert. Wir werden euch antworten. Lea und ich, wir können ja nicht wissen, was ihr wirklich von uns erfahren wollt."

Jetzt fasste Émile seinen ganzen Mut zusammen:

"Und was ist mit Emma?"

Ole war einen Augenblick sprachlos.

"Du nennst deine Mutter Emma?"

"Unser Ziehvater hat das so eingeführt. Ihn nannten wir Erik, unsre Mutter Emma. Nur zuhause natürlich. Klar."

Jetzt verschlug es Ole die Sprache.

"Ein Ziehvater – ein Erik! Von dem wusste ich ja gar nichts, den hat sie mir natürlich verschwiegen, die Hexe!"

Émile entfernte sich aus Oles Arm, ging auf Distanz, sagte entrüstet:

"Ich verbiete dir, so über die Mama zu reden. Sonst fahren wir auf der Stelle nach München zurück. Wenn du eine Geliebte hast, warum sollte Emma dann keinen Freund haben dürfen? Außerdem ist er tot, gestorben an Aids. Und wir sind sehr traurig darüber. Er war ein Homo!"

Der Geliebte Emmas? Ein Homo? Aids? Hatte sich da eine Tragödie abgespielt? Arme Emma ... Aber dass dieser Erik für seine Zwillinge ein Ersatz-, ein Ziehvater hatte sein dürfen, das tat weh.

"Ich muss nachdenken. Du haust mir das so um die Ohren, Émile – ich muss mich erst einmal von deinen Schlägen erholen, mich aufrappeln, dieses tote Genie Erik verkraften, mit dem ich niemals konkurrieren kann. Er wird immer Sieger sein – das ist hart."

Jetzt wandte sich Emily ihm zu, streckte ihm bittend ihre geöffneten Hände entgegen..

"Aber Erik hat der Mama doch ins Gewissen geredet, als er uns verließ. Er war unser Spielkamerad. Von jetzt an würden wir dich, unsern wirklichen Vater brauchen. Du solltest uns fürs Leben trainieren, hat er gesagt. Genau so hat es uns die Mama später erzählt. Wenn es nach Erik gegangen wäre, hätte sich schon damals für uns und dich alles geändert."

"Danke, Emily, danke."

Sie schwiegen alle drei betroffen. Keinem fiel ein letztes, erlösendes, versöhnliches Wort ein.

Plötzlich sagte Émile:

"Ich hätte so gern Schachspielen gelernt, habe so gebettelt, dass Erik es mir beibringt. Immer wieder hat er's mir abgeschlagen. Das sollst du von einem anderen lernen – von deinem richtigen Vater, hat er gesagt. Von dir, Papa. Und von niemand sonst – von dir allein – will ich 's erklärt bekommen."

Ole schluckte. Es tat wohl – und es tat weh. Erik stand unsichtbar in der Tür.

"Wir fangen morgen damit an, Émile."

Nach einer langen Stille, in der Eriks Schatten langsam verschwand:

"Jetzt möchte ich euch endlich in den Arm nehmen, Emily und Émile! Euch einen Kuss geben! Achtzehn Jahre lang habe ich mir das tausendmal gewünscht. Jetzt will ich es endlich dürfen!"

Das Eis war gebrochen.

"Ach, noch eins. Wenn Erik für euch Erik war, dann will ich, Ole, für euch Ole sein!"

Ole ließ sich zunächst von den Zwillingen nur immer von Erik erzählen. Er merkte, in Emilys und Émiles Seele hatte sich ein Strom unendlich trauriger Liebe gestaut, der sich Bahn brechen wollte. Ihn auffangen, diesen Liebesdienst wollte er seinen Zwillingen erweisen. Und so fragte er sie bis zur Erschöpfung aus, fragte sie leer, ließ sie seinen Respekt, seine Anerkennung, seine Bewunderung für Erik spüren. Da begannen sie endlich, ihm zu vertrauen.

"Euer Erik muss ein sehr selbstloser Mensch gewesen sein, ihr seid ja nicht seine eigenen Kinder. Und er war immer für euch da, hat euch unendlich viel beigebracht, nicht nur fürs tägliche Miteinanderauskommen, auch schon für die Zukunft. Es fiel ihm sicher nicht leicht, sich das Schachspiel zu versagen, es mir, eurem richtigen Vater, zu überlassen. Dafür bin ich ihm unendlich dankbar! Damit hat Erik uns buchstäblich gerettet – uns Drei hier. Wir hatten uns ja schon richtig verheddert und ganz verzweifelt ineinander verhakt. Leider bin ich kein pädagogisches Genie wie Erik. Überhaupt: sein Leben mit euch ging weit über Pädagogik hinaus. Pädagogik kann man lernen. Bei Erik war's Liebe. Am allerbesten gefällt mir sein römischer Hausvater-Spruch, den der Pater familias an seine Sklavin und seinen Sklaven richtete. So was kann man nicht lernen, auch nicht als Pädagoge. Das gibt einem die Liebe ein. Und die *hat* man – oder man hat sie nicht."

Jetzt quälte Ole nur noch die heimliche Sorge: wie würde an diesem Sonnabend die Begegnung Leas mit den Zwillingen verlaufen? Denn Lea – obwohl gestandene Analytikerin – war trotz ihres Berufs in Oles keineswegs vorurteilsfreien Augen viel zu emotional, impulsiv, unberechenbar, wie angeblich alle Frauen. Sie war auch seinen Ratschlägen durchaus nicht immer zugänglich. Von Leas Verhalten hing jetzt so viel, hing eigentlich alles ab!

Aber Lea ging mit ausgebreiteten Armen auf Emily und Émile zu.

"Herzlich willkommen, ihr beiden. Ich bin Lea. Ich kenne euch – Emma, Emily und Émile schon seit vielen Jahren. Ole hat mir immer von euch und eurer Mutter erzählt. Nehmt mich an, lasst uns Freunde werden."

Sie streckte ihnen die Hände, beide Hände, entgegen. Ole atmete auf.

So konnten sie die langen, vor ihnen liegenden Ferienwochen unbeschwert genießen.

Manchmal hatte Ole für sie Zeit, manchmal Lea, manchmal beide. Aber sie mussten sich nie mehr allein auf den Weg machen.

Sie zeigten den Zwillingen die Stadt Hamburg, absolvierten die obligatorische Hafenrundfahrt, fuhren elbaufwärts bis zum Meer, gingen mit ihnen im Watt die Küste entlang. Aßen Fischbrötchen, aalten sich im Sand. Alles zusammen war überwältigend für die beiden. Am tiefsten fühlten sie das Glück, ihren Vater gefunden zu haben. Und Lea war ein bisschen wie Erik: ein klein wenig verrückt, ausgelassen und zu jedem Unfug bereit. Sie bestand sogar darauf, das alte, wunderbare Spiel der Pantomimen wiederaufzufrischen, in Erinnerung an Erik. Jeder Tag war jetzt kostbar und verging viel zu schnell. Plötzlich stand der Abschied vor der Türe.

In der letzten Nacht verlangte Émile seiner Schwester ein Versprechen ab:

"Wir wollen der Mama nichts von Lea erzählen. Sie würde es nicht verkraften, dass wir nicht nur mit Ole, sondern auch mit Lea in der kurzen Zeit so zusammengewachsen sind. Für Mama wäre Lea einfach Oles Revanche. Das

Gegenstück dazu, dass sie uns Ole so lange vorenthalten hat. Wie ich die Mama kenne, würde sie es so sehen und sich nicht ausreden lassen. Einverstanden, Emmi?"

*Am zweitletzten Ferientag läutete es wieder an meiner Tür. Ich war noch allein, erwartete am nächsten Tag meine Zwillinge, Jens stand davor, schwenkte seinen nagelneuen Lastwagen-Führerschein. Ich öffnete, er trat ein, umarmte mich.*

*Ich sagte: "Ein einziges Mal, Jens, dürfen wir es, ein einziges Mal!"*

*Es war Sex – und es war unendliche Seligkeit, unsagbares Glück. Viele Jahre war ich in einen fühllosen Zauber versponnen, Jens hat mich erlöst.*

Mit den zurückgekehrten Zwillingen kam wieder Leben ins Haus. Würde die Mama ihr kleines Geheimnis, Lea, Oles Geliebte, aus ihnen herausfragen? Sie hatten beide wenig Übung darin, der Mutter etwas zu verschweigen. So fiel ihnen ein Stein vom Herzen, als Emma keinerlei verfängliche Fragen stellte, überhaupt nicht viel fragte. Émile und Emily mussten sich nicht um irgendwelche Auskünfte peinlich herumdrücken. Emma hingegen hatte ein schlechtes Gewissen, machte sich Vorwürfe wegen Jens.

Fluchtgeübt wie sie war, dachte sie unentwegt darüber nach, welchen Fluchtweg sie sich aus ihrem selbstverursachten Irrweg zurechtlegen und womit sie ihre Flucht dann rechtfertigen konnte.

In einem Tagebucheintrag zimmerte sie sich eine weitschweifige Ausrede zurecht.

*So ein Menschenleben scheint mir wie ein Teppich, zusammengeknüpft aus vielerlei Begegnungen. Wenn man Glück hat, sind's viele Fäden in vielen Farben. Wie viele Fäden habe ich denn zum Anknüpfen gefunden? Nicht sehr viele. Ich habe mich vielleicht allzu sehr auf meine Zwillinge beschränkt, habe nicht links und nicht rechts geschaut. Und jetzt, in diesem Augenblick sind sie gerade dabei, sich von mir loszuketten, und ich darf sie nicht festhalten.*

*Mein Lebensteppich hat also nicht viele Farben. Aber es sind schöne, leuchtende, kostbare dabei. Und in Paris ist jetzt noch ein ganz besonderer, ein schimmernder, zarter Faden dazu gekommen, sehr kostbar, meine Mutter. Zuguterletzt habe ich diesen Faden doch noch in meinen Teppich hineinknüpfen können. Wie gut, dass ich nach Paris gefahren bin. Sie war so dünn, zerbrechlich, durchsichtig, meine Mutter – trotz ihrer theatralisch um ihren Körper gefalteten Gewandung. Ich hätte gar nicht gewagt, sie zu umarmen.*

*Mein Lebensteppich ist wohl kaum größer als die kleinen Gebetsteppiche, die die Muslime mitnehmen, für außer Haus, wenn keine Moschee in ihrer Nähe ist. Wenn ich ihn betrachte, fällt mir ein ganz besonderer Faden in diesen Teppich auf, der seit vielen Jahren lose in der Luft hängt. Es wird Zeit, dass ich ihn in die Hand nehme und ihn festknüpfe, in meinen kleinen Teppich hineinwebe. Wie leicht geht so ein Faden am Ende verloren ...*

*Wäre es nicht eine gute Idee, jetzt, wo ich nicht recht mit mir selber auskomme, die Zwillinge für einige Zeit allein zu lassen? Groß genug sind sie mit ihren achtzehn Jahren. Sie hatten eine schöne Zeit in Hamburg. Sie wollten nur nicht gar so begeistert davon erzählen, um mich nicht zu verletzen oder eifersüchtig zu machen. Das merkt man. Lieb von ihnen.*

*Auch ich könnte ja einmal nach Hamburg fahren, Ole besuchen, den ich bei seinem kurzen Besuch nur ein einziges Mal wiedergesehen habe. Ich habe jedoch kein gutes Gefühl dabei. Wenn ich ehrlich bin, so ist doch meine einzige Frage, vor der ich die Flucht ergreife: Wo in meinem Leben bringe ich Jens unter?*

Ehe sie ihren Reiseplan verwirklichen konnte, stand Jens ein weiteres Mal vor ihrer Tür. Er brannte vor Glück, töricht genug, um es mit dem Egoismus der Jugend ausgerechnet mit Emma teilen zu wollen.

"Ich habe ein Mädchen kennengelernt. Rosie! Sie ist Studentin. Sie studiert Physik. Ich habe mich in sie verliebt. Ich werde das Abitur machen. Im Abendgymnasium. Ich möchte auch Physik studieren. Ich bin noch so jung. Ich hab' noch so viel Zeit. Ich bin so glücklich. Emma, was hältst du davon?"

Sie brach zusammen.

Jens, entsetzt, versuchte, sie aufzurichten. Es ging nicht.

Verzweifelt schleppte er sie durch den Flur in ihr Schlafzimmer, hob sie mit letzter Kraft auf ihr Bett.

"Emma!"

Sie schlug die Augen auf, konnte kaum sprechen.

"Geh!"

"Emma!" Er beugte sich über sie, wollte sie in seiner Hilflosigkeit umarmen.

"Emma! Bitte!"

In der Tür standen plötzlich die Zwillinge. Ein vollkommen unerklärbarer Anblick bot sich ihnen.

Ein Unbekannter – am Bett ihrer Mutter! Sie wand sich in seinen Armen.

68

"Geh!" rief die Mutter. "Geh!"

Doch er drückte sie an sich, versuchte vergeblich, sie zu küssen, ließ sie los, umschlang sie wieder. Rief flehentlich ihren Namen:

"Emma! Emma! Emma!"

Entsetzt überschrie ihn Émile: "Mama!"

Jens drehte sich um, erst jetzt bemerkte er die beiden. Wie konnte er ihnen die Situation erklären? Er wusste nur, sie hatten keine Ahnung von ihm und Emma.

Émile erkannte ihn sofort als einen seiner früheren Kumpels aus jener Straßenbande, der er sich angeschlossen hatte. Jens war eher geduldet, ein unauffälliger Mitläufer gewesen, hatte keine Rolle gespielt. Ein Würstchen. Und nun dies! Was hatte er in Emmas Schlafzimmer zu suchen?

Eben hatten die Zwillinge noch die Liaison von Ole und Lea in Hamburg verkraftet, das war anfangs gar nicht so einfach für sie gewesen. Jetzt bot sich ihnen dies verwirrende Bild: Mama und Jens.

Émile schrie wütend: "Hau ab! Raus!"

"Ich tu ihr doch nichts, bitte!"

"Wie kommst du hier rein?"

"Sie ist umgefallen. War bewusstlos."

"Mama, was macht er hier?"

"Er soll gehen!"

Die Zwillinge erstarrten. Es war nicht zu bezweifeln. Die Mama war keineswegs überfallen worden, nein, im Gegenteil! Sie hatte etwas mit diesem Knaben, kaum älter als sie beide! Neunzehn, zwanzig vielleicht! Unbegreiflich? Nach ihrem Hamburger Erlebnis mit Ole und Lea erschien ihnen, was sie hier sahen, dann doch nicht mehr vollkommen unglaubwürdig, ja, erschien ihnen eindeutig.

Émile sagte plötzlich – er wusste selbst nicht, was über ihn kam – voll Abscheu:

" Komm, Emily, wir gehen. Wir sehen uns das nicht mehr länger an! Macht nur so weiter."

"Nein! Nein!"rief Emma verzweifelt. "Geh endlich, Jens, geh!"

Jens schlich hinaus.

Die Zwillinge, wie festgenagelt im Türrahmen, ließen ihn mit Verachtung vorbei, wandten sich um, wollten das Schlafzimmer verlassen. Die Mutter brauchte gar nicht mehr bitten:

"Lasst mich allein!"

Die Türe fiel zu.

Sie hatten es nicht über sich gebracht, sich ihr zu nähern, sie zu berühren, zu streicheln. Wortlos hatten sie ihre Mutter verlassen.

Die Mutter. Sie war immer so etwas wie ein Idol für ihre Kinder gewesen. Einstmals als Kind eine Schein-Waise, war sie für ihre Kinder zur Schein-Jungfrau geworden. Sie hatten sie nie zusammen mit einem Mann erlebt, den man als ihren Liebhaber hätte bezeichnen können, denn Erik hatte diesen Anschein peinlich vermieden. So war ihnen erst seit Lea dieser Begriff anschaulich und geläufig geworden. Emma jedoch war eine ganz andre Person als Lea, unvergleichbar mit ihr, unbefleckt, rein, geschlechtslos.

Und nun Jens, dieser Straßenjunge.

"Was denkst du, Emily?"

"Das Gleiche wie du ..."

Emma wusste nicht, wohin sie sich vor ihren Zwillingen verkriechen konnte.

Am nächsten Morgen wartete sie, bis sie aus dem Haus waren, dann packte sie eine paar Sachen zusammen, nahm ihren Notizblock, der allfälligen Mitteilungen an die Zwillinge diente und schrieb:

*"Ich bin für ein paar Tage stationär im Seniorenheim. Ich hoffe, Ihr kommt allein zurecht. Mama."*

Sie besaß nicht den Mut, mit "Liebe Grüße" oder dergleichen zu unterschreiben. Seit gestern war sie eine Ausgestoßene – "Macht nur so weiter!" hatte Émile gerufen. Für ihn war sie also eine Gewisse, nicht viel besser als die Straßennutten, nein, schlechter, denn die hatten oft keine andere Wahl oder wurden dazu gezwungen. Sie dagegen, Emma, hatte sich weggeworfen an Jens. Jens war natürlich kein Strichjunge, Jens war ein guter Mensch, nur: Jens war viel jünger als sie – und nicht er hatte Emma, nein, sie hatte ihn missbraucht. Und deshalb auch hatte sich Jens von ihr ab- und der gleichaltrigen Rosie zugewandt.

Wie konnte sie nur ihren Zwillingen gegenübertreten? Und was war mit Jens? Liebte sie ihn noch – oder hasste sie ihn, weil er sie im Stich ließ? Vielmehr: Weil er sie satt hatte, sie fallen ließ, – weil er sie, so empfand sie es, wegwarf?

Im Seniorenheim war für sie eine einfache Schlafstelle reserviert. Dort konnte sie sich nachmittags ausruhen, im Notfall aber auch übernachten. Diese Kammer wurde ihre Zuflucht. Im Haus wurde natürlich registriert, es habe sich irgend etwas bei der Heimleitung – Emma – ereignet. Es wurde getuschelt, jetzt auf einmal. Die Atmosphäre schlug um, diese freundlich gelassene Grundstimmung, für die Emma immer gesorgt hatte. Grüppchen bildeten sich. Die eine flüsterte der anderen Mitbewohnerin etwas zu und die gab es weiter. Es wurde viel zu viel geflüstert, das hatte man bislang immer vermieden – allein schon, weil so viele Ältere schwerhörig waren. Emma begriff: sie musste handeln.

Sie kündigte zum allernächsten Termin. Auf ihre Bitte suchte man alsbald eine neue Heimleitung. Diesmal einen Mann. Emma war in Kürze frei, sie konnte noch einige Wochen Urlaube geltend machen und gehen. Kein einziges Mal schlief sie wieder zuhause. In der letzten Nacht rief sie mit dem Handy Jens aus seiner Koje zu sich.

Er kam, schloss die Tür hinter sich, stand vor ihr. Sie wartete.

Schweigen.

Dann das Zauberwort: "JENS?" .

Und sein Echo: "EMMA!"

Niemals würden sie sich gegenseitig ihrer Liebe – oder jetzt: ihrer Bitte um Verzeihung – besser vergewissern können als mit diesen beiden Worten

Er nahm sie einfach in die Arme, zog sie an sich, küsste ihren Hals, ihren Nacken, ihren Mund, – und dann immer weiter, abwärts und abwärts, bettete sie auf ihre Schlafcouch und sagte, sie immer weiter küssend:

"In meinem ganzen Leben, und wenn es noch so viele Rosies gibt, ich werde niemals aufhören, dich zu lieben und zu begehren, dich zu verehren, dir dankbar zu sein." Erst am anderen Morgen verließ er sie.

*Es ist mir eine seltsame Erfahrung zuteil geworden: in dieser Nacht habe ich meine Selbstachtung wiedergefunden. Und es ist mir gleichgültig, was hier, in diesem Haus, über Jens und mich geklatscht und gemunkelt wird – ich gehe wie auf Wolken. Die Insassen des Hauses staunen mich an: eine verwandelte Emma hat sie beim Frühstück begrüßt, sie angelächelt, da eine Bemerkung gemacht, ließ dort ein paar Worte fallen. Ich war wieder ganz die, die ich bis vor kurzem gewesen bin. Das hat diese eine Nacht mit Jens aus mir gemacht. Erklären kann ich es nicht. Vielleicht, weil wir beide wissen: es würde das letzte Mal sein?*

*Ich merkte natürlich, dass die Stimmung sich schlagartig mit meinem Auftritt verwandelte. So sind also die Menschen! Wie töricht ist man, sich davon*

*abhängig zu machen! Und welch ein Geschenk ist es dagegen, geliebt zu werden, auch wenn der Liebhaber nur ein viel zu junger Mann ist, – oder grade weil er noch so jung, noch so rein, so unschuldig ist. Ich machte meine Abschiedsrunde durchs Haus, es fiel mir nicht schwer.*

*Ich spürte ja schon eine Weile, wie unter diesen allesamt liebenswürdigen und wohlerzogenen Menschen Andeutungen und Anzüglichkeiten über mich im Umlauf waren. Wie schnell hatten sie mich, "die liebe Emma", ihrem Klatsch-Bedürfnis geopfert!*

*Und meine Zwillinge? Würden auch sie mich moralisch hinrichten? Ich gestehe es ihnen zu. Aber auf keinen Fall will ich, dass sie vorschnell an mir schuldig werden. Es muss Zeit vergehen, um über mich zu urteilen – Zeit, nicht nur bis morgen, übermorgen, sondern für lange.*

Sie war also nachhause gekommen, hatte die Zwillinge mit einem Lächeln begrüßt.

"Ich werde verreisen. Ich werde Euch eine Kochfrau für zweimal die Woche und eine Putzfrau für alle vierzehn Tage besorgen, Euch genug Wirtschaftsgeld hinterlassen und im übrigen regelmäßig anrufen. Dann können wir alles besprechen, was jeweils notwendig ist. Ihr seid so gut wie erwachsen, ja, was rede ich für einen Unsinn: Ihr seid ja bereits volljährig! Also: einverstanden?"

Die Zwillinge waren von der neuesten Entwicklung noch immer völlig verwirrt, mussten sie erst einmal verdauen, sprachen kein Wort. Niemals zuvor hätte Emma die Zwillinge in ihrer Verzweiflung einfach sich selbst überlassen, sie hätte ihnen zu helfen versucht – aber jetzt, auf einmal, war sie der Meinung, das müssten sie allein durchstehen. "Wie auch immer ihr Urteil zuletzt über mich ausfällt – ich bin ihnen keine Rechenschaft schuldig, wem ich meine Liebe, wem ich mich selber schenke – es steht ihnen darüber kein Urteil zu. Ich bin sicher, das hätte mir auch Erik geraten. Ach, Erik ... "

Sie traf in Ruhe ihre Vorbereitungen.

Vor allem kündigte sie Ole in Hamburg ihr Kommen an:

*Lieber Ole, einen Bericht über die Zwillinge kann ich mir natürlich sparen, denn du hast sie ja eben erst lange Wochen bei dir gehabt, jetzt wirst du sie sicher schon ganz gut kennen. Auch ich würde gerne, falls es dir nicht ungelegen kommt, einmal Hamburg und dich besuchen. Lass es mich bitte wissen, ob du ein wenig Zeit für mich hast. Vielleicht kennst du ein Hotel, wo ich, so lange es mir gefällt, passabel einige Zeit unterkommen kann? Bitte, wenn es bei dir nicht passt, denke dir eine nette Ausrede aus, dann muss ich mich nicht für eine Absage genieren.*

*Im übrigen scheint mir, den Zwillingen und mir schadet im Augenblick eine Trennung nicht. Sie waren überaus glücklich bei dir – und jetzt schmeckt ihnen das letzte Schuljahr vor dem Abi nach den langen Sommerferien ein wenig bitter. Oder liegt's an mir? Bin ich selbst in einem kritischen Stadium? Noch nicht das Gespenst der Wechseljahre, aber ein irgendwie defizitäres Gefühl sucht mich heim. Vielleicht ist da der kühle hamburgische Wind von der Nordsee her genau richtig, der mir alle Phantastereien aus dem Hirn bläst? Übrigens habe ich gerade eben, im reifen Alter von vierzig, endlich – nach langen Mühen – den Führerschein gemacht. Ich hätte Lust, mir mit deiner hilfreichen Beratung in Hamburg ein kleines Auto zu kaufen. Damit könnte ich rings um Hamburg die nordischen Lande erkunden.*

*Es grüßt dich herzlichst*
*deine Emma.*

Zurück kam:
*Komm, bitte! Ich empfange dich mit offenen Armen und drücke dich an mein Herz!*
*Dein Ole.*

Emma hinterließ ihre Abschieds-Nachricht an die Zwillinge auf dem Küchentisch:
*Liebe Emily, lieber Émile, ich trete heute meine Reise an. Ich würde gerne Ole in Hamburg wiedersehen. Ihr werdet mich nicht vermissen, Ihr seid sowieso kaum mehr zuhause. Das trifft sich ja dann ganz gut. Herzlichst Eure Mama.*

Sie vergaß nicht, ihr Schreibheft einzupacken.
*Ich bin in Hamburg. Ich bin glücklich. Ole hat mir seinen VW geschenkt. Er behauptet, er sei keinen Cent mehr wert, ja, schrottreif. Er war aber gerade bei der Inspektion und kam von dort ohne Fehl und Tadel zurück. Für mich ist dies Geschenk eine symbolische Geste – zwar unbeabsichtigt, denn Ole kann ja nichts von meiner jüngsten Vergangenheit wissen. Aber ich verstehe diese Geste so:"Fahr los, Emma! Lebe! Erlebe etwas! Erlebe dich selbst!"*
*18 Jahre meines Lebens, genaugenommen fast 19, habe ich meinen lieben Zwillingen gewidmet. Eigentlich wollte ich nur für ein paar Tage nach Ham-*

burg fahren, um nach sehr langer Zeit endlich einmal ihren Erzeuger und Zahl-vater wiederzusehen. Was ist aus ihm geworden? Immer noch ist er ein höchst erfolgreicher Jura-Professor und ein attraktiver, unverheirateter Mann, der ja seiner Pflicht, seine Kinder zu unterhalten, die ganzen Jahre untadelig nachge-kommen ist. Ich aber frage mich heute: warum habe ich ihn damals verlassen, für immer verlassen, nachdem ich mit den beiden schwanger war? Kurz: ich würde, im Gegensatz zu damals, gerne ein Weilchen bei ihm bleiben. Ein paar Wochen vielleicht?

Ich denke an Eric. Wie recht er hatte mit seiner Lektion über Liebe und Sex! Was muss ich damals für ein törichtes Geschöpf gewesen sein, als ich mit Ole schlief. Um mir ein Kind von ihm machen zu lassen, wollte ich zuerst gefühllos bleiben wie ein Stein, froh, wenn alles vorbei wäre. Und dann war es ein Rausch, ein Sturm, der durch mich hindurchging. Aber kein Nerv bebte für Ole. Habe ich Ole also betrogen? Ole wäre es wert gewesen, dass ich damals bei ihm geblieben wäre und ihm die Zwillinge geschenkt hätte, anstatt sie für mich zu behalten. Jetzt, wiedervereint mit dem Zwillingsvater, könnte jede Nacht noch einmal ein Fest für uns werden – wir würden alles Versäumte nachholen und vielleicht wäre es so schön, dass ich gar nicht genug davon bekommen könnte. Ja: Könnte. Würde. Wäre.

Aber ich will Jens nicht von heute auf morgen vergessen. Ich will im Gegenteil diese einzige Nacht noch lange auskosten. Ich war noch einmal durch ihn, für ihn so jung – so wunderbar jung, wie ich in Wirklichkeit niemals gewesen bin.

Ich habe im Hotel gebucht, schlafe jedoch gelegentlich bei Ole im Gästezim-mer. Vielleicht ist Ole enttäuscht, dass ich mich jeden Abend schnell von ihm verabschiede. Ihm keine Avancen mache. Aber er lässt mich's nicht merken.

Und jetzt – wieder dies ewige Hin und Her zwischen Glück und Verzweiflung! dies Auf und Ab, dies einmal Lachen, dann wieder Weinen. Es hört einfach nicht auf, reißt mich hin, reißt mich her.

Gestern, ich stehe gerade unter der Dusche, höre ich Geräusche in Oles Wohnung. Ich erschrecke zu Tode, denn es ist gegen neun Uhr, Ole hat gerade seine erste Vorlesung. Ich öffne die Tür einen Spalt:

"Ole, bist du's?"

"Hallo, Frau Kristensen – ich bin's! Putztag heute! Hat Ihnen der Professor nicht gesagt, dass ich heute komme? Ausnahmsweise – aber es ging diesmal nicht anders. Ich beeile mich und störe Sie so wenig wie möglich. Geht das in

*Ordnung, Frau Doktor?"*

*Ich schleiche mich in mein Zimmer, ziehe mich an.*

*Wer ist Frau Kristensen?*

*Ich habe ein Buch auf Oles Schreibtisch liegen sehen – von Lea Kristensen:* "Der fehlbare Mensch"

*Ich beginne zu verstehen.*

*Frau Kristensen ist Psychologin oder etwas Ähnliches.*

*Frau Kristensen kommt regelmäßig zu Besuch.*

*Frau Kristensen ist Oles Geliebte.*

*Ich gehe dem Geräusch des Staubsaugers nach.*

*"Hallo!"*

*Die Putzfrau dreht sich um – sprachlos. Dann:*

*"Ja, wer sind denn Sie?"*

*"Ich bin eine Cousine des Professors", fällt mir glücklicherweise ein.*

*"Soso, eine Cousine. Na, da wird die Frau Doktor Kristensen dies Wochenende wohl auslassen?"*

*Meine paar Siebensachen sind bereits in eine Tasche gepackt.*

*"Ich habe mich schon verabschiedet von meinem Cousin, grüßen Sie ihn nochmals von mir! Ich fahre direkt zum Bahnhof."*

*"Na dann, gute Reise!"*

*Ich erfahre also zufällig durch Oles Putzfrau, dass er eine Geliebte hat, von der ich – außer ihrem Namen – nichts weiß. Schon gar nicht, wie lange schon? Natürlich habe ich nicht das geringste Anrecht auf Ole. Aber warum lässt er mich im Glauben, ich sei immer noch, nach so langer Zeit, die Eine und Einzige für ihn? Er wollte ja mit mir schlafen, aber ich habe es nicht über mich gebracht. Ich weiß nicht, ob ich jemals wieder mit einem Mann schlafen kann. Ich habe keine Sehnsucht danach, es wehrt sich alles in mir dagegen. Ole hat es dann doch immer wieder mit mir versucht. Vielleicht glaubt er, er sei es mir schuldig? Ich kann ihm doch nicht von Jens erzählen, von meiner sogenannten Affäre mit Jens.*

*Leider habe ich nicht in das Buch auf dem Schreibtisch reingeschaut. Ein interessanter Titel. "Der fehlbare Mensch". Frau Dr. med. Lea Kristensen ist vermutlich Analytikerin?*

*Ich horchte einen langen, bitteren Tag in mich hinein. Dann meldete ich mich mit falschem Namen bei ihr an. Ihre Praxis-Adresse hatte ich bereits*

*recherchiert, und dann einen Termin bei ihr erschwindelt. Angeblich ein Notfall*
*– was immer man sich hinsichtlich einer Analyse darunter vorstellen mag. Man*
*sagte mir: "Sie haben Glück. Frau Dr. K. kann Sie einschieben, kommen Sie*
*morgen um zehn." Als ob irgendjemand mir noch helfen könnte.*

*Ich gehe in mein Hotel, kündige mein Zimmer, bezahle. Ich finde leicht eine*
*neue Bleibe. Hamburg ist eine gastliche Stadt.*

*Ich werde sie also aufsuchen und sie mir anschauen, diese Frau Dr. Kristen-*
*sen, Analytikerin, mit der mich Ole sicher seit vielen Jahren betrügt. Was heißt*
*"betrügt"? Ich hatte erst Eric! Dann Jens! Und trotzdem bin ich Ole immer auf*
*eine besondere Art treu gewesen. Welch eine beidseitig verlogene Liebe!*

*Vorläufig habe ich keine Ahnung, wie es weitergeht? Vielleicht weiß ich's*
*hinterher?*

Emma befand sich wie unter einer Droge. Was sollte sie überhaupt vorbrin-
gen? Erst auf dem Weg zur Praxis dachte sie über einen Vorwand nach. Sie war
ja verrückt, dass sie sich das antat? Die Ärztin, seine Geliebte, würde Emma
sofort durchschauen! Sie würde sie vernichten!

Lea war von Ole jedoch (weitsichtig: "zwei streitsüchtige Heroinen!") nicht
vom Besuch Emmas unterrichtet worden, wie sollte sie also ahnen, wer da vor
ihr stand. Trotzdem empfand sie ein leichtes Misstrauen, musste den Impuls
unterdrücken, diese Patientin am besten gleich wieder wegzuschicken.

Stattdessen rang sie sich ein für ihre sonstige Art, mit Patienten umzugehen,
ungewöhnliches "Was erwarten Sie von mir?" ab.

Emma erwiderte, was sie sich inzwischen notdürftig zurechtgelegt hatte:

"Eine Antwort auf die Frage: Warum geht alles bei mir schief? Ich habe
doch wie jeder Mensch nur versucht, glücklich zu werden – ohne anderen etwas
wegzunehmen, ohne mir etwas anzueignen, was mir nicht gehörte, ohne jemand
zu schaden. Trotzdem ging alles schief. Wie kommt es, dass mir meine Zwillinge
davonlaufen? Wie kommt es, dass ihr Vater seit Jahrzehnten eine Geliebte hat,
von der ich nichts weiß? Von der ich erst jetzt zufällig erfahre und aus allen
Wolken falle? Und mir macht er vor, ich sei seit Jahrzehnten die Eine, Einzige
für ihn?

Immer, wenn ich nach einer schweren Zeit gerade wieder anfange, an ein
gutes Leben zu glauben, passiert mir so etwas: ich werde enttäuscht, bitter
enttäuscht. Was mache ich falsch? Oder, mit Ihrem Buchtitel gefragt: wie feh-
lerhaft bin ich? Als Mutter? als Frau? als Geliebte? Dass mir immer wieder

solche Enttäuschungen widerfahren? Wenn man ein einziges Mal etwas Verbotenes macht, wird man dann lebenslang unentwegt dafür gestraft?"

Frau Kristensen bemühte sich, geduldig auf ihre Besucherin einzugehen.

"Meine Liebe, Sie brauchen keine langdauernde Analyse, Sie brauchen vielmehr kurzfristig eine Lebensberatung. Ihre Kinder jedenfalls werden ganz von selbst nach einer Weile zurückkommen. Dass der Vater Ihrer Zwillinge sich eine andere Partnerin gesucht hat, dagegen weiß ich allerdings kein Rezept. Das geschieht einfach, das fügt einem das Schicksal, die Vorsehung zu – man kann es nur überstehen, ertragen. Vielleicht wäre für Ihre letzte Frage ein Geistlicher eine Hilfe?"

Emma, enttäuscht, versuchte es noch einmal:

"Kann ein Geistlicher meine Frage besser beantworten als Sie? Ich will ja nur wissen: was habe ich falsch gemacht? Er würde mir gut zureden, mich mit frommen Sprüchen abspeisen. Würde er verstehen, dass ich diese Frau hasse, die mir den Vater meiner Kinder weggenommen hat? Ich will mir nicht immer alles wegnehmen lassen! Verstehen *Sie* das?"

"Wäre Ihnen mit Verstehen geholfen? Ich würde Ihnen viel lieber helfen, Ihren Hass zu überwinden."

"Ich will ihn aber nicht überwinden. Er ist meine Waffe! Ich will mich wehren! Ich will hören: der, der mich verließ, ist ein Schuft, ein Betrüger! Meine Kinder sind eine undankbare Brut! Ich will getröstet, meine Wunden wollen geheilt, mein Herz und meine Seele wollen gestreichelt werden. Darum bin ich zu Ihnen gekommen, das würden Sie mir geben, hatte ich gehofft. Ich habe irgendwo Ihren Buchtitel gelesen, "Der fehlbare Mensch". Genau so einer bin ich – ein fehlbarer, aber auch ein bereits schwer beschädigter Mensch. Und was ich brauche, ist ein liebevoller Arzt."

"Das wäre ich sehr gerne für Sie – aber wie es so geht mit der ärztlichen Heilkunst: am Anfang tut es meistens weh. Der gebrochene Fuß wird erst einmal eingerenkt – das schmerzt den Patienten, aber er erträgt es, weil es eben sein muss. So ist es auch bei mir, mit einer Analyse zum Beispiel. Die dauert lang, ist oft mit Schmerzen für Ihre Psyche verbunden. Aber Sie brauchen ja keine Analyse. Sie brauchen Hilfe, so schnell wie möglich. Leider und zu meinem größten Bedauern weiß ich Ihnen keinen hilfreichen Rat auf die Schnelle."

Emma fiel ihr ins Wort:

"Danke! Ich brauch' auch keinen Rat mehr. Hab's kapiert."

Emma musste gar nicht mehr nachdenken. Es sagte sich wie von selbst aus ihr heraus. Sie hatte das Gefühl, sie stehe auf einer Bühne und spreche einen vorgegebenen Text, sie verkörpere eine auswendig gelernte Rolle: die Rolle einer erbitterten Feindin. Sie holte noch einmal aus:

"Wem alles schiefgeht, der bringt sich am besten um. Wenn er's überlebt und meint, er komme schon halbwegs heil aus der Sache heraus, dann ist er erst recht betrogen. Um sein Vertrauen. Er hat es für immer verloren. So, wie einem Baum ein Ast fehlt. Aber ein stolzer Baum bleibt ein Baum. Und so bleibe auch ich, ein ziemlich kaputtes weibliches Wesen, noch imstande, mich zu wehren, zu kämpfen, zu hassen – meinen treulosen Freund und die, die ihn mir wegnahm.

Für welche Sorte Schicksal ich mich entscheide – weiterleben und wie, weiß ich noch nicht.

Ich danke Ihnen jedenfalls, Frau Doktor Kristensen, für Ihre trotz allem stattgehabte Beratung. Die Rechnung bitte an meine Münchner Adresse!"

Mit dieser wie im Rausch aus ihrer herausbrechenden Provokation verließ Emma ihre Rivalin hocherhobenen Hauptes.

Ole hatte es nach Emmas unerklärbar abruptem Verschwinden erst recht für ratsam gehalten, Lea den Besuch Emmas zu verschweigen. Wie alles Verheimlichen führte auch dieses letztendlich zu Auseinandersetzung und Verwirrung.

Ein Zusammenhang dieser seltsamen Patientin mit der Mutter von Émile und Emily wäre Lea nicht im Traum eingefallen, obgleich sowohl von München wie von fast erwachsenen Zwillingen die Rede gewesen war. Hätte sie auch nur geahnt, wer ihr da mit der Absicht, sie möglichst schmerzhaft zu beleidigen, einen Besuch abstattete, sie hätte souverän reagiert. So aber war sie als verantwortungsvolle Ärztin über die unerklärlich feindselige Attacke dieser "Patientin" so beunruhigt, dass sie – obgleich sie und Ole Berufliches sonst immer strikt aus ihrer Beziehung heraushielten – am Ende beschloss: "Ich muss mit Ole darüber reden – ich bin auch nur ein Mensch und brauche gelegentlich Hilfe. Dies ist ein Notfall!"

Sie rief an: "Hilf mir, Ole! Bitte!"

"Lea, was ist los?"

"Gestern kam eine ganz unbeschreibliche Frau in meine Praxis, aufsässig, ja, feindselig. Es ist mir noch nie passiert, dass ich mit einer Patientin nicht zurecht kam. Diese Frau lässt mir im Nachhinein keine Ruhe – sie macht mich fertig."

"Beschreib sie."

"Keine Hanseatin, nicht unser Menschenschlag. Eine Münchnerin! Von eher südlicher Mentalität, denk an die Politiker dort: cholerisch bis obsessiv. Ich habe schon fast gefürchtet, die Person attackiert mich, Ole."

"Was wollte sie von dir?"

"Wissen, was sie falsch gemacht hat. Mit ihren pubertären, davongelaufenen Zwillingen – und mit ihrem treulosen Geliebten, der sie seit Jahren mit einer anderen betrügt – was sie angeblich erst grade eben erfuhr."

Tiefes Schweigen am anderen Ende.

"Trotzdem – weißt du, wie sie mir vorkam, wenn ich's mir recht überlege? Wie Rumpelstilzchen, das sich am Schluss voller Wut in zwei Hälften zerreißt! Kannst du dir das vorstellen, Ole?

Ole! Bist du noch da? Bitte, sag was!"

Die Antwort: ein tiefer Seufzer.

"Lea, ich habe gerade selbst ein Problem. Ich muss nachdenken. Ich rufe dich zurück. Bitte habe Geduld!"

Er legte auf. Atmete, seufzte noch einmal tief.

Es konnte sich nur um Emma handeln. Die Putzfrau hatte ihm vor Tagen ihre Abschiedsgrüße und die Nachricht übermittelt, sie sei auf dem Weg zum Bahnhof. Warum diese unbegreifliche, diese überstürzte Abreise? Er hatte immer wieder versucht, sie auf dem Handy zu erreichen, aber es war und blieb ausgeschaltet. Jetzt wusste er, die Putzfrau hatte geplaudert. So also war die Wahrheit ans Licht gekommen. Schlimm nur, dass weder Emma von Lea wusste, noch Lea von Emmas Besuch. Das alles war kein Verbrechen, es musste sich unter zivilisierten Menschen aufklären lassen.

Eine Stunde später fand Frau Dr. Lea Kristensen eine mail auf ihrem privaten Computer.

*Ich, geliebte Lea – bin der, von dem diese eifersüchtige Münchnerin behauptet, es sei ihr die Treue gebrochen worden. Deine angebliche Patientin kann keine andre als meine Emma gewesen sein.*

*Ihr habe ich, Ole, wie du weißt, vor rund zwei Jahrzehnten in einem einmaligen, und meinerseits keineswegs feurigen, sondern eher behutsamen Liebesakt ihre Zwillinge gemacht. Überraschend, aber wohlüberlegt hat Emma selbst diesen Beischlaf damals herbeigeführt. Sie hat mich einfach instrumentalisiert, sie wollte nichts als ein bisschen Samen von mir, und das war ohne Liebesnacht eben nicht zu bekommen. Eine Demütigung für jeden Mann. Der Himmel allein weiß, warum diese verschämte Jungfrau mich dann so leidenschaftlich umarmte, dass ich kaum mehr Luft bekam. Es hat wunschgemäß funktioniert. Und wie! Sie wollte ein Kind und hat zwei bekommen! Ich rühme mich dieser Leistung! Damals hat sie mich nach der einzigen, gemeinsamen Nacht umgehend verlassen. Ich habe sie so sehr geliebt und gehofft, sie bliebe bei mir. Aber nein, sie verschwand. Ich war für sie einfach nur Mittel zum Zweck. Mehr nicht. Keine Rede von einem Treueversprechen! Das bildet sie sich ein.*

*Und was hatte ich davon? Du weißt ja, ich kannte die Zwillinge bis vor kurzem nur von Fotos, hatte nie richtig Kontakt mit ihnen.*

*Von dir liebevoll unterstützt, bin ich nun diesen Sommer endlich Vater, Papa geworden. Waren doch herrliche Wochen, nicht wahr? Aber ich habe den Verdacht: Die Zwillinge haben ihrer Mutter dich, meine Lea, verschwiegen. Emma sollte nicht eifersüchtig werden. Sie wollten zuhause ihre Ruhe haben, nicht nach dir ausgefragt, nicht auch noch in unsre Probleme hineingezogen werden. Diese Frau ist, frei herausgesagt, in mancherlei Hinsicht eine verrückte Person. Aber ich liebe sie sehr, trotz aller Zugeständnisse, die sie mir seit so vielen Jahren abverlangt.*

*Erst jetzt, nach Jahrzehnten, ist sie für ein paar Tage zu mir zurückgekehrt, wohlgemerkt, ohne mit mir zu schlafen! Sie geht mir aus dem Weg, ist verdächtig bemüht, mich das nur ja nicht merken zu lassen. Wer weiß, was da nun wieder dahinter steckt! Offenbar hat meine Putzfrau sie über Deine Existenz aufgeklärt, wozu sie absolut nicht befugt war.*

*Demzufolge hat meine liebe Emma nun zwischenzeitlich dich vergrämt. Obgleich sie angeblich nachhause gereist ist. Aber siehe da, sie treibt sich weiter hierorts herum und stiftet Unfrieden zwischen meiner Lea und mir! Wie vom Erdboden verschwunden, lebt sie jetzt irgendwo ihr eingebildetes Trauma aus, das sie dir ja vortrug: sie sei ein fehlerhaftes Geschöpf und habe nichts andres verdient als Bestrafung. Das ist ja, meine geliebte Analytikerin, wenn ich dich richtig verstehe, so ungefähr auch die normale Arbeitsgrundlage, die deine Patienten zu dir und in deine Praxis treibt: Sie sind schadhafte Menschen und wollen sich bessern – wobei du ihnen tatkräftig zur Seite stehst! Irgendwie sowas hat dir Emma ja auch vorgemacht, aber ich bezweifle, auch nur der geringste Vorsatz einer moralischen Reparatur habe sie zu dir getrieben.*

*Wer weiß, was diese Hexe noch alles anstellt? Ich muss sie finden.*
*Und du, Lea?*
*Liebst du ihn noch – deinen Ole?"*

Wenig später kam per e-mail die Antwort.
*"Ja, ich liebe ihn noch, meinen Juristen und Rechthaber von Gottes Gnaden,*
*sogar sehr – ich wäre sogar bereit ihn mit dieser Verrückten zu teilen. Deine*
*Emma hat mir eine mail geschickt und hat sich damit per Computer sozusagen*
*dingfest für uns gemacht. Ihre Nachricht lautet:*

*Sehr geehrte Frau Doktor Kristensen, ich entschuldige mich sehr für mein*
*schlechtes Benehmen! Natürlich hasse ich Sie nicht! Und ich nehme Ihnen auch*
*Ihren Ole nicht weg! Ich hätte dazu nicht das allergeringste Recht. Endgültig*
*schenke ich ihm meine Zwillinge jetzt, die ja auch seine Zwillinge sind – und*
*Émile und Emily bekommen ihren so lange entbehrten Vater.*

*Ich habe Ihren Buchtitel gelesen. Er setzt im Wortsinn voraus, der Mensch*
*kann sich seiner Fehler entledigen. Denn was schadhaft, mangelhaft ist, ist*
*verbesserungsfähig, kann sich doch ändern, nicht wahr? Das sind ja gerade die*
*Menschen, denen Sie helfen. Glauben Sie also, ein beschädigtes Leben wendet*
*sich je wieder zum Guten? Das Halbe, Verstümmelte, das Kaputte – wird das*
*auf wundersame Art wieder heil? Denn gerade von dieser Sorte bin ich.*

*Bitte grüßen Sie Ole von mir – und Ihnen meine Verehrung. Emma."*

*Was hältst du davon? Erstaunlich! Ich gebe zu, ich bin bezaubert. Gruß Lea.*

Oles Antwort:
*Verstehst du jetzt, warum ich Emma, die Mutter meiner Kinder, noch immer*
*liebe? Gruß Ole.*

Jahrelang hatte Emma seit Eriks Tod eine Frage verdrängt: Aids? Es hatte
auch nie Zeichen einer Ansteckung gegeben. Warum fielen gerade jetzt, auf
einmal, Zorn, Verbitterung, tiefste Verzweiflung über Emma her? Das Denken!
Es zeigte sich von seiner anderen, seiner dunklen Seite – nistete in ihrem Kopf,
ihrer Seele, ihren Eingeweiden. Angst! Angst! Angst! Ein Ungeheuer! Sie wurde
die Einflüsterungen ihrer Vorstellungskraft nicht mehr los.

Sie war am Vortag, ehe sie ihre Rivalin heimsuchte, endlich bei einem In-
ternisten gewesen – eingedenk Eriks Mahnung auf seinem Sterbebett. Jetzt
wartete sie auf den Bescheid: Angesteckt?

Zuerst hatte sie gedacht, es könne ja gar nicht sein. Es sei einfach unmöglich! Sie hatte nie mit einem anderen Mann als einmal mit Ole geschlafen, später mit Eric. Dann fiel es ihr wie Schuppen von den Augen: Eric, mit seiner Männerbekanntschaft in Afrika, die Nacht, in der er zurückgekehrt war. Ungeschützt. Und es hatte Erik keine Ruhe gelassen, sonst hätte er nicht dieser Schwester seine letzte Bitte aufgetragen. "Lass dich untersuchen!"

War der Bescheid positiv, dann würde Emmas Welt binnen Sekunden zusammenbrechen. Sie stand schon jetzt unter Schock, war sich fast sicher.

"Zur Strafe, weil ich, als Erik von seiner afrikanischen Eskapade zurückkam, noch einmal, nur noch ein einziges Mal, wie immer ungeschützt mit ihm geschlafen habe. Unfassbar leichtfertig!

Ole – gottseidank nicht mit ihm! Dagegen mit Jens! Wenn ich Aids an ihn weitergegeben hätte?

Warum werde ich so sehr für dies eine Mal mit Erik gestraft? Warum schickt Gott überhaupt solche Krankheiten über die Menschen? Warum so viel Unheil, so viel Böses?"

Sie wusste, es gab keine Antwort auf diese Frage. Zureichend würde niemals ein Mensch sie beantworten können. Aber das Böse kam ja nicht erst in die Welt durch einen Apfelbissen: nein, längst im vorhinein war es schon da! Die Schlange, die Verführung schlechthin, lauerte Adam und Eva auf, durfte ihr Unwesen mit ihnen treiben – so war es vorgesehen. Angeblich gewährleistete sie die freie Wahl zwischen Gut und Böse, die Entscheidung, das Verbotene zu tun oder ihm zu widerstehen. Die lockende Schlange – angeblich der Widerpart Gottes? Ein Gegeneinander, oder ein Zusammenspiel beider Ur-Mächte? Daher das Unheil, daher das Böse – daher Aids?

Emma fiel in einen Abgrund von Angst, war verloren. Aids oder nicht Aids – dies war im Augenblick die einzige Frage Emma fühlte sich schon jetzt, noch ohne Diagnose, von dem modernen Aussatz geschlagen, eine Gezeichnete, Unberührbare. Was für eine Bedeutung hatte da noch Oles Geliebte für sie?

Die ganze Szene, die sie dieser Kristensen vorgespielt hatte, richtete sich im Grunde ja gar nicht gegen die Ärztin. Sie war ein Vorgriff, eine blinde, hilflose, verzweifelte Wut, eine Attacke gegen ihr insgeheim im Verborgenen lauerndes Schicksal – von dem sie nur allzu bald erfahren würde, es habe das letzte, selige Liebessspiel damals mit Erik benützt, um sie unrettbar ins Unheil zu stürzen. In dieser festen Überzeugung schob sie den Anruf beim Arzt, der die Untersuchung unternahm und ihr den Befund telefonisch mitteilen wollte, immer weiter hinaus. Sie war sich absolut sicher: ihre Strafe stand fest.

Was jetzt?

Ramon fiel ihr ein. Auch so ein Verlorener.

*Mein "Lebensrätsel". Jetzt, wo mir meine eigene Lebensplanung – HIV? – sinnlos erscheint, denke ich: Ramon war gleichfalls einer von denen, die die Sinnlosigkeit ihres Daseins nicht ertragen und die dem Schicksal zeigen: mit mir kannst du's nicht machen – so nicht! Inzwischen ist ja durchgesickert: Ramons Familie besaß ein bedeutendes Bankhaus – sein Einbruch in eine (beliebige) Bank war also auch ein Angriff auf seine Familie, ihren Lebensstil, wahrscheinlich sogar eine Attacke nicht nur gegen die eigene Bank, sondern gegen alle seelenlosen Geldinstitute der Welt. Er hatte als Student unter Pseudonym gelebt, der familiäre Zusammenhang blieb nach seinem Tod lange geheim und ist erst vor kurzem durch den Sensationsartikel eines allwissenden Journals unter dem reißerischen Titel "Der geheimnisvolle Seidenschal. Liebestod eines Bank-Erben?" geoffenbart worden.*

*So wurden wir beide, du, Ramon und ich, durch einen sinnlosen Zufall zusammengewürfelt – durch ein Stück Seide. Hättest du dir nicht meinen Schal um den Hals geschlungen und mit dir in den Tod genommen – ich hätte dich wohl inzwischen vergessen. So aber hast du mich für immer an dich gebunden. Und seltsam: es ist ein gutes Gefühl, dir nah zu sein. Ich will gar nicht loskommen von dir. Im Gegenteil, Ramon, bleib bei mir!*

*Moment!*

*"Durch einen sinnlosen Zufall zusammengewürfelt" – was soll das denn heißen?*

*In genau diesem Augenblick, mitten im stärksten Verkehr, in einem wahnsinnigen Augenblick, packt das Begreifen mich so, dass ich schlagartig bremse und fast einen Auffahrunfall verursache:*

*"Die Vorsehung – manchmal vielleicht würfelt auch sie," hast du damals gesagt, Ramon. Und du wusstest genau, was du damit meintest!*

*Es war kein sinnloser Zufall, es war überhaupt kein Zufall. Ich bin der Einsatz gewesen, – ich, EMMA! Vielleicht existierte wirklich eine arabische Cousine. Aber für Ramon gab es nur mich.*

*Die Vorsehung allerdings, die unbarmherzige Vorsehung: sie war dir nicht gewogen. Der Würfel brachte dir kein Glück – EMINA, "zart wie Seide", fiel dir nicht zu. Du, Ramon, hattest das Spiel von vornherein verloren – hast es verlieren müssen, weil ich dich nicht verstand, nicht verstehen konnte, vielleicht auch gar nicht hätte verstehen wollen. Ich habe dir ja nicht einmal richtig zugehört, nur darauf gewartet, dass du endlich gehst. Kurz, ich, ich selber, Emma-Emina, habe dir nicht die winzigste Chance gegeben, mir deine verschämte Liebe zu offenbaren. Du solltest mich einfach nicht bekommen, so war das höheren Ortes bestimmt!*

*Also doch eine Art Liebestod? Bin ich schuldig? Du warst ja dazu bereit, standest schon auf dem Absprung, aus welchen Gründen auch immer. Aber ein Aufschub, der wäre möglich gewesen.*

*Ach, Ramon, ich begreife das alles erst jetzt. Darum also hast du mich vor deinem Tod aufgesucht? Für dich hatte ich keinen Makel. Für dich war ich zart wie Seide. Dir war ich die Liebe wert. Warum sonst hättest du meinen Seidenschal mit in den Tod genommen? Hättest du doch etwas gesagt! Ich habe wirklich darauf gewartet, obgleich ich dich ja kaum kannte. Du bist mir jetzt im Tod viel näher als damals im Leben. Und vielleicht bin ich sogar schon auf dem Weg zu dir, – oder wenigstens auf dem gleichen Weg wie du, Ramon. Ich weiß noch nicht, wie ich mich entscheide. Ob ich gleich viel Mut habe wie du? Wie seltsam. Ich habe das Gefühl, du würdest mir hinüberhelfen. Als Selbstmord ein Banküberfall! du verrückter Kerl! Ach, jetzt, wo du schon so viele Jahre tot bist, bist du mir inzwischen so lieb, als wärst du mein Bruder. Oder mehr? Auf Wiedersehn und Adieu.*

In diesem Lebens-Augenblick erreichte sie die mail ihrer Rivalin, ihrer Gegnerin.

*"Liebste Emma, Sie sind nicht die erste Frau in meinem Leben. Aber noch niemals habe ich mich so hingezogen gefühlt zu einer Frau wie zu Ihnen. Ich möchte Sie wiedersehen, ich muss Sie wiedersehen. Wo finde ich Sie? Ihre Lea.*

Die alsbald zurückgemailte Adresse: ein kleines Familienhotel.

Emma wartete. Sie wusste nicht, was auf sie zukam, auf was sie sich da einließ.

84

"Was wird mit mir geschehen? Ich muss es ihr sagen. Sofort. Ich bin doch vielleicht schon so gut wie tot. Und da soll jetzt noch etwas beginnen, das mir ganz und gar fremd ist? Mit einer Frau? Mit Lea? Sie fiebert mir entgegen – steckt sie mich damit an?

Ich habe sie beleidigt, gekränkt – und jetzt erwarte ich sie und auch ich bebe."

Sie begriff plötzlich, wie hungrig, trotz Jens, sie immer noch war nach diesen fast zwanzig Zwillingsjahren, Entbehrungsjahren, Hingebungsjahren, diesem Mutter-Idol, diesem irgendwie falsch gelebten, ichvergessenen Mutter-Dasein und nur ja kein Sex! Würde ihr jetzt, zum Ausgleich, dies "Beste-Freundinnnen-Getue" zuteil werden?

Es klopfte. Emma stand auf, öffnete die Türe. Lea schlüpfte herein. Umarmte sie, küsste sie. Zog Emma mit sich fort. Emma, atemlos, als sie endlich reden konnte:

"Ich habe mich vielleicht angesteckt. Ich habe vielleicht Aids".

Lea legte ihr die Hand auf den Mund. "Still!"

Als es vorbei war, streichelte sie Emma zärtlich, hörte nicht damit auf, sagte:
"Du weißt, Frauen, die einander lieben – das halten viele für abartig.

Emma, es ist etwas ganz anderes als die Liebe zwischen Mann und Frau. Es ist etwas sehr Zartes, Feines, Subtiles – leise, leicht und behutsam. Es lässt dich bei der leisesten Berührung deiner Haut erzittern, schon das kann genügen.

Die Liebe zwischen Frauen dampft nicht – sie duftet. Sie ist kein Ruckzuck – sie gleitet sanft in dich hinein, in deine Seele. Sie ist ein kleines, feines Menu mit Champagner, drei Gängen und Nachspeise – kein Schweinsbraten mit Knödeln und Bier."

"Und was ist mit Ole?"

"Ach, der ist mein Liebhaber sozusagen fürs Grobe, Wilde, die Leidenschaft. Das ist Sex, verstehst du. Das muss ja auch einmal zwischendurch sein. Erotik – das können nur wir.

Lea hatte Ole nicht wissen lassen, dass und was sie Emma antworten würde. Sie hatte sich ihre Worte noch einige Tage überlegen wollen. Ihre Botschaft würde über ihr eigenes und Emmas Schicksal entscheiden.

Durch eine geheimnisvoll innige Gedankenverbindung ahnte Ole, dass Lea ihm etwas verschwieg. Er beschloss, sein banges Vorgefühl tief in sich zu begraben, es nicht weiter zu befragen, abzuwarten, Lea ihren Weg gehen zu lassen, wohin auch immer er führen würde.

Er war betrübt, enttäuscht. Als müsse er etwas hergeben – es stillschweigend ertragen, ohne zu klagen.

"Wahrscheinlich tut mir meine Emma grade jetzt etwas an. Nimmt mir wieder einmal was weg. Sie will es ja eigentlich gar nicht, es passiert eben. Sie kann es nicht ändern, sie muss es tun."

Anderntags erschien Lea bei Ole, unerwartet, unplanmäßig, unangemeldet.

Sie saßen beisammen, ohne ein Wort. Lange Zeit saßen sie nur so da. Schweigen hüllte sie ein.

Dann sagte Ole: "Geh zu ihr!"

"Ich will dir nicht weh tun, Ole."

"Liebe hält viel aus, Lea."

"Ich habe sie zu mir geholt. Sie ist bei mir."

"Gut so. Ich lasse dich los."

"Danke!"

Dann ging sie. Für wie lange? Er wusste es nicht. Auch sie konnte es nicht wissen.

Nicht Emma, Lea rief schließlich beim Arzt an, von dem Emma ihr Todesurteil erwartete. Die Diagnose war negativ.

Alle Angst fiel von ihr ab. Sie ging zum Friseur, zur Kosmetikerin, in Modegeschäfte, kaufte sich ein paar hübsche Sachen, verwandelte sich.

Lea staunte:

"Sie ist wie ein Schmetterling aus ihrer Verpuppung gekrochen, Ole – sie schwebt, flattert, fliegt. Die Zwillinge sind von ihr abgefallen wie ein Kettenhemd, ein allzu schweres. Zum ersten Mal ist sie um ihrer selbst willen auf der Welt, lebt nur für sich selbst.

Vielleicht, Ole, dauert dieser schöne Moment nur eine kurze Zeit, in der sie begreift, wie glücklich man sein kann, wenn man einmal gut zu sich selber ist. Einmal nur für sich, anstatt für andere lebt! Lassen wir sie doch!

Nicht dass ich glaube, sie sei eine absolut selbstlose Person. Sie hat sich nur verboten, dann und wann einmal sie selber zu sein – und, was noch viel wichtiger ist, sie hat sich geschämt, sich mit Lust hinzugeben, horizontal, wohlgemerkt. So, als wäre sie eine schwäbische Pietistin und müsste sich jedes Mal selber dafür bestrafen. Kasteien für das bisschen Lust."

So sah es Lea.

"Und dies bisschen bringst du ihr jetzt bei?

Fast ähnlich wie sie von Lea gesehen wurde, betrachtete sich Emma in ihrem Tagebuch selbst.

*Jetzt also Lea. Ich träume. Das gibt es nicht wirklich ... Es geht nicht darum, dass sie von mir Besitz ergreift – sondern ich von mir selbst. Es ist wie ein Wunder, sie hat mir die Augen geöffnet.*

*Für mich gab es immer nur meine Zwillinge. Das war so ein enges Umfeld, dass ich in Jahrzehnten kaum einmal ins Theater, in ein Konzert oder ins Museum ging. Dass ich ein ganz abstraktes Leben lebte, immer nur Bücher las – nicht das Leben er-lebt, sondern es mir er-lesen habe – und immer nur "Mama" war. Lea hat mir diese Mama-Attitüde wie ein altes Hemd ausgezogen, es mir vom Leib gerissen, und plötzlich war ich "Emma" und nichts als "Emma" – und die will ich bleiben!*

*Und jetzt will ich endlich einmal etwas erleben, etwas ganz Großes, Erhabenes, etwas, das mich weit über mich hinaushebt, das mir so Angst macht, dass ich vor ihm davonlaufen möchte. Aber ich werde ihm standhalten. Ich möchte ans Meer. Ich habe noch nie das Meer gesehen. Aber doch nicht das Meer der Sonntagsausflügler!*

*Ja, was erwarte ich jetzt von dir – Meer, du Ungeheuer? Ich habe mir ein Abbild von dir besorgt. Einen Farbdruck. So, genau so wie dieser Farbdruck sollst du mir begegnen: ein schmales, gemaltes Stück Meer, darüber ein riesiger, ein unendlicher, ein monströser Himmel. Ihm liegst du, sein Widerpart, zu Füßen, – du Meer, selber ein Monstrum! Weit und breit keine Menschen, – nur eine gewaltige, einsame Einsamkeit.*

*Davorstehen und erfahren will ich, ob ich – Auge in Auge mit deiner unermesslichen Weite, die sich bis ins Jenseits erstreckt – dir standhalte und nicht einfach vor dir davonlaufe, wie so oft in meinem Leben, wenn ich an irgendein Meer stieß, worin ich vielleicht ertrunken wäre.*

Lea fuhr mit ihr nach Cuxhaven, der Stadt, wo die Elbe in die Nordsee mündet. Hier war Lea geboren, sie besaß noch eine kleine Wohnung, wo sie Emma unterbrachte.

"In drei Tagen komme ich zurück und hole dich ab. Bis dahin, Emma, such dir Dein Wunschbild. Das Wetter ist leider nicht sehr romantisch".

Nein, das Wetter war abweisend. Viel zu kalt für die frühen Herbsttage, grau, wolkenverhangen, unfreundlich. Zeitweilig regnete es.

Mit der gleichen Beinahe-Verzweiflung, mit der sie als Elf-, Zwölfjährige nach einer besonderen, außergewöhnlichen, nur ihrer Mutter eigenen, strahlenden Identität gesucht hatte, mit dem gleichen Willen, der gleichen Hartnäckigkeit machte sie sich noch einmal auf die Suche – aber jetzt und hier und dieses Mal nach sich selbst.

Sie hatte sich ein gewaltiges Sehnsuchts-Meerbild erschaffen – und was fand sie? Sie fand unterwegs, auf der Fahrt nach Cuxhaven, überall nur, was sie schon kannte: trotz der oft gartenhaften Landschaft eine ihr öde, gleichförmig erscheinende Ausbreitung, Dehnung, Erstreckung. Niemals ein Auf und Ab – Land und Meer: eine einzige, weite, unendlich sich dehnende Fläche. Begrünt das Land, Kühe zuweilen. Nach allen Richtungen hin eben, immer nur eben. Und der Wind! Dieser unbarmherzige Wind!

Drei Tage suchte sie dann Caspar David Friedrich im Watt. Sie fand ihn nicht.

Nur eines beeindruckte sie tief: das Meer schien sich am Horizont, in weiter Ferne, vor ihren Augen zu krümmen.

"So rundet sich also der Erdball! Ich kann sehen: die Erde ist eine Kugel! Natürlich weiß ich's, aber ich hab's mir nie vorstellen können. Immer hab' ich mich gefragt: Die Gegenfüßler, warum fallen sie nicht hinten runter?"

Sie dachte plötzlich mit Sehnsucht an Jens, an seine kindliche Begeisterung für die so mysteriöse, die immer noch unerklärbare Schwerkraft, die den Kosmos im Gleichgewicht hält und die Leute in Australien vor dem Runterfallen bewahrt.

*Habe ich mein Sehnsuchts-, mein Friedrich'sches Idealmeer gefunden? Nein, die Wirklichkeit hinkte der Kunst weit hinterher. Bei mir war das Meer nur eine träge dunkle Masse, nichtssagend – und der Himmel ein schmutziger Lappen.*

*Die Kunst weiß es besser.*

*Und ich, ich habe Lust, diesem öden Cuxhafener Meer ein kosmisches, ein Caspar-David-Friedrich-Meer entgegenzusetzen. Wie es der Maler mit seinem inneren Auge sah – und wie er es seinen einsamen Betrachter sehen lässt. So will auch ich es gesehen haben: für und gegen uns Menschen – ein Ungeheuer, auf Leben und Tod.*

*Eine wellige Düne streckt sich leicht erhöht vor mir ins Meer hinaus, darauf ein einsamer Mensch, ein Mönch, – nein,* ICH!

MEIN *Auge betrachtet das Meer.* MEIN *Auge verkürzt die Meeresfläche perspektivisch zu einem schmalen Streifen;* MEIN *Auge räumt ihm eine kaum größere Bildfläche ein als der welligen Düne, auf der* ICH *stehe und Ausschau halte. Hier und da ein paar dünne Schaumkronen, winzige weiße Möwen im Flug über dem verdichteten Meer – tiefdunkel, das der Horizont in kunstvoll vorgetäuschter Ferne gegen den Himmel abgrenzt.*

*Und darüber ein gewitterschwarz aus dem dunklen Meer herauswachsendes, gigantisch gezacktes Wolkengebilde, immer heller nach oben, dort weißgrau durchstrahlt. Dahinter ein durchscheinend lichter Himmel, der sich aufwärts erleuchtet – und sich endlich, befreit vom Wolkenduft, in äußerster Höhe tiefer und tiefer verbläut.*

*Grenzenlos überwölbt dieser Himmel mit seiner Bläue einen riesigen, ins Unendliche geweiteten Luft-Raum – Bild-Raum – Welt-Raum. Und ein einziger, einsamer Mensch –* ICH!

Wie seltsam. Zuguterletzt habe ich mich in dieser Caspar-David-Friedrich-Person noch selber erfunden.

Durfte ich das? Oder geht es zu weit, ist es Anmaßung? Aber ich will mich nicht wieder wegdenken von diesem Ort, an den ich mich hingedacht habe.

Oft, und oft vergeblich, hab' ich dies Denken mir schon erlaubt. Vielleicht hätten sich meine Wünsche doch noch erfüllt – mit einem einzigen, dem letzten Schritt?

So, wie Caspar David Friedrich radikal mit seinem Denken alles, was Meer ist, zu Ende gemalt hat.

Am Schluss existiert dann nur noch das Gedachte, auch wenn es nah ans Verbotene grenzt.

Ich aber bin meist auf halbem Weg stehengeblieben!

Aus Angst vor der Strafe.

Wer weiß? Vielleicht würde mein Einer, Einziger mich bis heute durchs Leben begleiten – hätte ich ihn zu Ende gedacht? – *Hätte es ausgehalten, mitsamt der Strafe!*

Warum muss man sich immer mit allem Wirklichen abfinden, so, wie es nun einmal ist? Resignieren! Altwerden dabei! Nach Façon der ewig mit ihrem Schicksal hadernden Stuttgarter Oma!

Realität, was ist das? Wahrheit? Halbwahrheit? Augentäuschung? Einbildung? Anschein? Lüge?

Mutterliebe? Ich kannte sie nicht. Ich sehnte mich nur danach. Also hab' ich sie mir als Kind selbst inszeniert.

Alles was ist, ist veränderbar!

Wer es riskiert, wer bis zum Äußersten geht, für den ist das Denken eine gewaltige Kraft, viel stärker als alle Wirklichkeit!

So, wie es der Maler Caspar David Friedrich dem Meer beweist!

"Bist du zufrieden, Emma?"

"Nein – oder nur, indem ich mir ein eigenes Caspar-David-Friedrich-Meer erschaut und erdacht habe, Lea. Ich fürchte, so hab' ich's öfter im Leben gehalten: mir etwas in Gedanken angeeignet, einfach genommen, was ich im wirklichen Leben nicht bekam. Zuerst habe ich meine ferne Mutter aus Paris herbeigedacht – als Beistand, als Schutzengel. Dann, als ich erwachsen war, mir den unbekannten Vater erschaffen ..."

Sie verstummte. Nahm noch einen Anlauf:

"Ja, den ... Als was ... ?"

Wieder schwieg sie. Dachte nach, suchte – fand keine Antwort.

Lea hielt für einen Augenblick den Atem an. Wartete.

War da ein Geheimnis? Würde Emma Worte finden dafür? Mut, sich zu offenbaren?

Nein! Nein! Rasch verwischte sie die selber gelegte Spur. Redete darüber weg.

"So kann man sich vieles aneignen in Gedanken, was man im Leben nicht kriegt – oder verfehlt. Um dein Lieblingswort zu gebrauchen. Das nämlich ist *meine* Art von Fehlbarkeit. Kann man sie korrigieren? Ausmerzen mit deiner Hilfe? Oder umdeuten, so lange umdeuten, bis alles Fehlende, Fehlbare, Fehlerhafte, Verfehlte seinen ganz eigenen Sinn bekommt und man denkt: Das Leben sollte wohl doch irgendwie so sein? Ja, Lea! Genau so und nicht anders!"

Lea ließ ich nicht täuschen. Sie war alarmiert. In Gedanken überflog sie das wenige, was sie von Emmas Vergangenheit wusste, es war wenig, fast nichts.

"Es muss einen Riss gegeben haben in Emmas Leben, der nie richtig verheilt ist. Ganz vorsichtig berührte sie eben die Narbe, ob sie noch wehtut? Natürlich schmerzt sie noch immer ..."

Keiner von Leas Patienten hatte sich jemals so etwas wie einen Vater erdacht. Eine verrückte Idee von Emma – oder eine verzweifelte? Welche Rolle hat er damals für seine grade erwachsene Tochter gespielt – vielmehr: welche Rolle hat sie ihm zugewiesen? Wozu hat sie ihn gebraucht? Für mehr als väterliche Liebe? Was lässt sich einem erfundenen Vater nicht alles andichten? Warum sonst verurteilt, bestraft Emma nicht ihn – sondern sich selbst?

Lea hatte sofort begriffen: er war eine Schlüsselfigur.

War er Verführer und Verführter zugleich? – wenn auch nur in Gedanken? Wie aus einer Versenkung war dieser Vater plötzlich noch einmal aufgetaucht. Hatte er also doch einmal irgendwie existiert für Emma? Und ließ er sie – oder sie ihn – immer noch nicht in Ruhe, selbst nach Jahrzehnten?

Aber es sich von der Seele reden, das musste Emma von sich aus, freiwillig, ungefragt tun. Lea hielt sich an ihre ärztliche Methode. Sie konnte nur warten.

Doch Emma spann das Gewebe auf andere Art weiter.

"Zuletzt bist dann du, Lea, in mein Leben getreten und hast mich – lass mich's so sagen: von mir selber befreit. Wahrscheinlich bist du die einzige, die sich die Mühe gemacht hat, mir bis auf den Grund meiner Seele zu schauen. Das danke ich dir."

Lea hatte als Ärztin sehr genau, übergenau zuhören gelernt. Sie hoffte noch immer, nicht bloß obenhin auf den Grund, sondern tief in den Abgrund von Emmas Seele blicken zu dürfen. Vergeblich.

Emmas Gedanken waren längst auf dem Weg nach München.

"Ach, Lea, in diesem Land hier fehlt mir etwas. Es gibt kein Rauf und kein Runter. Ich habe Sehnsucht nach meinen bayrischen Bergen und Hügeln – und ganz besonders nach dem Hochufer der grünen Isar, auf dem ich wohne."

Als Ärztin wusste Lea: Manche Menschen hüten ein letztes Geheimnis, geben es niemals preis. Aus Scham. Es würde für Emma wohl keine Gelegenheit mehr geben, sich davon zu befreien. Der Abschied stand unmittelbar bevor. So verknüpfte sich für Lea die Trennung mit einem bitteren Gefühl des Versagens. Sie hatte Emma nicht helfen können. Jetzt galt es nur noch, ihre Versöhnung mit Ole zu arrangieren. Das wenigstens würde Lea gelingen.

"Gut, Emma. Aber die letzte Nacht solltest du nicht bei mir, sondern mit Ole verbringen. Er hat dir Émile und Emily geschenkt, ist ihnen ein treuer Vater, verlangt nie etwas von dir – und liebt dich noch immer von ganzem Herzen.

Und noch immer vergeblich. Er leidet. Das bedenke! Ich bringe dich zu ihm."

Letzter Hamburger Eintrag.

*Wie seltsam: Es gibt Apfel-, Birn-, Kirsch- und andere Obstbäume, die sich selber befruchten. So wie sie wäre auch ich am liebsten beschaffen gewesen. Wie sie hätte ich meine Zwillinge – meine Früchte – ganz allein aus mir heraus zur Welt bringen wollen. Selbst-Fertilität! Habe dann doch den Ole dafür gebraucht. Die Natur hat mir mit meinem zweieiigen Pärchen vielleicht einen Fingerzeig geben wollen: zwingen lässt sie sich nicht – und ich, Emma, bin kein Ganzes. Mir hat zu diesem Ganzsein immer etwas gefehlt, ich wusste nur nie, was.*

*Dann kam Jens.*

*Jens hat es beim Namen genannt, was mir immer gefehlt hat: etwas sehr Geheimnisvolles, nicht Erzwingbares, die Schwerkraft der Liebe.*

*Aber ich ahne inzwischen auch, was er in mir suchte und fand, wenn wir uns liebten. Jedesmal muss es ihm gewesen sein, als kehre er leibhaftig, ungeboren in seine Mutter zurück – in jene Mutter, die ihn einst aus ihrem Schoß ausstieß, ihn loswerden, sich endgültig von ihm befreien wollte. Weg mit ihm!*

*Er hat nie eine Mutter gehabt– so bin ich sein Mutter-Ersatz geworden. Das hielt er für Sex. Aber es war nichts andres als Sehnsucht nach einer Mutter, in die sich dieser einsame Knabe verkriechen konnte. Ich werde ihm das sagen, erklären, und er wird geheilt sein. Auch mir ist damit geholfen. Ich weiß jetzt: Jens und ich, wir sind nicht schuldig geworden, nicht an- und nicht miteinander. Wir durften uns lieben! Es war, was er selber die Schwerkraft der Liebe genannt hat, diese geheimnisvolle Anziehungskraft. Ramon hat sie in den Tod getrieben. Jens und mich hat sie zusammengeführt. Es war die einzige Art, für wenige Augenblicke ganz und gar eins zu werden – wie es uns sonst nur, wenn wir unsre Leibesfrucht in uns tragen, von der Natur geschenkt wird,*

*Es ist Zeit. Ich fahre nachhause.*

Und so verabschiedete sie sich von Ole:

"Und jetzt, Ole – zum Schluss eine Nacht, eine einzige Nacht für uns beide. Zur Erinnerung und zum Dank für so vieles, was du von mir bis zuletzt noch hast hinnehmen müssen. Aber Lea wird immer nur dir, Ole, gehören. Mit mir, das war nur ein Versuch, mich zu heilen. Auch die Zwillinge gehören von jetzt an dir. Ganz. Ich habe sie lange genug für mich allein gehabt."

In aller Frühe wollte sie am anderen Morgen mit dem Auto aufbrechen, nachhause – jedoch mit einigen Abstechern unterwegs. Es würde also einige Tage dauern, bis sie glücklich zuhause ankäme.

"Von München aus melde ich mich dann wieder."

Am Vorabend zögerte sie plötzlich. Ihr wurde bewusst, was das Nachhausekommen für sie bedeutete.

Sie fand ja nichts mehr von all dem vor, was sie zurückgelassen hatte: es gab keinen Beruf, keine Arbeitsstelle mehr, keine richtige Familie, ja, vielleicht nicht einmal Jens. Sie empfand nur eines: Angst. Angst vor vor allem um Jens. Es konnte ja nicht so weitergehen mit ihm, wie sie aufgehört hatten. Denn aufgehört miteinander – hatten sie das überhaupt? Angst also vor einem Leben *ohne* Jens – einem Leben *mit* ihm? Angst aber auch vor der Einsamkeit. Angst vor sinnlosem Nichtstun. Und ganz besonders Angst vor den Zwillingen, ihren stummen Vorwürfen.

"Unversöhnt, ganz allein mit ihrem Hass auf mich habe ich sie zurückgelassen, einfach so, bin fortgegangen, nur mit meiner Liebe zu Jens beschäftigt. Von ihm wenigstens habe ich mich verabschiedet, aber auch ihm habe ich kein Zeichen, keine einzige Zeile gesandt. Ich habe gelebt wie in einem Zwischenreich, München liegt nicht auf demselben Stern wie Hamburg – von da gab es keine Verbindung zu meinem früheren Leben. In der Musik nennt man das eine Fermate: die Instrumente schweigen, dehnen die Stille – auf geheimnisvolle Weise klingen sie unhörbar nach, eh sie wieder einsetzen und der Zauber der Fermate vorbei ist."

Sie wusste einfach nicht, wie sie anknüpfen sollte an das Chaos ihrer Münchner Vergangenheit. So gönnte sie sich noch einen Aufschub, hängte, ohne es Lea oder Ole wissen zu lassen, ein paar Tage in Hamburg an, saß in kleinen Cafes und auf Parkbänken herum, betrachtete die Vorübergehenden. Einmal näherte sich ihr eine ältere Dame mit einem sichtlich uralten Pudel. Sie warf mit aller Kraft und so weit sie konnte ein Stöckchen, rief: "Such! Such!" Worauf der Pudel loshumpelte, um seiner Herrin das Stöckchen keuchend zurückzubringen – und das Spiel begann von neuem. Emma entrüstete sich bei diesem Anblick.

Die alte Dame kam näher – "Erlauben Sie?" – und nahm auf der Bank neben Emma mit höflichem Abstand Platz.

"Das ist Tierquälerei!" sagte Emma empört. Freundlich wandte sich die Unbekannte ihr zu.

"Es sieht nur so aus, meine Liebe. Es macht ihm immer noch Spaß – und das ist schließlich das einzige, was für einen Hund zählt. Im übrigen: wie genau verstehen Sie eine Hundeseele?"

Emma musste zugeben: "Gar nicht. Ich bevorzuge Katzen."

"Sehen Sie! Katzen würden nie apportieren und schon gar nicht hinter einem Stöckchen herrennen. Darüber sind sie von Natur aus erhaben. Aber Hunde – genau wie die Männer – die tun so was. Es ist ein Reflex. Sie rennen uns hinterher. Wir sind die Stöckchen – und ihnen immer ein Stück weit voraus. Aber meistens erwischen sie uns dann doch ... "

Sie erhob sich und warf das Stöckchen – zum wievielten Mal? – so weit sie nur konnte.

"Erlauben Sie!" rief Emma. "Sie bringen das arme Tier ja um!"

"Sein Herrchen im Himmel wartet schon auf ihn. Ich helfe nur ein bisschen nach."

Emma war sprachlos. Entsetzt. Hatte sie es mit einer Verrückten, einer Wahnsinnigen zu tun?

"Nein!" sagte die Unbekannte, gedankenlesend. "Ich habe meinen Verstand schon noch beisammen!"

Sie schwieg einen Augenblick. Sollte sie weiterreden? Sollte sie schweigen? Emma kannte dies Zögern alter Menschen, wenn sie beginnen, sich zu öffnen – und dann doch lieber innehalten. Aber sie sind schon zu weit gegangen, sie *müssen* weiterreden. Allzu lange dauert ihr einsames Altersschweigen schon – und jetzt gibt es kein Halten mehr.

"Ich handle, wie mein Mann und ich uns gegenseitig versprachen, als er seiner Sinne noch mächtig war. Er würde umgekehrt alles genau so handhaben – mir zuliebe. Es hat sich halt so ergeben, dass ich *ihm* hinübergeholfen habe."

"Sie haben Ihren Mann getötet?" Es fuhr Emma mit Entsetzen heraus.

"O nein! Er ging ganz von allein – wenn auch nicht gerade sanft, so doch im Augenblick höchster Annehmlichkeit. Unser langjähriger Hausarzt persönlich hat mir dazu das Rezept geliefert."

"Das Rezept zum Töten? Wie geht das?"

"Ganz einfach – mit Liebe!

Mein Mann war schon eine Zeitlang dement. Er hatte obendrein ein äußerst schwaches Herz. Kein Sex! sagte deshalb der Hausarzt, es könnte ihn umbringen. Ich in meinem Alter und mein Mann in seinem Geisteszustand – wir beide hätten sowieso nichts mehr mit Sex am Hut, meinte er; er weise mich nur vorsichtshalber auf strikt gebotene Enthaltsamkeit hin. Sex wäre viel zu gefährlich für meinen Mann.

Inzwischen erkannte er mich nicht mehr, das war sehr traurig. Ich beschloss, einen Versuch zu wagen. Wenn schon sein Geist, sein Kopf mich nicht mehr erkannte – vielleicht würde sein Körper dem meinen noch vertraut sein? Sich erinnern, wie er sich einst mit meinem Körper vereint hat – und würde er es instinktiv, von einer mehr gefühlten als gewussten Regung beseelt, noch einmal versuchen?

Eines Abends – er war gerade zu Bett gegangen – legte ich mich zu ihm, nackt. Es bedurfte nur einer einzigen Liebkosung, um ihn zu erregen. Daran, was folgte, ist er gestorben – wie vom Arzt prophezeit. Mein Mann hatte Glück mit seinem kranken Herzen – ich dagegen bin kerngesund, mir hülfe kein Sex, ich bliebe am Leben.”

Sie schwiegen beide, dann fasste sich Emma ein Herz, griff nach der Hand der alten Dame, streichelte sie:

“Danke, dass Sie mir das, einer Unbekannten, erzählt haben. Danke für Ihre Offenheit. Und gute Reise demnächst für Ihren Pudel.”

“Ich danke *Ihnen* für Ihr Verständnis!”

Nach einigem Schweigen, gedankenversunken:

“Das Wunderbare ist: jetzt erkennt mein Mann mich wieder, nennt mich mit Namen, wünscht mir Guten Morgen und Gute Nacht – und manchmal haucht er mir einen Kuss auf die Lippen.”

Emma erstarrte. Ein Schauer lief ihr über den Rücken. Wem begegnete sie da? einer Doppelgängerin – oder vielleicht, auf gespenstische Weise, sich selbst?

Die alte Dame lächelte.

“Das Denken ist eine gewaltige Kraft, viel stärker als jede Wirklichkeit. Wissen Sie das nicht?”

Sie erhob sich, warf das Stöckchen, wandte sich zum Gehen.

“Schön, dass wir uns begegnet sind! Alles Gute für Sie!

*Allerletzter Hamburger Eintrag:*

*Diese fremde Frau mit dem Stöckchen, hat sie ihrem Ehemann tatsächlich einen Liebestod bereitet? Ihn wirklich – oder nur in Gedanken – umgebracht?*

Unentwegt von dieser Frage verfolgt, versuchte sie erst einmal, ihr mit einer Ausrede zu entkommen:

*Vielleicht lebt er ja noch – und sie bildet sich alles nur ein …*

Aber Emma wusste es besser:

*Natürlich ist er daran gestorben. Aber ob tot oder lebendig – für seine Frau macht das inzwischen keinen Unterschied mehr.*

Doch auch das nützte Emma nichts. Sie kam von der liebenswürdigen, vielleicht schon mit einem Hauch von Demenz behafteten alten Dame – nein, von ihrem eignen, ureigenen Problem! – nicht los.

*"Das Denken ist viel stärker als alle Wirklichkeit. Wissen Sie das nicht?" hat sie mich gefragt. Natürlich, gute Frau, weiß ich's. Auch wenn es bloß Einbildung, Selbst-Täuschung wäre, für uns übertrifft dieses wunderbare Denken alle Wirklichkeit. Ob Schein oder Sein – uns kümmert das nicht.*

*Aber vielleicht haben auch Sie sich schon einmal gefragt: ist es denn überhaupt erlaubt? Dies Denken, mit dem man sich aus der Wirklichkeit hinausschleicht?*

*Doch, ja, wir dürfen's! So lange wir es auf wohlangemessene Art und Weise tun, nicht zu oft, nicht zu viel. Und sofern wir uns an gewisse Maßgaben guten Benehmens halten. Dann ist uns das, was Sie und mich so beglückt, nicht versagt.*

*Aber es gibt ein "Stop"! – ein "Keinen Schritt weiter!" – ein Verbot.*

*Sie, verehrte Dame, hielten dies Limit grade noch ein. Ich nicht. Ich habe in obiger Richtung weitergedacht – weit darüber hinaus.*

*Mir hat es einen Rausch, einen Orgasmus, ein Delirium verschafft.*

*Ich wurde dafür bestraft. Gejagt durch eine Hölle von Angst!*

Emma machte einen dicken Strich durch das Geschriebene. Aus! Schluss! Ende!

Sie riss das Blatt aus ihrem Schreibheft heraus.

Ja, es gab eine Grenze. Die hatte sie in jener einzigen, unbeschreiblichen, unwiederholbaren Nacht weit überschritten. War mit IHM eins geworden – nicht nur im Traum, nicht nur vorgespiegelt! Nein. Nein. Nein! Sie, EMMA DARLING, hatte es wahrhaft erlebt. Hatte dies Erdachte noch weitergedacht. IHN sogar ein zweites Mal an ihre Seite geholt, in ihr Bett. War sie zu weit gegangen damit? Schuldig geworden? Ja? Nein? Sie schwankte. Hätte sich nur allzu gerne herausgeredet.

Und während es hin und herging in ihrem Kopf, begann ihr Körper auf eigene Weise sich einzumischen, zu antworten, zu reagieren, Reize zu empfinden, Verbotenes zu fühlen. Sie schloss die Augen, wehrte sich dagegen – vergeblich. Ein Hand streichelte, elektrisierte sie. Nur ganz sacht, mehr geschah nicht. War ER's? Doch diesmal hatte nicht *sie* IHN ersehnt, gerufen, nicht *sie* hatte ihn – wie damals in jener verhängnisvollen Nacht – herbeigelockt. Ganz von sich aus war er noch einmal zu ihr zurückgekehrt. Hatte sich zu ihr hergewünscht, hergezaubert, -geträumt.

Emma ließ alles, was ihr von IHM geschah, über sich ergehen.

"Was war das?" fragte sie, als es vorbei war.

Der Abschied? Der Beweis für ihre Unschuld? Die Absolution?

Denn wie sonst hätte ihr das Geschehene widerfahren können – ohne jedes eigene Zutun?

Der rettende Einfall war Lea.

Sobald sie zuhause war, würde sie Lea schreiben, Lea um Hilfe bitten! Lea sollte entscheiden: "Habe ich mich verfehlt – oder war's mir noch einmal gegönnt?" Die ganze Last ihrer Seele auf Lea abladen – welch eine Erleichterung! Das tiefe Vertrauen in Lea besänftigte in der letzten Hamburger Nacht auch ihren unruhigen Schlaf. Sehr früh am nächsten Morgen verließ Emma ihr hanseatisches Asyl Richtung München – wie befreit, im voraus geläutert durch Leas Anteilnahme.

Zum ersten Mal fuhr sie mit ihrem VW eine so weite Strecke. Kurz nach den ersten zweihundert Autobahn-Kilometern, während sie sich beim Fahren immer sicherer fühlte, kam ihr ein Geisterfahrer entgegen. Sie versuchte, ihm auszuweichen, geriet zu weit abseits – ihr Wagen durchbrach eine Barriere, stürzte eine Böschung hinab. Im Bruchteil einer Sekunde zog noch einmal ihr Leben an ihr vorbei.

"Ich fliege!"

Der Wagen überschlug sich, prallte auf.

Beim Begräbnis in München versuchte Ole hilflos ein Resummee dieses viel zu kurzen Lebens.

"Was wissen wir wirklich von Emma?

Mir hat sie noch schnell ihre Zwillinge vermacht – und dann ist sie einfach davongeflogen. Drei Männer hat sie gehabt: erst mich – dann Erik – und zuletzt

Jens, diesen Jüngling, von dem wir erst aus ihrem Tagebuch erfuhren.

Von mir wollte sie nur ein Kind. Und das in einer einzigen, unsagbar wilden, maßlosen Liebesnacht! Am nächsten Tag verlässt sie mich ohne Abschied. Monatelang höre ich nichts mehr von ihr – bis zur Geburt der Zwillinge. Manchmal frage ich mich: sind sie wirklich von mir? Ich zweifle ja nicht wirklich an meiner Vaterschaft – ich will nur wissen, gab es da tatsächlich so eine Art Phantom – einen Unbekannten, den sie mir verschwieg? Sag du's mir, Lea!"

"Ja, Ole, vielleicht hast du recht.

Sie strich eine winzige Zeile in ihrem Tagebuch durch, aber sie ist noch zu entziffern: *War Ole Ole?* in dieser Liebesnacht?

Emma hat alles, was ihr das Wichtigste war im Leben, aus sich selber herausgeholt. Mit Denken. Zuerst viele Jahre ihre Mutter – später ihren unbekannten Vater. Und dann wohl auch noch den Zwillings-Erzeuger.

Ihm – diesem Geheimnisvollen, Unbekannten, Namenlosen, – verdankst du, so nehme ich an, diese rätselhaft wilde Nacht mit Emma. Sie galt nicht dir, sie galt ihm. Nicht du, Ole, schliefst damals mit Emma – er, der Eine, Einzige, Unerreichbare, der vielleicht nur Gedachte war es, der mit ihr schlief.

Eigentlich hat sie sich sogar selber erfunden, wenn ich es mir recht überlege. Zuletzt: Sich und das Meer. Emma, die sich in Caspar Friedrichs Meer-Bild hineindenkt – in ihm aufgeht.

Aber auch wenn es mein Beruf ist, meinen Patienten in die Seele zu schauen – über das, was sie vor mir verbergen, spekuliere ich nicht. Emma nahm ihr Geheimnis, mit wem sie in dieser Nacht dich *vielleicht* betrog, – *in Gedanken, Ole!* – mit in ihr Grab. Dort soll es bleiben.

Doch glaub mir, der biologische Zwillingsvater bist du, Ole, du, und kein andrer!"

"Also war keiner von uns letztendlich der Richtige für Emma – und ich schon gar nicht. Oder vielleicht wir alle zusammen – von jedem ein Stück? Sie hat ja keinen verlassen, ist jedem von uns irgendwie treu geblieben – am treuesten aber wohl diesem Jens."

"Ich fürchte, der weiß überhaupt nicht, dass sie verunglückt, dass sie tot ist? Sonst wäre er uns doch auf ihrer Beerdigung begegnet? Es waren ja nur die Zwillinge und wir beide da. Du, Ole, wirst ihm die Todesnachricht bringen müssen."

"Lea, davor graut mir!"

"Aber er muss es erfahren, wenn einer ein Recht darauf hat, dann er."

"All ihre Männer – erst recht diesen unglücklich in sie verliebten Ramon – dann mich – hat sie ausgesperrt aus ihrem Leben. Kein Sex hieß der Riegel, den sie uns vorschob! Erik hat sich nur genommen, was sie freiwillig nie hergegeben hätte – aber auch ihn ließ sie nur duldsam über sich ergehen. Ihrem Körper versagte sie alles, was ein Paar glücklich macht, beseligt, verbindet.

Nur für einen einzigen, Jens, den Allerletzten, hat sie diesen Riegel aufgetan – und auch nur für wenige Male. Ein unerfahrener junger Mensch, den konnte sie annehmen, in sich aufnehmen. Warum? Keinem erfahrenen Mann, nein, einem Jüngling ist sie – meine geschlechtslose Emma, eine Vierzigjährige – zur Mutter geworden, und zugleich, zurückverwandelt in eine Zwanzigjährige, zu seiner Geliebten."

Ungern überließ der Vater den Zwillingen das aus dem Autowrack geborgene Heft mit Emmas Einträgen – ihr einziges Vermächtnis. Er hätte es gerne behalten, es wäre ihm kostbar gewesen. Zusammen mit Lea hatte er es gelesen. Es fiel Ole nicht leicht, dies Dokument den bei weitem noch unreifen Zwillingen auszuhändigen. Aber den Jahren nach waren sie ja erwachsen, volljährig. Es stand ihnen rechtmäßig zu. Eine gefährliche Erbschaft.

Nach Emmas letztem Eintrag wusste Ole, er musste diesen Jens ihren Tod wissen lassen, musste ihm die Trauer um Emma und den Abschiedsgruß an ihrem Grab zugestehen. Es sollte Oles letzter Liebesdienst für Emma sein. Das Seniorenheim hatte man bislang bewusst nicht unterrichtet. Dort suchte und fand er Jens in seiner Schlafkammer. Als habe ihn ein Hammer getroffen, brach Jens bei der Todesnachricht zusammen, Ole konnte gar nicht anders – er umarmte diesen Knaben, versuchte, ihn zu trösten. Er fuhr mit ihm in einen nahegelegenen Forst, zog Jens auf einen Baumstamm zum Sitzen neben sich.

Jens weinte noch immer.

"Jens, lass uns hier reden, von Mann zu Mann!"

Behutsam weihte er Jens in Emmas letzten Tagebuch-Eintrag ein.

"Jens, du bist für Emma mehr gewesen als ein junger Mann, der mit ihr schlief. Du warst für sie auch ein Sohn, den sie in ihren Mutterschoß zurücknahm. Du bist ja eine Waise, hast nie eine Mutter gehabt, sie vielleicht gesucht, aber niemals gefunden. So ist Emma an ihre Stelle getreten. Sie konnte das, wurde als deine Geliebte zugleich deine Mutter. Sie hat das in ihrem Tagebuch so geschrieben. Erst spät, in ihren allerletzten Lebenstagen, verstand sie, was sie wirklich für dich bedeutete. Ihre letzten Worte: "Ich weiß jetzt, Jens und ich – wir haben keine Schuld." Sie hat sich nach dir gesehnt, du warst nach wie vor ihre Liebe, eine doppelte Liebe – denn zugleich warst du eben auch ihr Sohn."

Er schwieg, ließ Jens Zeit, seine Worte zu verkraften. Dann:

"Jens, ich möchte an Emmas Stelle ein wenig Verantwortung für dich übernehmen – oder besser, die Nachsorge. Ich gebe dir meine Hamburger Adresse, meine e-mail-Anschrift, meine Festnetz-, meine Handynummer, und du gibst mir deine. Lass mich regelmäßig von dir hören, schreib mir, ruf mich an, mail mir jede Woche ein paar Worte. Damit ich wirklich weiß, wie es dir geht! Auch wenn du in Not bist. Ich werde für dich da sein. Sag' Ole zu mir."

"Danke!"

Als sie sich voneinander verabschiedeten, sagte Jens noch einmal aus vollem Herzen "DANKE!"

Ole dachte: "Habe ich mir jetzt einen Ziehsohn zugelegt, wie Erik die Zwillinge damals?" Es war ihm leicht ums Herz, trotz der Verantwortung, die er sich spontan aufgebürdet hatte. Er wollte diesem jungen sensiblen Burschen helfen.

Stellvertretend für Emma.

Die Zwillinge hätten Emmas Tagebuch am liebsten ungelesen beiseite gelegt. Die Mama hätte ganz gewiss nicht gewollt, dass sie ihre geheimsten Gedanken läsen. Sie wären sich – mit Recht – wie Eindringlinge vorgekommen. So durchblätterten sie es nur, brachten das Heft in Mamas Schreibtisch unter, verdrängten es aus ihrem Gedächtnis. Sie hatten ja noch weit mehr zu verdrängen – die Erinnerung vor allem an diese unerträgliche Bettgeschichte mit Jens, dem ehemaligen Straßenjungen, den sich ihre Mutter ausgesucht hatte. Gott allein kannte den Grund. Mit Ole und Lea hatten sie absichtlich nicht darüber gesprochen, sie schämten sich für ihre Mutter. Nach wie vor wartete in ihren Herzen ein symbolischer Scheiterhaufen, immer wieder zündelten sie daran.

Auf das Alleinsein, ohne Mutter, mussten sie sich nicht mehr einstellen, das hatten sie schon geübt, als Emma nach Hamburg entflohen war. Manchmal fragten sie sich jetzt gegenseitig ihre Kindheits-Erinnerungen ab, wie zum Trost.

"Erinnerst du dich an die Verkleidungen, die uns die Mama anzog? Sie las uns

Hauffs Märchen vor und anschließend wurde ich als der Kleine Muck verkleidet und du, Émile, warst ein großmächtiger Pascha."

"Sie hatte eine Menge solcher Ideen – im Nachhinein denke ich, sie spielte mit uns. Das kannst du auslegen, wie du magst. Es war gut, dass Eric ins Haus kam, der hat auch Spiele mit uns gespielt – aber das war etwas ganz anderes.

Hübsche Erinnerungen. Aber welch ein Gewicht hatten sie gegen die Wut, die Émile beseelte und die er immer weniger im Zaum zu halten vermochte! Aber merken, wie es brodelte in ihm, ließ er niemand. Nicht einmal Emily – und schon gar nicht Ole und Lea.

Eine Mutter, die man liebt, der man vertraut – was tat sie ihren Kindern alles an? Wird von ihnen im Bett mit einem Neunzehn-, Zwanzigjährigen erwischt. Unternimmt anschließend eine Vergnügungsreise nach Hamburg,. Fährt sich auf der Rückfahrt, diese Anfängerin! mit dem Auto tot. Lässt ihre Kinder mit diesem furchtbaren Zweifel zurück, hat nie versucht, ihnen zu erklären: warum dieser Straßenjunge? Was bedeutete er ihr?

Wer oder was würde ihn, ihren Sohn Émile, jemals von seiner rasenden Eifersucht, seinem Ekel erlösen?

Und wer, wenn nicht er, Émile, jagte ihn endlich zum Teufel, diesen verfluchten Jens!

Vielleicht hätte er doch das Tagebuch lesen sollen? Vielleicht erklärte sich dort alles als Missverständnis? Vielleicht tat es dann weniger weh? Er besorgte sich Emmas Schreibheft, ohne Emily einzuweihen, las es atemlos bis zum Schluss, bis zum letzten, verhängnisvollen Eintrag.

Er hatte Emma immer als eine sehr jung gebliebene Frau gesehen, mädchenhaft schlank, blühend. Vielleicht sogar als eine Art Unbefleckte Jungfrau. Nie mehr seit seiner frühen Kindheit hatte er seine Mutter nackt erblickt. Und diese Frau prostituierte sich mit einem Straßenjungen – nicht für Geld, sondern weil sie geil auf ihn war! Und zuguterletzt erklärte sie diesen Jungen, dem sie ihren Schoß geöffnet hatte, auch noch zu ihrem Sohn. Wie pervers war seine Mutter?

Oder wäre dieser Jens – unvorstellbar! – sogar ein Halbbruder von Émile und Emily? Hätte ihre Mutter ein zweites Mal dies Experiment gewagt: ein Kind ohne Vater in die Welt zu setzen, unehelich, mit bürgerlichem Makel, wenn man's genau nahm – genau wie sie beide?

Nein, natürlich nicht. Sie brauchte nur eine Ausrede für ihre schmutzige Liebe zu Jens. Und so missbrauchten sie sich gegenseitig: der fiktive Sohn die Mutter, die fiktive Mutter den Sohn? Er kehrte sozusagen in jene angebliche Gebärmutter zurück, die ihn einst ausstieß? Gab es irgendwo einen noch größeren, noch skandalöseren Sündenpfuhl?

Immer aufs neue beschimpfte, verunglimpfte er seine tote Mutter, verfluchte er Jens.

"Ich bringe ihn um!"

Er fand keinen Ausweg mehr aus seiner Verstrickung in Wut, Enttäuschung, Verachtung. Seine Schul-Leistungen im letzten Jahr vor dem Abi näherten sich dramatisch einer Katastrophe. Niemand konnte sich das erklären. Er wollte die Schule schmeißen. Emily redete verzweifelt dagegen, es half nicht. Sein Klavierlehrer, der junge Student, drohte ihm an, er verliere, falls er das Abitur nicht schaffe, die bereits gegebene Zusage des Professors, ihn als Schüler anzunehmen. Das rettete ihn, brachte ihn zur Besinnung.

"Ich bin ja gar nicht mehr ich selbst!"

Von da an war es einzig das Klavier – und mit ihm sein kluger Klavierlehrer – die ihn nicht nur bei Verstand hielten, sondern auch seinem aufgewühlten Gemüt Ruhe schenkten.

Der Student gab ihm eine Bach-Fuge auf:

"Auf sie konzentriere dich. Wochenlang, monatelang. In sie muss sich dein Hirn hineinwinden, du musst sie im Ohr haben bei Tag und bei Nacht. Du musst ihre strengen Linien, dies Gegen-, dies Mit-, dies Nacheinander von sich umkreisenden Tönen, die sich zu mathematischen Substanzen, zu Planeten in einem Mikro-Kosmos verwandeln, ganz und gar in dich aufnehmen. Das ist Musik absolut, verstehst du – und wenn du das nicht kapierst, wenn du nicht bereit bist, sie jenseits all deiner verdammten Emotionen mit deinem Innersten wahrzunehmen, dich ihrer Denkart, ihrer Disziplin, ihrer Gesetzmäßigkeit zu unterwerfen – dann hör auf mit der Musik, dann bist du ihrer nicht wert."

Émile unterwarf sich.

Jens hingegen wurde mit seinen Schuldgefühlen nicht fertig. Er sah sich immer noch an ihrem Bett stehen, hörte ihr "Geh!". Er hatte ihr von Rosie erzählt, sie war zusammengebrochen, er hatte sie auf ihr Bett geschleppt, kaum getragen. Mehr war nicht geschehen. Dann hatte sie ihn im Seniorenheim noch einmal zu sich geholt, eine selige Nacht mit ihm verbracht, sich verabschiedet, war nach Hamburg gereist, war auf der Rückfahrt mit dem Auto einem Geisterfahrer begegnet, war tot. Unwillkürlich musste er lächeln. Eine gute Autofahrerin war, trotz seiner Nachhilfe, nicht aus ihr geworden. Wäre er am Steuer gesessen, vielleicht lebte sie noch?

Fast jeden Tag besuchte er ihr Grab, brachte ihr ein paar Blumen. Manchmal kam er gerade, wenn Emily ging, er sah sie noch in der Ferne verschwinden. Auch sie kam sehr oft, doch nicht täglich, auf den Friedhof zum Grab. Er wollte ihr keinesfalls begegnen. Zu gut erinnerte er sich, wie sie und ihr Bruder in der Schlafzimmertür standen und ihr Bruder verächtlich sagte: "Macht nur so weiter! Das schauen wir uns nicht länger an!"

Eines Tages geschah es dann doch. Emily stand plötzlich am Grab neben ihm.

"Verschwinde!"

Einige Tage traute er sich nicht mehr zum Friedhof. Die Sehnsucht trieb ihn dann doch wieder hin. Er hatte sich angewöhnt, jedes Mal leise ein Vaterunser zu sprechen; er wusste es noch auswendig vom Religionsunterricht im Heim, wo er aufgewachsen war. Er betete halblaut, nachdem er sich vergewissert hatte, dass niemand in seiner Nähe war. Einmal sah ihn Emily von weitem, der Zorn stieg in ihr auf.

"Das nächste Mal nehme ich einen Stock mit, den hau ich ihm über den Schädel!"

Sie schlich sich vorsichtig an, stand plötzlich, ungesehen, hinter ihm und hörte sein leises, inbrünstiges "und vergib uns unsere Schuld ... "

Er betete!

Sie wandte sich auf der Stelle um. Nach einigen Schritten rannte sie, so schnell sie konnte, ungesehen davon. Von da an vergewisserte sie sich jedes Mal, ob Jens beim Grab war und betete. Er blieb nie lange, oft nur ein Vaterunser lang. Wenn es sich traf, spazierte sie so lange zwischen etwas entfernteren Gräbern umher.

Nach einiger Zeit war sie sich sicher: Jens kam täglich zu einer ganz bestimmten Zeit, wohl in einer Arbeitspause. Eine Weile vermied sie diesen Termin peinlich, entging damit der Gefahr einer Begegnung. Dann redete sie sich ein, sie lasse sich nicht von diesem Menschen vorschreiben, wann sie das Grab ihrer Mutter besuchen könne. Sie würde ihn wegjagen, ihm verbieten, am Grab ihrer Mutter zu beten. Ja, das Beten, ganz besonders das Beten würde sie ihm untersagen.

Einige Male versuchte sie also geradezu, ihn im Friedhof anzutreffen. Aber er kam nicht. Wo blieb er? War es ihm schon zuviel geworden, dies bisschen Beten? War das alles, was er Emma an Ehrerbietung schuldig zu sein glaubte?

Dann, eines Tages, unerwartet, traf er sie selber am Grab. Ohne ein Wort, die Hände gefaltet, stand er plötzlich neben ihr. Furchtlos.

Sie fragte leise: "Was ist das, was du jedesmal betest?"

"Das Vaterunser. Es ist das einzige Gebet, das ich kann."

"Ich kann es nicht. Sprich es laut, bitte. Ich möchte es hören!"

Er erfüllte ihren Wunsch.

"Amen!"

"Amen!" sagte auch Emily.

"Kannst du mir das beibringen?" Es war eine höfliche Frage. Jens wusste ohnehin nicht, wie ihm geschah.

"Gerne!"

"Morgen? Um die gleiche Zeit?"

"Um die gleiche Zeit morgen!"

"Ich bin Emily!"

"Ich bin Jens."

"Bis morgen. Wiedersehn!"

Jens wartete noch, bis sie sich ein Stück weit entfernt hatte. Er hatte das Gefühl, das gehöre sich so. Er konnte doch nicht einfach mit ihr zusammen, an ihrer Seite, weggehen. Also ließ er ihr den Vortritt. Emily registrierte das. Es gefiel ihr. Aber das nächste Mal würde er sie begleiten.

Das Vaterunser!

Das Vaterunser war also die Brücke, die Emily und Jens zusammenführte. Eine heutzutage sehr ungewöhnliche Brücke. Aber sie hielt stand. Von jetzt an verabredeten die beiden sich regelmäßig, fast täglich, für ihren Treffpunkt Friedhof. Emily ließ sich von Jens aus seinem Leben erzählen – wo war er geboren, wer zog ihn auf, wenn er weder Vater noch Mutter hatte? Wo und in welche Schule war er gegangen? Es war eine im Ganzen trübselige Geschichte. Er hatte nichts Gescheites gelernt, er war nichts, er konnte nichts. Aber stimmte das? Im Seniorenheim war er unentbehrlich – er konnte alles, was man ihm anschaffte, es machte ihn stolz. Und jetzt ging er ins Abendgymnasium! Wollte lernen, lernen, Abitur machen – und vielleicht sogar studieren.

Emmas Grab war und blieb ihr Mittelpunkt. Sie verliebten sich nicht ineinander, sie vertrauten sich. "Warum bete ich für meine Mutter? Will ich sie reinigen von ihrer Sünde?" fragte sich Emily. "Und warum betet Jens für sie? Sie hat ihn geheilt, sagt er. Es ist seine Danksagung!"

Mit der Zeit fand Emily in Jens ein wenig Ersatz für den Bruder Émile, der sich ganz in die Musik vergraben hatte – er war einer, der nicht Maß halten konnte, der entweder eine Sache exzessiv machte – oder gar nicht. So hatte er sich auch gezwungen, seine maßlose Wut auf Jens zu unterdrücken, sie gleichsam in eine Schublade einzuschließen – sie für irgendeine Zukunft kontrolliert aufzubewahren, jederzeit greifbar.

Am Tag vor Heiligabend waren Emily und Jens auf dem Friedhof verabredet, stellten ein kleines, liebevoll geschmücktes Christbäumchen aufs Grab, das Jens mitgebracht hatte. Emily war sehr gerührt.

"Jens, du bist wirklich ein lieber Junge!"

"Danke! Ich wäre so froh, wenn du keinen Hass mehr auf mich hättest, Emily."

"Ach, längst nicht mehr, Jens! Und ich bin auch sehr froh, dass du mir das Vaterunser beigebracht hast. Wenn es auch schrecklich war in deinem Heim, wo du geprügelt und in den Keller gesperrt worden bist – wenigstens hast du dort das Vaterunser gelernt. Wer lernt denn das heutzutage überhaupt noch?"

"Emily – darf ich dir einen Kuss geben? Nur auf die Backe? Nur wie ein Bruder?"

Am frühen Nachmittag dieses Tages fand in der Musikhochschule das letzte Hauskonzert dieses Jahres statt. Émiles Klavierlehrer war unter den Ausführenden, Émile, natürlich eingeladen, beklatschte ihn stolz. Als er mit der Tram nachhause fuhr, am Friedhof vorbei, stieg er an der dortigen Haltestelle aus. Er wusste, um fünf Uhr schloss winters der Friedhof seine Pforten. Es war erst halb fünf – und Émile hatte ein schlechtes Gewissen, weil er kaum ein-, zweimal Emmas Grab besucht hatte. Es war kein weiter Weg vom Eingang zu ihr. Von weitem sah er zwei Personen am Grab. Emily und ? Ein Mann! Jens!

In diesem Augenblick beugte sich der hochgeschossene Jens zur zarten, viel kleineren Emily hinab, umarmte sie. Sie bot ihm erst ihre linke, dann ihre rechte Wange – er küsste sie auf die eine, dann auf die andre, ließ Emily los und trat zurück.

Es durfte nicht wahr sein! Jens, dieser Verbrecher! Erst verführte er die

Mutter, jetzt die Tochter. Émile schaute sich suchend um. Im eingezäunten Abfallplatz entdeckte er eins der primitiven Holzkreuze, wie sie provisorisch eine Zeitrlang auf frisch belegten Gräbern stehen, ehe das endgültige Grabmal auf dem abgesunkenen Grab installiert werden kann.

Für die überfallartige Attacke reichte das Stück Holz gerade, es zerbrach beim ersten Hieb. Darauf warf Émile sich mit seinem ganzen Gewicht wütend auf Jens, sie waren beide gleich groß. Émile hatte jedoch den Vorteil des vor Hass und Verachtung glühenden Angreifers. Er warf den überraschten Jens zu Boden, schlug ihn, trat ihn, den Liegenden, auch gegen den Kopf. Emily schrie verzweifelt "Hör auf! Hör auf!" Sie warf sich, ihn mit ihrem Körper schützend, über ihn, der sich nicht mehr wehren konnte. Er hatte das Bewusstsein verloren, blutete. Émile, nach einem letzten Tritt, verließ den Friedhof, ließ den Verwundeten und die verzweifelt weinende Emily zurück – ohne das geringste Unrechtsbewusstsein, ohne eine Spur von Mitleid.

Die letzten Friedhofsbesucher, die grade noch Zeugen der wüsten Schlägerei geworden waren, alarmierten Polizei und Notarzt. Jens, ohnmächtig, wurde ins nächstgelegene Krankenhaus gebracht. Emily durfte mitfahren, um dort Namen und Anschrift zu Protokoll zu geben. Sie wusste ja, wo er arbeitete und wohnte. Den brutalen Schläger kannte sie angeblich nicht. Niemals würde sie ihn verraten. So kam der Bruder ohne Strafe für seine Untat davon.

Nicht ganz ungestraft. Emily würdigte ihn keines Blickes, keines Wortes mehr. Darüber vergingen die Tage des Weihnachtsfestes, keiner von beiden verlor auch nur einen Gedanken daran, jeder verkroch sich vor dem andern in seinem Zimmer. Emily verbrachte viele Stunden im Krankenhaus bei dem bewusstlosen Jens, in der Hoffnung, ihre Gegenwart könne ihm zum Aufwachen verhelfen. Émile brauchte Tage, um sich zu beruhigen. Irgendwann setzte dann auch bei ihm Besinnung ein.

"Mein Gott! Ich habe am Grab meiner Mutter einen Menschen halb tot geschlagen! "

Da Jens sich an den Festtagen mit keinem Wort in Hamburg per e-mail gemeldet hatte, wie es bei Ole und ihm zur Regel geworden war, machte sich Ole Sorgen und rief in München beim Seniorenheim an. Dort erfuhr er von der Schlägerei im Friedhof und vom Zustand seines Ziehsohns. Er flog auf der Stelle nach München. Es war ihm sofort und ohne den geringsten Zweifel klar, wer Jens auf dem Friedhof an Emmas Grab niedergeschlagen und ihn auch noch mit Füßen getreten hatte. Das würde Ole seinem Sohn so schnell nicht verzeihen – wenn überhaupt jemals. Am Krankenbett fand er Emily. Man hatte ihm erzählt, Emily habe Jens vor seinem Angreifer praktisch gerettet, sich über den am Boden liegenden Jens geworfen, ihn mit ihrem eigenen Körper geschützt.

Natürlich würde auch er Émile nicht der Polizei preisgeben, die sich immer noch nach dem unbekannten Schläger umhörte.

Wie ein rächender Gott erschien Ole bei Émile.

"Hör mir gut zu, Émile!

Ich bin dein und Emilys Vater. Aber ich habe inzwischen noch einen Ziehsohn bekommen – Jens. Emma hat ihn mir hinterlassen. Er ist mir in Kürze sehr lieb geworden.

Und deshalb stelle ich dir jetzt die biblische Frage: Kain, wo ist dein Bruder Abel? Émile, was hast du mit deinem Bruder Jens gemacht? Du, Émile, vielmehr: du, Kain, hast deinen Bruder Abel, meinen Ziehsohn Jens, eigenhändig fast tot geschlagen. Er liegt im Koma. Gnade dir Gott, wenn er bleibende Schäden davonträgt – vielleicht aus dem Koma gar nicht mehr aufwacht. Dafür wirst du dich verantworten müssen, dein Leben lang."

Ole beriet sich mit Lea in Hamburg:

"Wenn Émile das Tagebuch seiner Mutter gelesen hat bis zum letzten Satz, dann, Lea, wundert mich sein Hass auf Jens nicht. Es ist einfach rasende Eifersucht. Es war ein Fehler, dass ich es den Zwillingen überlassen habe. Was kann ich, was soll ich jetzt machen?

"Ole, da können auch wir Mediziner nur beten. Wie geht es Emily?"

"Sie sitzt jeden Tag stundenlang bei dem bewusstlosen Jens. Und jeden Tag – das haben mir die Schwestern erzählt – betet sie laut das Vaterunser und spricht Jens an:

"Hörst du mich, Jens? Jetzt beten wir erst einmal gemeinsam das Vaterunser, du weißt schon: wie auf dem Friedhof an Emmas Grab."

Das mache sie jeden Tag, es sei wie ein kleiner Gottesdienst, in der verzweifelten Hoffnung, der Patient werde aufwachen. So erzählten es mir die Schwestern."

Vielleicht half es Jens wirklich?

Eines Tages schlug er die Augen auf. Als man ihn vorsichtig ansprach: "Weißt du deinen Namen?" sagte er, überrascht, nach kurzem Besinnen: "Ich heiße

Jens."

Emily jubelte vor Erleichterung, fiel vor Freude auf sein Bett, umarmte ihn, küsste ihn, rief Ole in Hamburg an.

Émile stand seit Oles kurzem Besuch, wo er von ihm so schroff abgefertigt worden war, das Wasser bis zum Hals. Wie sollte er je geradestehen für das, was er Jens an Schmerzen, Leid und Schaden zugefügt hatte? Ein Anruf von Emily erlöste ihn wenigstens von der ärgsten Angst:
"Jens ist aufgewacht!"
Der nächste Anruf kam aus Hamburg:
"Du weißt, was du jetzt zu tun hast? Sag' es!"
"Jens um Verzeihung bitten."
"Das ist das Mindeste!
Ich erwarte aber noch mehr, viel mehr von dir!
Emily hat es längst getan hat, aus freien Stücken: sie hat Jens angenommen – als euren Bruder.
Von dir erwarte ich jetzt dasselbe! Hast du mich verstanden, Émile?"
Émile war so eingeschüchtert, dass er kaum ein Ja herausbrachte.

Sein Klavierlehrer, als er zur nächsten Unterrichtsstunde ins Haus kam und die seltsam gespannte Atmosphäre bemerkte, versuchte wieder einmal, seinem Schüler aus einer gemutmaßten, mühsam verborgenen Verzweiflung, aus Angst und Bedrückung herauszuhelfen.
"Émile, für dich ist die Musik ein Allheilmittel. Was auch immer zur Zeit dein Herz beschwert und dein Gemüt verdunkelt, die Musik wird dir helfen! Zuletzt habe ich dir Bach verschrieben – jetzt wählen wir eine Klaviersonate von Mozart. Mozart ist vielleicht noch schwerer für dich als Bach. Denn du musst erst einmal lernen, seiner Helligkeit den dunklen Unterton zu verleihen – bloß keine Tändelei! Ich will einen Seufzer dazwischen hören, das magische Schweben zwischen Hingabe und Verlust. Ja, erst wenn du hinter dem Perlen und Glöckeln und Jubilieren, dem Schäkern, dem Bäsle-Witz den Mozart-Ernst, das Mozart-Wehklagen spürst, wenn du aus manchen Sequenzen und nicht erst im Requiem seinen Dialog mit dem Tod heraushörst – erst dann werden diese Noten deine Wunden heilen.
Und dann erst wird vielleicht einmal ein Pianist aus dir.
Also übe!"

Ole in Hamburg machte sich Vorwürfe. Er hätte den Zwillingen Emmas Tagebuch auf keinen Fall aushändigen dürfen. Es war ein Fehler, ein verhängnisvoller Fehler. "Oh Emma", seufzte er. "Deine Intimitäten bringen den ganzen Familien-Kosmos zum Einsturz. Der bedauernswerte Émile! Eigentlich bin ich schuld an seiner Missetat. Ob ich ihn zu sehr gedemütigt und damit alles damit noch schlimmer gemacht habe?"

Émile, zutiefst verbittert über die Abstrafung durch seinen Vater, über seine Verständnislosigkeit, war dennoch zu Jens in die Klinik gegangen, um sich zu entschuldigen.

"Ich bitte dich um Verzeihung!"

Er brachte kein weiteres Wort heraus, stand nur da, starrte an Jens vorbei.

Nach einigem Schweigen sagte Jens leise:

"Ich hatte viel Zeit zum Nachdenken, über mich, über Emma. Schau mich bitte an, Émile. Schau mir in die Augen.

Auch wenn ich wollte, ich kann, was geschehen ist, nicht ungeschehen machen. Nie wollte ich euch Emma wegnehmen – aber auch ich will mir Emma nicht wegnehmen lassen, von dir nicht, von niemand. Du hast mich dafür geschlagen, hast mich getreten. Ich habe mit vielen Schmerzen und mit deiner Verachtung gebüßt. Wir sind quitt, Émile. Du brauchst mich also nicht mehr um Verzeihung bitten. Und wenn doch: ich verzeihe dir von ganzem Herzen.

Wir sind keine Kinder mehr. Ich bin ein Mann, du bist ein Mann. Du machst bald Abitur, wirst studieren. Ich wünsche dir viel Glück. Könntest du mir jetzt doch einmal die Hand geben, Émile?"

Widerstrebend kam Émile näher, aber nur ein paar Schritte.

"Du hast mir meine Mutter gestohlen!"

"Nein, Émile. Das hätte ich nicht gekonnt. Und niemals gewollt! Aber sie gehörte dir ja gar nicht. Kein Mensch ist eines andern Menschen Eigentum. Doch es gibt etwas anderes zwischen den Menschen, eine geheimnisvolle Anziehungskraft! Man ist ihr ausgesetzt, kann ihr nicht widerstehn. Und man kommt sich durch sie sehr nah, wunderbar nah ..." Er schwieg einen Augenblick, versank, als ob er träume. Dann, sehr sachlich:

"Mehr, oder etwas anderes war nicht zwischen Emma und mir. Dass es so etwas gibt, davon hatte ich zuvor keine Ahnung – und du, Émile, kennst diese Kraft bis heute noch nicht. Aber eines Tages wird sie auch dir begegnen, und dann wirst du mich und deine Mutter verstehen."

"Ich hasse meine Mutter."

"Nein, du bist nur eifersüchtig – wie ein kleiner Junge. Aber es ist nun einmal so: Mütter müssen ihre Söhne loslassen – Söhne ihre Mutter. Erst wenn du Emma alles gönnen kannst – sogar die Liebe zu einem wie mir, dem Straßenköter, als den du mich betrachtest – erst dann bist du erwachsen, bist du wirklich ein Mann.

Aber Émile schwor, er werde seine Mutter niemals loslassen! Oder wenn doch, dann mit Schlagen, Züchtigen, Massakrieren! Brutal!

Jens hatte der Pubertät das Schlusswort gesprochen. Aber Émile wollte gar nicht erwachsen sein. Nicht auf diese Art! Er wollte bleiben wie er war. Hassen wollte er! Hassen aus ganzer Seele! Das Gespräch mit Jens hatte seine Eifersucht erst recht angestachelt. Jens gab vor, eine andere Emma, oder Emma anders gekannt zu haben als ihre eigenen Kinder sie kannten. Was gab Jens dazu das Recht?

Jeden Morgen hatte sie ihre Zwillinge geweckt: stets korrekt angekleidet, geduscht, frisiert, ausgeschlafen – liebevoll nüchtern. So kannte er sie. Die Mama eben. Er hatte sie niemals nackt gesehen. Nur, wer und wie fremd war sie wirklich? Dass ein Gleichaltriger sie in Besitz nehmen konnte, sie entkleidete, ihr Verlangen weckte mit Streicheln, Küssen, wo immer es ihm gefiel, dass er in ihre Nacktheit eindrang! Wie sollte er das jemals verkraften?

So lange er mit der Mutter nicht im Reinen war, sie nicht niedergerungen, nicht obsiegt hatte über sie – so lange würde er keinen Frieden finden, schon gar nicht mit sich selbst. Und so versuchte er immer wieder, fast verzweifelt, Macht über ihren Körper zu gewinnen. Drängte sich, selber nackt, an die Nackte heran – so nah, bis er eines Tages einen Erguss bekam. Und nachdem ihm damit Erleichterung widerfahren war, versuchte er schon in den nächsten Tagen, sich aufs Neue durch die Mutter Befriedigung zu verschaffen. Sie konnte sich ja nicht gegen ihn wehren.

"Nun gehörst du auch mir, nicht nur diesem Jens, mir gehören deine Schenkel, dein Bauch, deine Brüste, deine Vagina – und du kannst dich mir nicht entziehen. Du bist es mir, deinem Sohn, schuldig, ich habe ein Recht auf dich, ich darf dich ebenso besitzen wie Jens. Er ist ein Mann, hat er gesagt. Dass auch ich ein Mann bin, habe ich dir eben bewiesen. Jetzt weißt du's. Jederzeit kann ich's nochmal mit dir machen. Und wenn du dich gegen mich wehrst – dann geht's eben mit Gewalt. Das gefällt mir sogar noch besser!"

110

Mit Emily musste er sich unbedingt versöhnen. Emily machte es ihm nicht schwer. Sie kam ihm sogar entgegen.

"Schön von dir, dass du Jens besucht hast. Morgen kommt er zurück ins Seniorenheim, sie warten verzweifelt auf ihn, er ist ja alles für sie. Gärtner, Hausmeister, er repariert, malert, streicht an, wartet die Heizung, erklärt ihnen ihre Computer, ihre Handys und was sonst an Elektronik im Haus rumsteht und -liegt, alles, was sie nicht mehr richtig kapieren. Sie nützen ihn ziemlich aus. Er will Abitur machen in der Abendschule – aber wie soll das gehen mit dem Lernen nach so einem Arbeitstag? Wir beide, Émile, haben es dagegen leicht mit der Schule, und du solltest dich jetzt mit voller Kraft reinhängen, damit du es auf die Musikhochschule auch wirklich schaffst!"

"Hattest du etwas mit Jens, Emily? Ehrlich?"

"Émile, bitte, was unterstellst du mir?"

"Du bist also noch Jungfrau?"

Emily war entsetzt. Was war das plötzlich für ein Ton?

"Na ja, du bist also noch unschuldig oder hast du schon mal ...?"

Es reizte ihn, Emily in die Enge zu treiben – mit einem Thema, das ihm seit einigen Tagen so geläufig war, ihn unausgesetzt beschäftigte – während Emily, dies Schäfchen, so tat, als gäbe es für sie, in ihrer Welt, nichts dergleichen.

"Ich habe diesen Schritt hinter mir, Emily. Ich bin kein Junge mehr, ich bin ein Mann. Du jedoch, Emily, bist offenbar immer noch ein Jüngferlein, und auch noch stolz drauf! Das ist doch absurd heutzutage!"

Emily wollte die Flucht ergreifen. Émile stellte sich ihr in den Weg, ließ sie nicht gehen.

"Du solltest einmal das Tagebuch unserer lieben Mama lesen. Da erfährst du allerlei über die Liebe. Damit beginnt es – und damit endet es auch bei ihr. Die Liebe war für unsere Mutter offenbar eine lebenswichtige Angelegenheit. Deshalb hat sie uns beide auch gleich zu Anfang miteinander verkuppelt, was man auf zahlreichen Fotos besichtigen kann: in einer Art Liebesgärtchen, ein winziges Brautpaar, du mit Schleier. Ich erinnere mich gut: sie hat uns damals feierlich wie in einer Kirche verheiratet, mit Musik und Trauspruch und allem Chichi. Nur eine Hochzeitsnacht, die hat sie uns vorenthalten – war ja auch noch ein bisschen früh. Wir könnten sie immer noch nachholen, jetzt gleich zum Beispiel, du und ich, Emily – was hältst du davon? Falls du deinem Bruder Émile nicht diesen Freund Jens vorziehst? Das wäre dann aber dein allererster Ehebruch, liebste Emily, denn wir sind nun einmal seit unserm fünften Lebensjahr ehelich miteinander verbunden. Deshalb hatten wir auch nie einen Freund, eine Freundin – wir Zwillinge hatten immer nur uns!"

Emily schlug die Hände vors Gesicht, weinte.

"Es war doch nur ein Spiel, Émile, nur ein unschuldiges Spiel!"

Émile kam zur Besinnung. Er nahm sie zärtlich in den Arm, strich ihr die Tränen weg:

"Lass gut sein, Emily. Ich weiß nicht, warum mich manchmal der Teufel reitet. Aber wir haben ja wirklich nur noch uns. Und du bist meine allerliebste einzige Schwester!"

Er zog sie noch mehr an sich. Er küsste sie.

Er war ihr so nah, er spürte, wie sie ihn erregte.

"Aber weiß Gott, Emily, ich wünschte, du wärest nicht meine allerliebste, einzige Schwester!"

"Was sonst?" Sie war so unschuldig, so naiv.

"Emily, sag nicht nein. Ein einziges Mal – bitte! Lass es uns tun, bitte!"

"Was, Émile, was?"

"Emily, du weißt es doch!"

Er, ein Riese, hob seine kleine, zartgebaute Schwester auf, legte sie sacht auf den Wohnzimmerteppich nieder. Sie krümmte sich vor Angst.

"Bitte wehr' dich nicht, Liebes. Lass mich! Freiwillig! Bitte!

Ich kann nicht mehr anders. Ich will der Erste für dich sein – und du, Emily, bist die Allererste für mich. Es steht uns zu. Genau so hat es unsre Mutter für uns erdacht. Wir erfüllen nur ihre Vision."

Er genoss den Triumph: er hatte es seiner Mutter doppelt heimgezahlt, mit einem kaum überbietbaren zweifachen Inzest, mit ihr selbst – und mit seiner Schwester. Fühlte er sich jetzt besser?

Es war, als habe die sanftmütige Emily ihren blindwütigen Bruder Émile verzaubert. Vom Augenblick an, wo sie sich erhoben, ging Émile so zart und behutsam wie niemals zuvor mit seiner Schwester um – so, als sei sie die auferstandene kleine Braut, die die Mutter einst aus ihr gemacht und die sie schön geschmückt ihrem Bruder, dem Bräutigam, zugeführt hatte.

Die letzten Monate bis zum Abitur lernten sie fleißig, gingen kaum außer Haus – und in sehr seltenen, kostbaren Momenten liebten sie sich. Émile war es dann, der darum bat, Emily weigerte sich nicht. Es ging immer sehr leise, sehr zärtlich vonstatten. Émile war wie verwandelt und blieb es.

Sein Klavierlehrer staunte:

"Das ist mehr, als ich von Mozart zu erwarten gewagt hätte. Das geht über den Zauber der Musik hinaus – Émile, da ist Liebe im Spiel. Hab' ich recht?"

Aber Émile ließ sich sein Geheimnis nicht entlocken.

Die Friedshofsbesuche wurden seltener. Nur noch einmal die Woche trafen sich Emily und Jens wieder am Grab. Der sensible Jens bemerkte sofort, mit Emily hatte sich etwas verändert. Aber es herauszufinden versuchte er nicht. Das stehe ihm nicht zu.

"Weißt du, die alten Herrschaften im Heim erzählen mir gern und mit Stolz, wie sie ihr Erspartes zusammengetragen und sorgfältig gehütet haben. Nur ja nichts verschleudern! Und das ist auch gut so, davon können sie sich jetzt das teure Seniorenheim leisten. Aber immer nur Geld! Vielleicht fehlt uns auch deine Mutter. Emma hatte immer so viele Ideen, da wurde gelacht und gespielt – und weniger vom Geldsparen geredet. Man sollte sich ganz etwas anderes zusammensparen: schöne Erinnerungen, liebe Menschen, Freunde, Leute, denen man vertraut. Ich habe bis jetzt nur euch, und ihr werdet mich bald verlassen, an irgendeine Uni verschwinden."

"Ich, Jens, weiß überhaupt noch nicht, was aus mir werden soll. Ich bleib' einfach zuhause und warte. Wie Dornröschen - auf einen Prinzen."

Sie meinte es nicht ernst, aber Jens war entsetzt. Nach dem Abitur musste man doch einfach losrennen, ins Studium, ins Glück! Er ahnte ja mit Besorgnis, ein bestimmter Prinz habe sie bereits wachgeküsst. Diese Familie, was war bloß mit ihr, dass sie scheinbar nur im eigenen Schoß, in sich selber Genüge fand? Emily und Émile? Wie würde das enden?

"Was willst du studieren, wenn du das Abi hast, Jens?"

Emily lenkte ihn bewusst auf sein Lieblingsthema. Sie war unglücklich über sich, über ihre nichtvorhandenen Zukunftspläne. Oft fragte sie sich streng: wozu tauge ich? Was interessiert mich wirklich, mehr als alles andre? Was soll bloß aus mir werden? Für irgendetwas muss ich doch eine Gabe besitzen?"

Jens dagegen schrie es förmlich heraus vor Glück, mitten auf dem Friedhof.

"Physik, Physik, und nur Physik will ich studieren! Obwohl ich vielleicht gar nicht genug Verstand dafür habe. Aber ich will's einfach probieren!"

"Und warum?"

"Weil es da um Energie geht! Energie, die den ganzen Kosmos beherrscht, belebt, im Gang hält! Energie, die manchmal aus einem Mit- und manchmal aus einem Gegeneinander entsteht. Aber stets aus Bewegung! Im ganz Großen und Allerkleinsten. Alles, alles, jeder Stoff in der Welt besteht aus Atomen, um deren Mitte sich etwas bewegt, egal, ob die Substanz flüssig, fest oder gasförmig ist, – jeder Stein, jeder Wassertropfen, jeder Hauch! Auch wenn ein Felsblock bewegungslos stillsteht – in seinen Mikro-Bestandteilen, in seinen Atomen bewegt sich um seinen Atomkern herum ein ewiger Reigen von Neutronen und ich weiß nicht, was alles. Das will ich ja gerade lernen! Ein richtiger Physiker, ein Forscher wird sicher nicht aus mir, dazu bin ich nicht gescheit genug. Aber vielleicht reicht's zum Physiklehrer? Das wäre mein Traum. Etwas Schöneres kann ich mir nicht vorstellen, Emily."

"Ach Jens, du Träumer!"

"Und ich weiß natürlich noch gar nicht, wie die Miete für ein Zimmer bezahlen? Von was die Bücher kaufen? Den Lebensunterhalt bestreiten? Tags Geld verdienen – und nachts studieren? Ob das geht?"

"Jens, dein Ziehvater Ole lässt dich nicht im Stich!"

"Ich will aber auf eigenen Füßen stehen! Emma hat mir damals den Job im Seniorenheim verschafft, und seither kann ich mich selber durchbringen. Und so soll es bleiben!"

Es sollte jedoch nicht Ole seinem Ziehsohn, sondern Jens seinem Ziehvater zu Hilfe kommen!

Ole war in der Hamburger U-Bahn eine sehr lange Rolltreppe runtergestürzt, Opfer einer wilden Verfolgungsjagd. Ein Kaufhausdetektiv hatte einen Dieb verfolgt, die Passanten aus dem Weg gescheucht, sich auf der Rolltreppe rücksichtslos an Ole vorbeigedrängt. Ole verlor das Gleichgewicht, stürzte die ganze lange Rolltreppe hinunter. Er erlitt fast lebensgefährliche Brüche, lag im Krankenhaus, würde erst einmal im Rollstuhl sitzen. Lea hatte telephoniert.

Émile rief Jens im Seniorenheim an.

"Komm bitte! Ole ist etwas Schreckliches passiert! Wir müssen uns beraten."

Ganz schnell kam ihr Beschluss dann zustande.

"Einer von uns muss nach Hamburg, Ole pflegen, zuhause, sobald er die Klinik verlassen kann. Er wird im Rollstuhl sitzen, man weiß nicht, wie lange. Er braucht einen Menschen, einen Mann, der ihn in seinem Haus die Treppe rauf- und runterschleppt, ihm ins Bad hilft. Vorerst ist er noch eingegipst und

114

fast hilflos. Hat große Schmerzen.

Jens, wärst du bereit, zu ihm nach Hamburg zu gehen?"

Es erfolgte eine mail an Lea zur Übermittlung an Ole:

"Lieber Papa, wir senden dir Jens, unsern Bruder, deinen Ziehsohn. Im Seniorenheim hat man ihn halbwegs zum Hilfs-Krankenpfleger angelernt, aus Personalmangel. So wird er dich mit Sachverstand versorgen und mit Liebe pflegen. Mit tausend Gute-Besserungs-Wünschen grüßen dich innig deine Kinder Emily, Jens und Émile."

Lea rief zurück, zu Tränen gerührt, dankbar für ihren Vorschlag.

Jens flog schon am nächsten Tag nach Hamburg. Ließ alles hinter sich.

Er sollte nie wieder in das Seniorenheim zurückkehren, auch nach München vorläufig nicht – und später nur noch zu kurzen Besuchen. Kein Heimweh? Nein!

Er war überwältigt von Hamburg.

"Ein deus ex machina – oder der liebe Gott selbst – hat mich die Rolltreppe runtergestürzt", sagte Ole. "Und hat mir dafür dich, Jens, zum Geschenk gemacht. Willkommen!"

Jens, schüchtern wie bei der allerersten Begegnung:

"Darf ich Sie umarmen, vorsichtig, nur ein ganz klein wenig?"

"Jens, mein Ziehsohn, komm her! Und sag' du zu deinem Ziehvater!"

Jens zog also bei Ole ein und übernahm, nachdem Ole das Krankenhaus verlassen hatte, sofort sämtliche Pflichten eines Hausmanns. Nur dass er jetzt zusätzlich zu seiner Tätigkeit als Pfleger die Möglichkeiten der Kochkunst entdeckte. In der Seniorenheim-Küche hatte ihm keinerlei Befugnis zugestanden, aus hygienischen Gründen war ihm nicht einmal der Zutritt erlaubt – jetzt aber kostete er voll Begeisterung seine anfänglich wenig bemerkenswerten, rasch jedoch vervollständigten Kochkenntnisse aus. Anfangs kochte er nach Anleitung eines weitverbreiteten, hanseatischen Kochbuchs, doch bald gab es bei ihm selbst ausgedachte Kompositionen von Gemüsen, Salaten und Beilagen, Fleisch und vor allem Fisch, die er farbenfroh arrangierte und mit Lust und einer bei ihm ganz ungewohnten, neuen, fast gymnastischen Eleganz servierte. Es machte ihm sichtbar Freude.

Einmal bat er Lea, mit ihm "fein" essen zu gehen, in einem teuren Lokal. Er wolle schauen, wie dort die Tischsitten seien. Wie verfuhr der Oberkellner, wie empfing er die Gäste, wie tief verbeugte er sich jeweils vor dem und jenem? wie besprach er das Menü, legte vor, teilte aus? Wie hielt er die Weinflasche, von welcher Seite aus goss er ein? Welche Art von Gläsern nahm man zu welchem Wein – dem roten, dem weißen? Kurz, wie behandelte dieser Oberkellner, der selber ein Feiner war, die feinen Leute? Vor allem ihm wollte er seine Lebensart abschauen, denn schon nach kurzem Umblick in dieser teuren Location erschien ihm der Oberkellner als der Kultivierteste von allen. So wollte er denn auch zuhause verfahren – den Tisch für Ole hübsch decken, die Gläser richtig anordnen, die Gedecke wechseln. Diese äußerste, ja, manierierte Verfeinerung der Gepflogenheiten, diesen ihm hier vorgelebten, oder vielleicht auch nur vorgespielten Stil – den wollte auch er bei Ole zuhaus zelebrieren.

"Vielleicht" dachte er "habe ich eine heimliche Diener-Seele, weil mich das so fasziniert?"

Von da an ging Ole – von Lea inspiriert – trotz Rollstuhl, so bald er keine größeren Schmerzen mehr hatte, ab und zu mit Jens in verschiedenen Restaurants essen. Er hatte seine Gründe dafür. Er beobachtete Jens, Jens beobachtete den Oberkellner. Ole las es Jens vom Gesicht ab, wie der Betreffende auf ihn wirkte. Das Essen interessierte ihn nur hinsichtlich der Zubereitung, der Komposition der Gänge, ihre farblich-malerische Anordnung auf dem Teller. Jens äußerte sich nie über seine Eindrücke, er speicherte sie in sich auf – das war das Einzige, was man ihm ansehen konnte.

"Jens", sagte Ole eines Tages, "ich muss mit dir reden. Meinst du, du bist auf der richtigen Spur? Du hast so viel Freude an schönen Dingen – und nicht nur an Dingen, sondern an Gebärden, an Gesten, mit denen sich das Wohlverhalten von Menschen ausdrückt, ihre Lebensart, ihre guten Manieren, ihre Wohlerzogenheit, ihre Bildung. Es ist etwas sehr Seltenes, was dich da anzieht, fesselt, interessiert. Jene habituelle Geformtheit, die sich im Gebaren, in den Sitten der Menschen manifestiert – im STIL. Um das wahrzunehmen, muss man ein Gespür, einen Blick haben. Nicht jeder sieht das – wie du. Du hast diesen Blick! Und manchmal denke ich sogar, du versuchst, dir diesen Stil selbst anzueignen?

Ich sehe, wie du gehst, stehst, dich bewegst. Wie du etwas in die Hand nimmst, hinstellst, berührst. Erklären kann ich es nicht. Aber ich denke, du müsstest in deinem zukünftigen Beruf mit Menschen zu tun haben. Nicht wie Emma, keineswegs! Nicht so direkt, so zugreifend wie sie mit ihren Senioren. Nein, auf respektvolle Distanz – und zugleich auf intime Vertrautheit und Nähe.

Auf Augenhöhe. Und immer auf diese gewisse Art und Weise!

Lea hat mir von eurem Restaurant-Besuch erzählt. Der Chef de rang hat dich sehr beschäftigt, sagt sie. Darüber denke ich nach. Er ist ja einerseits ein dienender Geist, andererseits an seinem Platz sehr herausgehoben. Hochkompetent. Der sehr zeremoniöse Repräsentant einer überaus kostbaren, kostspieligen Gastlichkeit – von allen Gästen im höchsten Grad respektiert. Ich habe mich erkundigt. Es gibt derzeit in Hamburg keine fünfzig Chefs de rang. Du hattest also den richtigen Blick für diese Menschenart, ihren besondren Beruf. Denk einmal darüber nach. Ich weiß nicht, wie man sowas wird. Ich glaube, man fängt ganz klein an. Als Page vielleicht, in den "Vier Jahreszeiten". Und dann dient man sich hoch. Nur die ganz Besonderen kommen oben an ... Wenn auch langsam, nicht von heute auf morgen. Es ist eine Frage der Persönlichkeit, eine Frage der Substanz.

Ich könnte mir vorstellen, Jens, du hast dein Metier gefunden?"

Emily vermisste Jens. Es war eine bittere Erfahrung für sie, wie ein so liebevolles Miteinander wie mit Jens plötzlich, vom einen Tag zum anderen beendet sein konnte. Sie wusste: es war für immer vorbei. Jens würde nicht zurückkehren. Hamburg würde Jens verschlingen, unrettbar. Letztlich wäre das ja sein Glück! Man konnte es ihm nur gönnen.

Das Abitur überstanden sie beide mit grade noch mittleren Noten. Für Émiles Aufnahme in die Musikhochschule reichte es, zusammen mit einer Aufnahmeprüfung. Sein bisheriger Klavierfreund blieb ihm also erhalten. Wollte Émile Klavierlehrer werden? Mehr war nicht drin? Oder vielleicht doch Pianist? Man würde sehen. Es gab so unglaublich viele hervorragende junge Pianisten. Émile hatte viel zu spät angefangen, viel zu wenig geübt, überhaupt noch nicht richtig über sich nachgedacht. Ole in Hamburg konnte ihm keine Ratschläge geben, er verstand nichts von Musik. Aber das Miteinander mit seinen Kommilitonen tat Émile gut. Er hatte endlich, was ihm, nach Eriks Meinung, immer fehlte: Konkurrenz. Sie spornte ihn an.

Emily träumte noch ein wenig vor sich hin, konnte sich nicht entscheiden, während sie ihren geliebten Bruder (oder ihren brüderlichen Geliebten?) mit Hingabe auf seinem Weg begleitete. Sie besaß nicht seine musikalische Begabung, sie dachte:

"Ich bin überhaupt für gar nichts begabt. Aber vielleicht geht's mir einmal wie Mama? Die hat ja ihren Beruf auch nur gefunden, weil dieses Seniorenheim zufällig in ihrer Nähe lag. Da hat sie sich dann erst mal ein bisschen Geld verdient und stieg dann langsam zur Leiterin auf. Sie war halt eine tüchtige Person. Was man von mir nicht behaupten kann.

Ja, die Mama ...

Warum habe ich eigentlich noch nie in ihr Tagebuch reingeschaut? Es sind ja nur ein paar Seiten. Jetzt, wo ich so viel allein bin, zeigt sie mir vielleicht einen Weg, wie ich etwas aus meinem Leben machen könnte? Es genügt doch nicht, meinem Bruder den Haushalt zu führen. Ich muss endlich etwas anpacken, einen Plan machen, ein Ziel setzen!"

Nachdem sie das Tagebuch gelesen hatte:

"Das war's also:

Sie, Emma, das ledige Kind – die zurechtphantasierte Mutter – die gute Großtante, die böse Oma – der Selbstmörder Ramon – Ole, unser Papa – das Genie Erik – in Paris das Sterben der Mutter – dann Jens – nicht wir – nicht wir, Emily und Émile – sondern zum Schluss immer nur Jens."

Emily war erschüttert, fühlte sich zutiefst zurückgesetzt. Sie half sich, indem sie, genau wie ihr Bruder, der Mutter maßlos Unrecht tat:

"Ein Erdteil der Liebe, in dem kein Platz für uns Zwillinge war!

Nur hier und da einmal ein Wort über uns. Als hätten wir nur am Rand für sie existiert. Kinder wollen aber das Allerwichtigste für ihre Mutter sein, erst recht, wenn sie ohne Vater aufwachsen müssen. Sie behauptete es wohl, aber es stimmte nicht. Jens wurde ihr Sohn, verdrängte uns – auch wenn er es gar nicht gewollt hat. Nein, sie, unsre eigene Mutter hat uns aus dem Nest geworfen. Wir mussten ihm Platz machen, damit sie ihn, ihn allein, darin einbetten konnte. Den Sohn und Geliebten in einer Person. Wie praktisch! Mutterlos sind wir zurückgeblieben, als sie uns, nach einer letzten Nacht mit Jens, verließ, um in Hamburg in Leas Armen vermutlich eine neue Art Liebe auszuprobieren.

Das also war meine Mutter."

Emily kam nicht darüber hinweg, womit auch Émile sich nicht abfinden konnte: nicht *sie* waren das Wichtigste für ihre Mutter gewesen – zuletzt kümmerte sie sich nur noch um sich selbst. Jetzt mussten sie das Fliegen ohne die Mutter lernen, rasch, ohne abzustürzen. Und doch waren beide erst einmal abgestürzt. Émile hatte sich an seiner Mutter gerächt, hatte sich mit Gewalt- und Sex-Phantasien Erektionen verschafft, sich mit Lust ausgemalt, wie er sie quälte. Die gleiche widernatürliche Lust wie für den verfluchten Jens sollte sie

118

für ihn, Émile, ihren eigenen Sohn empfinden. Triumphierend hatte er einen Abgrund von Schmutz und Ekel erfunden, in den er seine Mutter hinabstoßen konnte.

Das war vorbei. Er war wie davon erlöst. Er brauchte nie mehr auch nur einen Gedanken daran verlieren. Es war ein Wunder geschehen. Er hatte einen Partner, einen Freund – oder mehr? – gefunden. Niemand wusste vorläufig davon. Aber sein früherer Klavierlehrer, jetziger Studienfreund und inzwischen Assistent geworden, dieser begnadete Zuhörer hörte es heraus, als er ihn beim Üben belauschte.

"Respekt!" sagte er. " Das hat Seele!"

Tatsächlich machte Émile durch sein Musikstudium, durch das tägliche, disziplinierte, mindestens sechsstündige Üben eine äußere wie innere Wandlung durch. Er verlor das tapsig Jungmännerhafte, Unbeholfene, schien sich zu verinnerlichen. Wurde schweigsamer, hielt sich zurück, hatte auch einsehen müssen, welch großen Rückstände sein Wissen über die Musik enthielt. Er hatte unendlich viel aufzuholen. Er war ja ein Beinahe-Analphabet der Musik! Aber ausgerechnet dieser Fehlstand machte ihn nicht mutlos, er spornte ihn an, und manchmal versetzte ihn sein neues Wissen in einen Taumel von Glück. Er fraß die Musik in sich hinein, die allerneueste, schwierigste, die Klassiker, die Alte Musik. Je mehr er wusste, umso begieriger wurde er, zuhause dröhnten manchmal die Wände. Schade, dachte er dann. Das würde auch der Mama gefallen. Aber sie hat bei ihrer Oma eine so erbärmliche Jugend gehabt, da gab's keine Konzerte, keine Opern – kein Klang, kein Sang., kein Garnichts.

Er gewöhnte sich nun auch an, Ole regelmäßig über sein Tun Bericht zu erstatten. Was übte er gerade? Fingerübungen! Wie fand er seinen Professor? Großartig! Partiturlesen war so schwierig wie ägyptische Handschriften entziffern. Und welches Konzert, welche Oper dröhnte augenblicklich durch sein Zuhause? Lea war es, die einigermaßen beurteilen konnte, wie Émile sich weiterentwickelte. Mit der musikverständigen und -liebenden Lea kam Émile nach und nach ins elektronische Gespräch, er spürte, sie liebte die Musik genau so wie er. Emily dagegen blieb erst ein wenig, dann immer mehr hinter ihm, seinen intellektuellen Anstrengungen, zurück. Auch die verstohlenen Liebesstunden mit Emily wurden rar, hörten fast ganz auf. Emily war froh darüber. Sie war immer nur Émile zu Gefallen, ja, ihm fast zu Diensten gewesen. Mehr Gedanken machte sie sich darüber nicht, sie verdrängte sie.

Jens, bei Ole so glücklich wie nie zuvor in seinem Leben, hatte inzwischen über sich nachgedacht. Physik ade? Sein großer Traum – unerfüllbar? Ole hatte vorsichtig darauf hingewiesen: Physik war ein sehr exklusives Studium, vielleicht das exklusivste überhaupt. Wenn nicht Physik – was dann? Ole enthielt sich jeglichen weiteren Ratschlags. Emma hatte Jens im Seniorenheim einen guten Start verschafft – weg von der Straße! und alle Gaben, die in ihm versteckt waren - Geschicklichkeit, Handfertigkeit, Material- und Formgefühl, Auffassungsgabe, Begriffsvermögen, Lernwille, Lernbegier – all das hatte er dort zeigen und vervollkommnen können. Aber die Analyse unendlich schwieriger, komplexer physikalischer Zusammenhänge? Erklär' mir einer die Weltformel! dachte Ole. Er würde Jens Zeit lassen, sich von seiner geliebten Physik zu verabschieden. Ole wusste, das musste sich Jens abringen – und irgendwann würde es geschehen.

Lea führte die Entscheidung herbei. Sie erschien eines Abends, hochmodisch frisiert, aufgetakelt.

"Jens, Anzug mit Krawatte. Wie beide gehn heute aus! Ole hütet das Haus."

Sie führte ihn in ein sehr bekanntes Lokal. Es stellte sich heraus: sie kannte den Chef de rang. Die üblichen Zeremonien spielten sich ab. Sie beide waren jedoch sichtlich bevorzugte Gäste. Er kam sofort an den bestellten Tisch zu ihnen, legte einen Zettel vor Lea.

"Ich gebe Ihnen hier eine Geheimnummer. Dort kann sich der Knabe bewerben. Wenn er Glück hat, wird er angenommen. Dann steht er erst einmal auf der untersten Sprosse der Leiter. Es ist eine sehr hohe Leiter – sie führt hoch hinauf. Das Wichtigste in unserm Beruf sind die Lehrjahre. Die Zähne zusammenbeißen, junger Mann – Fremdsprachen lernen – durchhalten. Alleroberstes Gebot: Haltung bewahren. Immer und unter allen Umständen Haltung bewahren. Guten Appetit die Herrschaften!" Und weg war er.

Lea sagte nur: "Lass uns jetzt in Ruhe essen, dann fahren wir nachhause zu Ole und sprechen mit ihm darüber. Vielleicht habe ich hier, mit dieser Telefon-Nummer, etwas angezettelt, was dein Leben von Grund auf verändern wird. Aber ich bin es Emma schuldig, dass ich dich ein wenig schubse – ich bin sicher, sie dächte auch: jetzt ist es Zeit!"

Jens bewarb sich. Er wurde zum Gespräch eingeladen.

"Eine lange, harte, oft demütigende Lehrzeit erwartet Sie. Gewisse Leute werden an Ihnen die Schuhe abputzen. Was dann?"

"Ein Chef de rang hat mir gesagt: Haltung bewahren – oberstes Gebot! In jeder Situation. Auch dann, wenn einer an dir seine Schuhe abstreift. Niemals die Haltung verlieren!"

Er wurde zur Ausbildung angenommen. Im ersten Haus am Platz.

Emily in München dachte, als sie es hörte: "Jens ist etwas Besonderes. Er wird es schaffen. Welch ein Glück, dass wir gute Freunde, nein, dass wir Bruder und Schwester geworden sind! Das verdanken wir Ole. Letzten Endes aber der Mama. Sie hat als Erste gemerkt, was in ihm steckt. Ach, Mama! Warum zeigst du nicht auch mir, ob ich eine, irgendeine Fähigkeit habe? Von einer *Begabung,* im Vergleich zu Émile, will ich gar nicht erst reden."

Aber auch sie besaß eine Gabe. Émile hatte ein Ohr, Emily ein Auge. Sie hatte es nur noch nicht gemerkt. Unwillkürlich fokussierte sich ihr Blick, sobald sie sich draußen im Freien befand, auf alles, was grün war und wuchs. Lange geschah das unbewusst. Im eigenen Garten, im Vorbeigehn an fremden Gärten, auf Wegen und Straßen. Sie registrierte: da wächst etwas. Aus einer Spalte, auf einem Erdfleck – gezackt, glatt oder pelzig, blüht unscheinbar, aber blüht. Und wenn es rausgerissen, vernichtet wird, taucht es an anderer Stelle wieder auf. Schade, dass man nicht weiß, woraus dies Kraut seine Kraft bezieht, es überlebt alle Widerstände, alle Unkrautbekämpfungsmittel, vermag immer wieder aufzuerstehen. Unsterblich wie Gänseblümchen! Machen das die Gene? Ja, was sonst? Und weder Bakterien, noch Viren, Pilze, Insekten, Schnecken, Mäuse sind seine Fressfeinde. Wie wappnet es sich gegen die alle? Das würde ich zu gerne wissen. Wahrscheinlich weiß man es längst, nur ich habe keine Ahnung davon. Ich habe überhaupt von der ganzen Botanik nicht die geringste Ahnung. Nur Fragen!

Warum überstehen einige Baumarten ganze Jahrhunderte? Warum führt der zweilappige Ginkgo biloba in meinem Garten, den ein Vorgänger gepflanzt hat, seinen Stammbaum bis ins Diluvium oder noch weiter zurück? Überlebte die Sintflut? Und überlebt weiterhin jede andere Baum-Art, kann vierzig Meter hoch und tausend Jahre alt werden? Ein ehrwürdiger, ewig junger Greis! Über den Goethe ein wunderbares Gedicht schrieb. Ach, Bäume ...

"Ja, ich liebe Bäume! Es gibt so viele Arten. Und davon kenne ich wieder nur ein paar wenige. Noch nicht einmal wie ein Maulbeerbaum aussieht, weiß ich. Vielleicht gibt es einen im Botanischen Garten? Irgendwo mitten in München soll der chinesische Taschentuchbaum blühen, ein einziges Exemplar – die

Davidia, mit ihren zwei großen, weißen, unvergleichlichen Hochblättern? Doch wo? Und wo finde ich hier den einzigen blaublühenden Baum, die Paulownia? Welche und wie viele Arten exotischer Bäume wachsen überall in der Welt? Jenseits vom Mittelmeer, weit weg – auf den Inseln in der Karibik? den Philippinen? in Japan, in China? Mein Gott, unsre Welt hört ja gar nicht mehr auf. Da sind die Urwälder in Afrika, in Neuseeland, Australien. Bäume, Bäume, Bäume!

"Ja", sagte sie, fühlte sich zum ersten Mal stark, entschlossen, mutig, "das alles will ich jetzt endlich erfahren. Und auch noch ein bisschen träumen von einer Zukunft, die es so vielleicht auch für mich einmal gibt?

Bäume. Ich möchte euch alle am liebsten umarmen. Jeder von euch in dieser Stadt ist etwas Besondres. Ihr behauptet euch, übersteht den Gestank, den Lärm. Auch die Schallwellen der Polizeisirenen, das Aufheulen der Motoren, wenn sie bei Grün wieder starten!"

In ihrer näheren Umgebung kannte Emily jeden einzelnen Baum.

"Wenn es einen Beruf gäbe, wie den einer Krankenschwester: Eine Baum-Pflegerin? Ich denke mir eine Person, die einzig in der Stadtgärtnerei für die Bäume der Stadt zuständig ist und das Privileg hat, sich um sie und nur um sie zu kümmern. Sie beobachtet sie, pflanzt, versorgt, düngt sie, verbindet ihre Wunden, beschneidet, entastet, fällt sie, betrauert ihr Hinscheiden mit Tränen.

Und die wäre ICH! Was für ein wunderbarer Beruf …"

In ihre kleine Vorstadtstraße, gegenüber von Emily und Émile, zog ein Mieter ein. Ein noch reichlich junger Fotograf und Journalist. Er erregte bei den seit vierzig und mehr Jahren hier ansässigen, inzwischen zu Pensionisten gealterten Eigentümern der kleinen Reihenhäuser eine gewisse Neugier. Sie ihrerseits blickten geruhsam einem langen Lebensabend entgegen, er hingegen stand wohl am Beginn einer erfolgreichen Karriere. Das sprach sich langsam herum. Irgendwie war er ein Exot, nicht integrierbar. Anfangs bedeutete das fast eine Zumutung für die Gepflogenheiten nachbarschaftlichen Gemeinsinns. Sommers wurde gegrillt mit den Nachbarn links und den Nachbarn rechts, mehrfach verabredete man sich zum gemeinsamen Biergartenbesuch; einmal brachte diese, ein andermal jene Hausfrau den Kartoffelsalat mit. Im Dezember erfolgte stets eine gegenseitige Weihnachtseinladung. Ein paar Tage später fand, mit Beteiligung fast der gesamten Straße, unter freiem Himmel die gemeinsame, von Sekt befeuerte Bejubelung des Silvesternacht-Feuerwerks statt. Anderntags entbot man sich rundum nochmals die Glückwünsche zum Neuen Jahr. Unerlässlich zum Miteinander-Auskommen war auch über das Jahr hinweg das Gespräch über den Gartenzaun – es bestand aus einer sorgfältig dosierten Mischung von Diskretion und dem berühmten "Unter uns, Herr Nachbar!". Ein vertrauliches Gespräch über spezielle Themen und gewisse Personen, wobei hinterher niemand etwas gewusst oder gesagt haben wollte.

Den neuen Nachbarn sah man, wegen seines Berufs, selten zuhause, kaum jemand begegnete ihm, wenn er gerade einmal für ein paar Tage in München war. Er bot also wenig Gesprächsstoff. Das war wenig zufriedenstellend. Da er jedoch während seiner jeweiligen Anwesenheit jedermann freundlich grüßte, erregte er weiter keinen Anstoß. Er spürte anfangs natürlich, wie man ihn allseits kritisch beobachtete. Mit der Zeit jedoch würde das Interesse nachlassen, und ohne dass er das Mindeste dazutun müsste, würde er dann doch – aufgrund einer zunehmend wohlwollenden Begutachtung – zuletzt für einen anständigen Menschen befunden. Er hatte sich mit Absicht in diese Kleinbürgerwelt eingenistet. Sie gefiel ihm, sie erinnerte ihn an seine Jugend in einer Kleinstadt. Das gab es also noch, dies Milieu von "Guten Morgen, Herr Nachbar, guten Morgen, Frau Nachbarin!", das in den vielstöckigen Großstadthochhäusern längst nicht mehr gedieh.

Natürlich lag ihm vor allem daran, in Ruhe seine Arbeit zu verrichten, Artikel zu schreiben, seine Fotos zu bearbeiten, für den elektronischen Versand vorzubereiten und zu sichern. Nach seiner Erfahrung hielt man sich allzu neugierige Menschen am besten vom Leibe, indem man bei jeder Begegnung die aktuelle Witterung – dem englischen Vorbild gemäß – mit der unschlagbaren Bemerkung kommentierte "Schönes Wetter heute!" oder – eine Oktave tiefer: "Kein gutes Wetter heute!" Auch der jeweilige Vorgarten gab jeweils ein kleines Aperçu her. So wurde er nie länger aufgehalten, fühlte sich in dieser kleinen Welt, wo jeder jeden kannte, als Ausnahme durchaus wohl, mochte die Leute und wusste, auch sie würden *ihn* mit der Zeit mögen. Ob er wirklich ein bekannter Journalist und Fotograf war, und für wichtige, international bekannte Zeitungen arbeitete, wie kolportiert wurde, wusste niemand genau, es hörte sich aber gut an. Man begnügte sich also mit dem Hörensagen. Es stimmte, er reiste dauernd umher, meist ins Ausland, war unverheiratet, machte den Eindruck, beruflich erfolgreich zu sein – erst recht, wenn man zufällig Zeuge wurde, wie ein Taxichauffeur sein umfangreiches Equipment auslud oder verstaute.

Dem neuen Mitbewohner missfiel allerdings: in dieser Straße, diesem Sträß-lein, gab es überhaupt keine Kinder. Keine Babys, keine Kindergarten- und keine Schulkinder, nicht einmal Halbwüchsige, Teenager. Und auch keinerlei jungverheiratete Ehepaare. Ein schlagendes Beispiel für eine zum Aussterben verurteilte Bevölkerung – zuerst nur für eine Straße, dann für das ganze Land – und zuletzt für Europa total. (Irgendwie gab das vielleicht Stoff für einen Artikel?) Türken und andere Nationalitäten hatten mit ihrem Nachwuchs zu diesem Bezirk noch keinen Zutritt, es war das Viertel der absoluten Häusle-Bauer und Häusle-Besitzer. Es gab nur Eigentum. Kaum Mietsachen. Die Leute hier waren natürlich inzwischen viel zu alt für Nachwuchs. Aber wo blieben die Enkel, die könnten sich doch mit Rasenmähen ein Zubrot verdienen? Er sah durchaus, wie sich die ältere Generation in ihrem Garten abrackerte, zumal jeder den Ehrgeiz hatte, einen schlechthin makellosen Rasenteppich vorzuwei-sen. Und das bedeutete, sechs Monate lang – von Mai, oder schon von April? – bis Oktober einmal wöchentlich Rasen mähen! Letztlich, dachte er, eine zum Untergang bestimmte Welt. Ihre Nachfahren zieht es nicht hierher: weit und breit kein Lokal, keine Gaststätte! Die Jungen suchen anderswo Trubel, Bars, Kneipen, – kurz, Unterhaltung, Ablenkung.

Die einzige Ausnahme in dieser anscheinend ausschließlich von Senioren be-wohnten Straße bildete das junge Paar gegenüber. Ein Lichtblick! Er stellte sich als Nachbar kurz bei ihnen vor. Eine hübsche junge Frau! Und mit wel-cher Lust sie sich um ihren kleinen Vorgarten kümmerte! Erst jetzt fiel ihm auf, wie bedachtsam dieser Vorgarten angelegt war. Auf wenigen Quadratme-tern ein kleines Kunstwerk: ein Strauch nach dem andern hob sich mit seiner Blüte triumphierend heraus, um ein paar Wochen später wieder ins sein grünes Blätterdasein zu versinken, während der nächste Strauch aufblühte. Der klei-ne Zaubergarten ließ im Vergleich alle anderen, noch so ehrgeizigen Vorgärten hinter sich.

Die einzigen, die sich für den neu Zugezogenen überhaupt nicht interessier-ten, waren die Geschwister. Umgekehrt interessierte er sich sehr für sie. Als Journalist besaß er eine feine Witterung für eventuelle Besonderheiten – oder vielleicht sogar für eine gewisse Absonderlichkeit?

Auf all seinen Reisen begleitete ihn nicht nur seine Foto-Ausrüstung, sondern auch ein exzellentes Fernglas. Damit begann er, das Paar zu beobachten, erst nur hin und wieder, dann systematisch. Er fotografierte die beiden. Machte heimlich ganze Serien von ihnen, wann immer er ihrer habhaft werden konnte. Er stellte Theorien auf, analysierte. Waren sie ein Ehepaar? Anfangs kam er nicht auf die Idee, sie könnten Geschwister sein.

Die fremde junge Frau erinnerte ihn an seine Schwester, die sich vor Jahren wegen einer verheimlichten Schwangerschaft umgebracht hatte. Oder war es doch ein Unfall gewesen? Sie hatte sich ihm nicht anvertraut. Im Nachhinein machte er sich schwere Vorwürfe. Er hatte sie sehr geliebt – als Bruder.

Jedoch im gleichen Augenblick, wo ihm der Verdacht kam: war das da drüben, obgleich Bruder und Schwester, ein Liebespaar? überlief ihn ein Schauder. War auch er seiner Schwester allzu nahe gewesen? Hatte sie sich ihm deshalb nicht geoffenbart, weil sie ihre heimliche Schwangerschaft als einen Verrat an ihm, ihrem Bruder empfand? Der kaum gemilderte Schmerz über ihren Verlust brach aufs neue auf. Hätte ich es doch gewusst! Ich hätte ihren Bauch gestreichelt, geküsst, ich hätte sie umarmt, ich hätte sie und das Kind gerettet.

Unterdessen schwärmte Emily nicht einfach für die grüne Natur. Sie hatte sich immer schon dafür interessiert: wie "funktionierte" Natur? Was geht da in langen, in kurzen Zeiträumen mit ihr vor? im Großen, im Kleinen? In ihrem Innern? Äußern? In ihren Wurzeln, ihrem feinsten Gezweig? Wie war der innere Kreislauf organisiert – wie wurde das Wasser herumgeschickt? Gab es ein unterirdisches Miteinander, eine Verständigung, ja, sogar eine Art gegenseitige Fürsorge im Fall großer Trockenheit und prekärer Wasserversorgung – wovon neuerdings gelegentlich zu lesen war? Ein Notfall-Programm? Gab es überhaupt ein Programm, einen Plan – zum Beispiel dafür, wann nach Jahren das vorbestimmte Wachstum aufhören oder mindestens sich verlangsamen sollte? Genau wie bei Menschen? Wachstum bedeutet auch Sterben, dem Tod entgegenwachsen – ist wie Krieg und Frieden, den die Pflanzen mit ihrer Umwelt und ihren Feinden ausfechten müsssen. Wie wirken Sonne und Mond auf sie ein? Wie beeinflussen die Pflanzen das Klima, was richten wir Menschen Gutes und Schlechtes mit ihnen an? Das alles hätte Emily schon lange gern wissen wollen. Jetzt brannte sie für diese Fragen.

"Endlich weiß ich, wofür mein Herz schlägt!"

Aber mit dem Herzen allein war es natürlich nicht getan. Émile übte sechs Stunden am Tag. Das sollte auch für Emily das Maß werden: sechs Stunden lernen, büffeln, dass ihr der Kopf rauchte. Botanik! Sie informierte sich über die Zulassungsbedingungen, besorgte sich ein Vorlesungsverzeichnis der Uni, bereitete sich auf das erste Semester vor, indem sie sich durch die Anfangsgründe des Wissensgebietes Botanik fraß. Sie war so glücklich wie schon lange nicht mehr.

"Jeder von uns drei Geschwistern hat jetzt ein Ziel, auch ich schwanke nicht mehr wie ein Fähnlein im Wind. Endlich weiß auch ich, was ich will!" Sie war wie erlöst, verwandelt, voll Unternehmungslust, fuhr jede Woche zum Anschauungsunterricht in den weit entlegenen, wunderbaren Münchner Botanischen Garten, bestätigte sich jedes Mal aufs neue ihr Ziel.

Sogar als Émile sie eines Tages unvermutet begehrte – das geschah nur noch selten oder eigentlich gar nicht mehr – gab sie sich ihm mit einer noch niemals zuvor verspürten Lust hin. "Bitte, Emily, es soll das letzte Mal sein, ich verspreche es dir!" Als es vorbei war. sagte er staunend:"Du hast mich heute wirklich geliebt, Emily, zum ersten Mal mit deinem Körper, nicht nur mit deiner Seele." Er hatte ein schlechtes Gewissen dabei. Denn eigentlich hatte er sich an diesem Tag nur von ihr verabschieden wollen, seine wahren Gefühle, seine Begierde, seine Lust neigte sich insgeheim längst einem anderen Menschen zu.

In den folgenden Wochen begann Emily zu spüren, etwas in ihr mache ihr zu schaffen. Es beunruhigte sie. Untrügliche Anzeichen ließen sie dann begreifen: sie war schwanger. Der Freudenrausch des Lernens, des Ansichreißens von Wissen erstarb. Sie sah ihr Studium entschwinden, bevor es überhaupt begonnen hatte. Schwanger! Ein Kind!

"Auf uns liegt ein Fluch! Nein, bloß über mir! Ach, Mama, dir ist nichts Besseres eingefallen als Kinder in die Welt zu setzen. Aber ich! Ich will keins! Schon gar nicht eins von Émile! Dabei habe ich dies ungewollte Kind auch noch mit Lust empfangen, mit nie zuvor empfundener Lust.

Du, Émile, du bist fein heraus, Männer sind immer fein heraus. Aber ich werde es wegmachen lassen. So bald wie möglich."

Selbstverständlich würde ihr das Gesetz eine Abtreibung erlauben. Sie würde keinerlei Schwierigkeit damit haben. Sie würde nicht einmal Émile einweihen. Wozu auch?

"Es ist ja nur eine kleine Sache, nicht einmal stationär. Es bedarf lediglich eines vereinbarten Besuchs in der Praxis eines vorurteilsfreien Arztes."

Émile hatte erste Erfolge im Studium. Emily beneidete ihn ein wenig. Sie war es jedoch inzwischen gewohnt, dass Émile hinsichtlich Berufsausbildung den Vorreiter machte. Sie tröstete sich:

"Bis zum Wintersemester bin ich mein Problem los und so versäume ich eigentlich gar nichts. Ich muss mir nur rechtzeitig einen Arzt oder eine Ärztin suchen."

Das allerdings war ein äußerst unangenehmes Vorhaben. Immer wieder schob Emily diesen Gang hinaus. Sie war noch nie bei einem Frauenarzt gewesen. Sie stellte sich die dort stattfindenden, äußerst peinlichen Manipulationen vor: erst würde sie eine Vor-Untersuchung, einen Eingriff über sich ergehen lassen müssen, ob sie überhaupt schwanger war. Dann das Gespräch – und zuletzt würde sie ihr Innerstes, ihre Gebärmutter samt Leibesfrucht – wie der Fachausdruck lautete – dem Arzt ausliefern müssen. Seinem Messer? einer langen spitzen Nadel vielleicht? oder welchem blutigen Instrument zum Töten auch immer.

Émiles erster Auftritt in der Musikhochschule ergab sich scheinbar zufällig. Einer der Studenten würde sich nach soeben bestandener Meisterprüfung als zukünftiger Konzertpianist von seiner Hochschule, seinen Lehrern, seinen Kommilitonen mit Mozarts einzigem Konzert für zwei Klaviere in Es-Dur verabschieden. Konspirativ verabredet fiel das zweite Klavier für eine der vorletzten Proben aus; Émile durfte als Einspringer den Part übernehmen. Viele Wochen hatte er heimlich dafür geübt. Für den jungen Meister sollte es das Finale langer Studienjahre werden – für den Anfänger Émile ein sensationelles Debut. Er brachte Emily zum Zuhören mit.

Die Probe sprach sich herum; zahlreiche Mitstudenten fanden sich als sachverständiges Publikum ein. Vor allem dem Finalisten galt natürlich die Aufmerksamkeit: er war der Star der Hochschule – ein schwarzer Student, der kraft seiner Begabung schon lange aus der großen Zahl der Mitstudenten herausragte.

Wie würde das erste Klavier dem zweiten, das zweite dem ersten zuspielen? wie sich die beiden ineinander versenken, eins werden? Der Primarius, das sah man, hörte man, gab die Einsätze, dirigierte, deutete zwischendurch das Zwischenspiel des nicht vorhandenen Orchesters an. Sein ganzer Körper gab Émile Zeichen, gebot ihm, signalisierte, gestaltete, evozierte Zartheit, Energie, Ruhe, gestaltete, wie sich die Themen umspielten, ihr Leuchten, der virtuose Wettstreit der beiden Klaviere – dann die Solokadenz am Ende des Allegros! Die Flügel standen einander gegenüber, die Spieler, Auge in Auge, warfen sich immer wieder kurz einen Blick zu.

Der zweite Satz, ein Andante von großer Innigkeit – immer wieder schauten die beiden Solisten sich an, mit tiefem Ernst umspielten sie sich gegenseitig. Was für ein Dialog! Plötzlich wurde Emily bewusst: das ist keine Konzertprobe, das ist eine Liebeserklärung! Ein Treueversprechen! Und letztlich wie für mich inszeniert ...

Im dritten Satz nochmals eine hoch anspruchsvolle Solokadenz – es kam jetzt nur noch darauf an, dass der Finalist am ersten Klavier jubelnd seine Brillanz zeigen konnte, nachdem er zuvor seine ganze Seele in den langsamen Satz gelegt hatte. Und nicht nur seine Seele ... Emily verstand: deshalb, nur deshalb hatte Émile sie hierhergebracht zu diesem Konzert. Sie sollte – was er ihr mitzuteilen hatte – ohne ein einziges Wort sehen, begreifen, akzeptieren.

Und, was auch immer vielleicht dagegen sprach: die Hautfarbe, die Sprache, die Herkunft – sie sah es mit einem Blick: all das hatte keine Bedeutung. Diese beiden waren sich zutiefst zugetan. Am Ende standen sie da, Hand in Hand, verbeugten sich. Ein seltsamer Zauber lag auf dieser Szene: wie zwei echte Zwillinge, gleichen Geschlechts, zwei Jünglinge – beide von einer solchen Schönheit, nur der eine schwarz, der andere weiß – von sich selbst überwältigt.

Die Mitstudenten klatschten wie wild, jubelten diesem Paar zu – warum? das wusste keiner so recht. Es war einfach schön, dieses schwarzweiße Paar – ein Afrikaner mit seiner afrikanischen Ausstrahlung, vor dem sich zum Schluss sogar noch Émile, sein Mitspieler, tief verbeugte: eine Reverenz des zweiten Klaviers für das erste – nein, die Verbeugung eines Europäers vor einem schwarzen Orpheus – die das Publikum zum rasenden Schlussapplaus hinriss.

Als die beiden sich immer wieder zu diesem jubelnden Beifall vor ihrem Publikum verbeugten – Hand in Hand! mit der deutlichen Absicht, sich zu outen – sich immer wieder in die Augen schauend, da wusste Emily endgültig: diese beiden sind mehr als Freunde, sie lieben sich, sind ein Paar.

Ihre Welt brach zusammen. Was sollte sie machen? Das Kind musste weg. Hatte sie vielleicht doch mit dem Gedanken gespielt, Émile die Entscheidung über sein Kind zu überlassen?

"Sag du mir, ob es leben darf oder sterben muss?"

Aber das ging jetzt nicht mehr. Er war nicht mehr ihr heimlicher Liebhaber, er war jetzt wieder, wie früher, nur noch ihr Bruder. Er hatte einen Geliebten, einen jungen Klaviergott. Dagegen kam keine Frau der Welt an, eine schwangere Frau erst recht nicht. Was sollte sie machen? Die Zeit für den Eingriff drängte!

An einem der folgenden Abende beobachtete der Journalist – wie immer mit seinem Fernstecher – wie seine Nachbarin, am Fenster stehend, ihren Leib abtastete. Ihre verzweifelte Miene sagte ihm alles. Sensibilisiert durch die Erinnerung an seine Schwester, deutete er die Gebärde richtig. Von da an kontrollierte er sie jeden Tag, vernachlässigte sogar seinen Beruf. Jetzt gestand er sich auch endgültig ein, seine Schwester habe sich umgebracht. Es war kein Unfall. Sie war mit voller Absicht mitten in den Feierabend-Verkehr hineingelaufen.

Er ahnte: die junge Frau gegenüber wird abtreiben. Er musste handeln. Er läutete, machte nicht viel Worte. Sagte nur:

"Schenken Sie mir das Kind. Lassen Sie es leben. Töten Sie es nicht. Schenken Sie es mir. Ich bitte Sie um alles in der Welt!"

Sie schlug die Tür vor ihm zu.

Er kehrte in seine Wohnung zurück, überlegte fieberhaft: mit welchem Argument konnte er eine junge unverheiratete Mutter dazu bringen, ihr ungeborenes Kind am Leben zu lassen? Religiös? Moralisch? – aber das lag ihm nicht, darauf würde sie wohl auch am wenigsten eingehen. Am nächsten Tag sagte er all seine beruflichen Verabredungen und Verpflichtungen ab. Er wollte, er musste dieses Kind retten! Es war nicht nur das Kind der jungen Frau von gegenüber, es war für ihn auch das ungeborene Kind seiner Schwester. Seine Schwester hatte wohl vor allem sich selbst töten wollen, nicht ihr Kind. Die junge Frau gegenüber, die würde sich nicht umbringen, die wollte leben. Die kämpfte gegen das kleine Wesen, das in ihr heranwuchs – das war ein Zweikampf auf Leben und Tod! Sie würde es ausmerzen, ohne Gewissensbisse. Ja, später einmal, wenn es längst zu spät war, würde sie es vielleicht bereuen.

In seiner Verzweiflung hatte er eine Idee. Sie war die geborene Gärtnerin. Vielleicht hatte er Glück? Er kaufte ein sorgfältig ausgesuchtes Gartenbuch, das sich ganz besonderen, unbekannten, ausgefallenen Gartenschätzen zu widmen versprach. Fieberhaft suchte er im Internet unter den Versandgärtnereien nach einem Strauch, den ihm das Buch als außerordentlich, als exquisit beschrieb. Er bestellte ihn per Express. Das größtmögliche Exemplar kam wenige Tage darauf, eingekleidet in einen Sack, mit Erdballen, bereit zum Einpflanzen.

Er verfasste einen Brief:

*Verehrteste Nachbarin,*

*Sie sind die geborene Gärtnerin. Ich versuche daher, auf diesem Weg Ihr Herz zu erweichen, um ein paar Worte mit Ihnen wechseln zu dürfen. Sie haben mich neulich mit Abscheu Ihrer Türe verwiesen. Ich bin jedoch ein ganz manierlicher Mensch und bitte Sie hiermit respektvoll um ein Gespräch. Der Strauch bittet ebenfalls um Einlass, jedoch in Ihren Zaubergarten. Ich verrate Ihnen nicht, was das für ein Strauch ist. Wenn Sie mich nicht empfangen, werden Sie seinen Namen niemals erfahren. Es würde sich aber lohnen, denn er ist, nach Aussage eines Blumenbuchs, eine botanische Nobilität.*

*Mit ergebensten Grüßen*

*Ihr Nachbar von gegenüber.*

Vielleicht funktionierte es? Der Strauch, den er vor die Haustür gestellt hatte, war kurz darauf verschwunden.

Anderntags lag ein Briefumschlag vor seiner Haustür.

*Sehr geehrter Herr Nachbar, danke für den Strauch, er war sicher sehr teuer. Er trug natürlich seinen Namen im Beipack bei sich. Insofern schlug Ihr Plan fehl. Sie sollten nicht versuchen, Schicksal zu spielen. Ich trage schon schwer genug daran. Mit freundlichem Gruß*

*Ihre Nachbarin von gegenüber.*

Er antwortete noch am gleichen Tag.

*Liebes und verehrtes Gegenüber,*

*jetzt tauschen wir schon so höfliche Briefe aus. Könnten wir nicht auch ein paar ebensolche Worte miteinander reden?*

*Ihr Verehrer grüßt Sie und bittet nochmals um Anhörung.*

Die nächsten Tage wartete er vergeblich auf Antwort. Dann kam:

*In Gottes Namen.*

Er kam sofort zur Sache, als sie ihm endlich die Tür öffnete. Er wusste ja nicht, wie lang sie ihn überhaupt zu Wort kommen ließ – eh sie ihn das zweite Mal hinauswarf. Aber – wenn auch mit finsterer Miene – hörte sie ihn ihn dann doch an.

"Um was ich Sie bitte, wissen Sie schon. Ich hatte eine sehr geliebte Schwester. Sie erwartete ein Kind von einem heimlichen Geliebten. Sie hat sich umgebracht. Ich ertrage es nicht, wenn zum zweiten Mal ein ungeborenes Kind sterben muss. Natürlich, Sie glauben, ein Kind zerstöre Ihnen die Zukunft. Ich mache Ihnen einen Vorschlag: schenken Sie mir das Kind. Heiraten Sie mich. Ich werde es aufziehen, auch wenn ich momentan nicht weiß, wie ich das bewerkstelligen werde."

"Wie kann ich Ihnen vertrauen?"

"Nehmen Sie mich einfach auf in Ihr Haus. Ich biete Ihnen meine Hand – und wenn Sie die nicht wollen, dann lassen Sie wenigstens dem Kind meinen Namen geben. Ich werde dann für das Standesamt der Erzeuger, der Namensvater Ihres Kindes sein – und damit auch der finanziell Verantwortliche, wie der biblische Joseph. Der Zufall will es, dass auch ich Joseph heiße. Ich habe ein Kind verloren – schenken Sie mir Ihres!"

Es war nicht zu erkennen, was sie von seinem Vorschlag hielt. Sie öffnete nur einfach die Haustür. Und er verstand.

Wenige Tage darauf kam Émile noch einmal zurück, um sich zu verabschieden.

Wie sich Emily an die Mutter erinnerte, wollte er wissen. Er zum Beispiel:

"An ihre Liebe natürlich. Aber sei ehrlich!" sagte er.

"Wie seltsam, verrückt, übertrieben war alles bei ihr? Mit der Schleimspur der Liebe hat sie uns gezeichnet, mich und dich damit überzogen, uns beide zusammen drin eingebettet. Ich bin diesem klebrigen Element endlich entkommen, dank Manuel, meinem Freund, meinem Gefährten – und du, du solltest dir ebenfalls einen Partner suchen, nein: eine Partnerin. Ich, der Homo – du, die Lesbe? Wer weiß, das würde unsrer Mutter vielleicht sogar imponieren? Wir hätten vielleicht nicht miteinander schlafen dürfen. Aber die Mama selbst hat das ja angezettelt, hat uns von Geburt an darauf trainiert. Erst als Geschwisterpaar, dann als Liebespaar, und zuletzt auch noch als Brautpaar!

Wenn sie noch lebte, sie würde immer und immer wieder versuchen, der Natur, dem Schicksal, dem lieben Gott dreinzupfuschen. Aber egal – es ist ja vorbei!"

Emily war entsetzt. Er schob seiner Mutter für alles die Verantwortung zu! Nie hätte sie so etwas auch nur zu denken gewagt! Dass sie schwanger war, wollte ihr nun erst recht nicht mehr über die Lippen. Wie fremd war ihr der Bruder geworden! Sie verabschiedeten sich. Für wie lange würden sie sich wohl nicht mehr wiedersehen?

Joseph errrang sich mit List die Erlaubnis, sie regelmäßig zu besuchen – nicht sie natürlich, sondern ihren Garten hinter dem Haus. Schon beim ersten Anblick stand er entzückt auf der Terrasse: das war ein Garten, wie geschaffen zum Nachdenken, zum Philosophieren! Ein ehrwürdiger Nussbaum, ein Ginkgo biloba – und in der Mitte eine riesige, raumgreifende, mindestens drei Meter hohe Rosa moyesii in überwältigend roter Blüte. Noch nie hatte ein Besucher sich so in ihren Garten verliebt, dachte Emily. Aber er war es wert – und Joseph täuschte ihr seine Bewunderung keineswegs vor. Davon berührt, erlaubte sie ihm, seine schriftlichen Arbeiten in ihrem Garten zu erledigen. Er sollte sich nur von ihr fernhalten, sie nicht bedrängen, ja, möglichst nicht das Wort an sie richten. Joseph hielt sich ein paar Mal daran, um sie in Sicherheit zu wiegen. Dann versuchte er es mit der erprobten, angelsächsischen Redewendung: "Schönes Wetter heute!" Es erfolgte ein einsilbiges "Ja" – jedoch kein Redeverbot. Emily war sich nicht bewusst, dass sie es mit einem von Berufs wegen ausgefuchsten Journalisten zu tun hatte, der von jetzt an scheinbar schüchtern um einen Blick, eine Geste von ihr buhlte mit Fragen wie

"Haben Sie schon einmal eine Asklepias tuberosa zum Blühen gebracht?"– auf die sie mit dem Geständnis antwortete:

"Leider noch nie. Mit manchen Pflanzen hat man einfach kein Glück."

Die Asklepias war die Türöffnerin. Joseph las weiterhin eifrig Blumenbücher. Schamlos bediente er sich seiner rasch erworbenen Kenntnisse. Was er jedoch in Wirklichkeit begehrte, war eine genauere Kenntnis ihrer familiären Umstände. Besaß Emily nur diesen Bruder? Es musste doch irgendwelche Verwandte geben? Vater? Mutter? Tante? Onkel? Cousinen? Er brauchte unbedingt Verbündete, vernünftige Menschen, die zusammen mit ihm dem ungeborenen Kind endgültig das Leben retteten. Dann dachte er sich die Geschichte von einem Cousin aus, der den wiedererstandenen, berühmten Feengarten Sissinghurst Castle der Victoria Sackville-West besucht hatte, von dem er, Joseph, sich vielleicht eine sommerliche Fotoreportage vorstellen konnte? Das öffnete die nächste Tür: Lea, eine Analytikerin, die Freundin ihres Vaters Ole in Hamburg, hatte ebenfalls Sissinghurst Castle besucht, mehrmals – als tiefe Verbeugung vor dieser einzigartigen, längst verstorbenen Liebhaberin ihres eigenen Geschlechts.

Jetzt besaß Joseph schon ein paar Namen. Vor allem aber ein besonderes Gesprächsthema, das Emily ebenfalls und sogar besser beherrschte als er: berühmte Parks und Gärten. Er selbst konnte Emily von seinem Besuch im wunderbaren, zwischen Polen und Deutschland geteilten Fürst Pückler-Muskau-Park erzählen. Dazwischen ließen sich hin und wieder ein paar Fragen nach der Familie einstreuen und er bekam auch Antwort. Dann, endlich, hatte er mit Hilfe des Hamburger Telephonbuchs die beiden wichtigsten Adressen beisammen.

Sein nächster Schritt war ein Brief nach Hamburg an den Professor. Er war mit Absicht eine Herausforderung. Er musste ja mit totaler Ablehnung rechnen. Aber er würde an allen Fronten um dieses Kind kämpfen – in Hamburg wie in München. Er war hart im Nehmen und bereit, dies mit den folgenden Ausführungen unmissverständlich kundzutun.

*Sehr verehrter Herr Professor,*
*sehr verehrte Frau Doktor,*
*Wie ich von meiner derzeitigen Nachbarin Emily höre, (die ich nur allzu gerne heiraten würde!), setzt sich Ihre werte Familie ziemlich unkonventionell zusammen. Da würde ich – nicht als zukünftiger Schwiegersohn, sondern, so Gott will, als Stiefvater von Emilys Baby – ganz gut hineinpassen. Daher erlaube ich mir hiermit, (ohne dass Emily das weiß, denn sie würde es sonst verhindert haben!), in aller Form um Ihr Einverständnis zu bitten: ich möchte Ihrem von Emily erwarteten, vaterlosen Enkelkind meinen Namen geben. Es soll nicht nur eine Mama, sondern auch einen Papa besitzen. Ich erwarte das Baby – im Gegensatz zu seiner Mama – voll Vorfreude und werde ihm ein treuer Vater sein. Ich bin zwar nicht mit ihm verwandt, aber zutiefst in Liebe mit ihm verbunden. Leider besitze ich dafür noch keinerlei Zusage Ihrer Tochter. Aber ich gebe die Hoffnung nicht auf.*
*Ich erwarte mit Respekt Ihre Stellungnahme.*
*Ihr ergebener Joseph.*

"Was ist denn das für ein Schelm?" fragte Ole entrüstet, nachdem er den Brief gelesen hatte. Umgehend würde er nach München fliegen! Lea überredete ihn, damit zu warten, in Hamburg zu bleiben.

"Der leidet", sagte sie. "Emily erwartet ein Kind, für das sie offenbar keinen Vater hat. Dieser Joseph irrt sich ja nicht mit unsrer, milde gesagt, unkonventionellen Familie. Da musst du jetzt durch, Ole – wer bei Emma einmal A gesagt hat, muss jetzt bei Emily B sagen. Im übrigen glaube ich, den richtigen Vater von Emilys Baby zu kennen – und du kennst ihn auch, genau wie dieser Schelm, der dich in seinem Brief indirekt um dein Verständnis und deinen Segen bittet. Er liebt Emily, aber er kriegt sie nicht. Er kriegt höchstens ihr vaterloses Kind, das scheint ihm ohnehin im Augenblick das Allerwichtigste zu sein.

Sieh es mal so – und warte ab. Wir werden bestimmt noch öfter von ihm hören. Ich bin mir sogar sicher, Emily wird eines Tages in seinen Armen landen – mir scheinen es hilfreiche Arme, Ole."

"Dann antworte du ihm auf diesen Brief, auf eine derart seltsame Schreibweise zu replizieren bin ich außerstande. Schließlich bin ich ein trockener Jurist, sehe die schrecklichsten Komplikationen für Emily voraus. Aber wenn du es besser weißt. dann schreib' du ihm!"

Lea wollte sich eigentlich ganz kurz fassen. Ihr Antwortbrief zog sich dann aber doch in die Länge. Er lautete:

*Geehrter Herr Joseph!*

*Danke für Ihren sehr aufschlussreichen Brief! Bitte, lassen Sie uns weiterhin wissen, wie es mit Emily, Ihnen und dem zukünftigen Baby weitergeht! Wir sind mit ganzem Herzen dabei!*

*Unsere etwas verworrenen Familienverhältnisse beurteilen Sie zutreffend – Ihrem Schreibstil nach würden Sie vermutlich ganz gut dazu passen. Ole und ich sind nicht verheiratet, wir betreuen als Eltern gemeinsam die Münchner Zwillinge, die vaterlos aufgewachsen sind. Seit kurzem besitzen wir auch noch einen erwachsenen Ziehsohn, eine Vollwaise, Jens, der in Bälde als Page in einem Hamburger Hotel seine Lehre antritt.*

*In Ihre Beziehung zu Emily mischen wir uns natürlich nicht ein, wir respektieren sie mit Diskretion. Bitte verstehen Sie jedoch unser Bedürfnis, über Sie, Ihre werte Person wenigstens in aller Eile Näheres zu erfahren, ehe wir Sie als Familienmitglied aufnehmen. Wir könnten Ihnen unseren Jens schicken, um Sie und Ihre Verhältnisse zu inspizieren? Sie würden ihn mögen. Am besten träfen Sie sich mit ihm konspirativ, weit weg von Emily. Also: Beste Grüße aus Hamburg!*

*Ach ja, wer sind Sie eigentlich? Was arbeiten, was verdienen Sie? Können Sie überhaupt ein Baby ernähren? Ich habe ganz vergessen, Ihnen solche wichtigen Fragen zu stellen. Nochmals freundliche Grüße. Lea Kristensen.*

*Werteste Frau Lea Kristensen,*

*meine Einkommensverhältnisse schwanken. Ich bin freier Journalist und Fotograf, manchmal warte ich Wochen, bis der verdiente Lohn eintrifft. Für ein Baby jedoch reicht das Geld allemal. Ich würde mir zutrauen, auch den Lebensunterhalt der Mutter zu bestreiten. Aber das lehnt sie ja ab.*

*Um Sie über den neuesten Stand der Dinge zu informieren: Emily weigert sich vehement, mich zu heiraten. Nicht ganz so schroff lehnt sie meinen Vorschlag ab, mich für ihr Kind als Erzeuger zu akzeptieren. Es würde mich unendlich glücklich machen, ihm auch standesamtlich meinen Namen zu übertragen. Ob es ein Knabe oder ein kleines Mädchen wird, will sie partout nicht preisgeben. Das werden wir also erst nach der Geburt erfahren. Außerdem verweigert sie mir – ich würde fast sagen, sie tut nichts andres als mir unausgesetzt dieses, jenes und überhaupt alles zu verweigern – sie verweigert mir also auch den Geburtstermin, was mich in meiner journalistischen Arbeit schwer behindert. Ich wohne Emily gegenüber und weiß nicht, kann ich ihr wirklich vertrauen? Ich wage kaum mehr, sie ihrer einsamen Verzweiflung zu überlassen. Alle meine Auslandsreisen habe ich deshalb abgesagt. Sie ist ja eine überaus liebenswerte Person, aber zugleich störrisch wie ein Esel. Sie werden verstehen, dass ich mein Lebensglück in dieser Hinsicht noch für verbesserbar halte. Ich empfehle mich Ihrem freundlichen Interesse und bitte Sie, Ole, zu dem ich mit Verehrung aufblicke, von mir ergebenst zu grüßen. Joseph."*

*Lieber Joseph,* antwortete Lea,

*offiziell wissen wir Hamburger ja gar nichts von der Münchner Schwangerschaft. Sollen wir, was sowohl Ihre journalistische Arbeit wie Ihr Lebensglück betrifft, Emily einfach mal ins Gewissen reden? Ole würde das gerne zu Ihren Gunsten übernehmen. Gruß Lea.*

*Verehrteste,*

*Nein, um Himmelswillen nicht! Emilys Problem: sie kann sich mit dem Kind nicht abfinden, geschweige sich mit ihm anfreunden – und mit mir eben auch nicht. Manchmal könnte ich verzweifeln. Ich habe ihr das Kind beinah – leider noch nicht ganz! – abgerungen. Ich kann sie schon deshalb nicht allein lassen, weil ich fürchte, sie könnte mir das Kind wieder wegnehmen. Ich weiß ja nicht, ob sie nicht doch noch einen Termin bekäme für ...*

*Gruß Joseph.*

*Wie können wir helfen? Gruß Lea und Ole.*

*Schicken Sie Ihren Jens! Nicht zu mir – zu ihr! Durch ihn wird ihre Schwangerschaft offenkundig, dann kann sie nicht mehr einfach mir nichts, dir nichts heimlich von irgendeinem willfährigen Arzt das Kind wegmachen lassen – egal, ob der gesetzlich vorgeschriebene Termin schon verstrichen ist. Dann muss sie sich Ihnen gegenüber verantworten! Gruß Joseph.*

"Drei Tage brauche ich", kündigte Jens an. Einen für Emily, einen für Émile und einen für Joseph. Drei Tage, das sollte reichen."

Ohne sich anzumelden, stand er dann vor Emilys Haustür, läutete.

Emily öffnete, erkannte ihn, fiel ihm um den Hals. "Jens!"

"Ja, für zwei, drei Tage München. Habe im Heim meine Sachen abgeholt. Kann ich bei euch übernachten?"

So hatten sie lange Abende für sich. Jens ging gradeswegs auf sein Ziel los. Ihre Schwangerschaft war nicht mehr zu übersehen.

"Wenn Emma das erlebt hätte! Ein Enkelkind! Ach, Emily, wie wunderbar!"

"Sieht man's schon, Jens?"

"Und wer ist der glückliche Vater?"

"Frag nicht, Jens. Es gibt keinen. Es darf keinen geben."

"Dann also der Heilige Geist. Betest du noch manchmal das Vaterunser? Im Stillen?"

"Jens, ich hab's schon zur Hälfte wieder vergessen ..."

"Warum bist du überhaupt allein? Wo ist Émile?"

"Ausgezogen."

"Weiß er, dass du ..."

"Nein, weiß er nicht."

"Hat das einen Grund?" Schweigen.

"Emily, morgen gehn wir beide zum Friedhof – vielleicht wirst du mir dort den Namen des Vaters sagen. Ich werde darüber schweigen wie ein Grab. Das gelobe ich feierlich."

Emily weinte herzzerbrechend.

"Ich will das Kind nicht!"

Jens fasste sie bei der Hand. Er musste sie berühren, es sollte wie Strom durch sie hindurchgehen..

"Ich, Emily, war auch so ein Kind, das keiner wollte – am allerwenigsten meine Mutter. Man hat mich, aus welchem Grund auch immer, nicht weggemacht. Vielleicht hatte man einfach kein Geld dafür? Und heute mögt ihr mich alle: du, Emma, Ole, Lea, sogar Émile, und auch ich mag mich inzwischen selbst. Wie schade also, wenn es mich nicht gäbe – findest du nicht? Emma hat mich gerettet, von der Straße aufgelesen, mir Arbeit gegeben – und zuletzt hat sie mir auch noch ihre Liebe geschenkt.

Und wenn du, Emily, mich auch nur ein ganz klein wenig gern hast, dann akzeptiere mir zuliebe dein Kind – um meinet- und aller verstoßenen, ungeliebten, unglücklichen Kinder willen auf dieser Welt. Vermehre ihre Zahl nicht auch noch um deines."

Anderntags standen sie zu Dritt am Grab; auf Émile hatte er Emily nicht vorbereitet. Am liebsten wäre sie umgekehrt, davongelaufen. Émile blickte auf Emily, ihr Zustand ließ sich ja nicht mehr verbergen. Er wurde blass.

Jens sagte: "Emily hat ein Geheimnis. Sie will uns nicht sagen, wer der Vater ihres Kindes ist.

Am Grab deiner Mutter, Emily, schwören wir – Émile, ich und die ganze Familie: wir werden dich niemals danach fragen. Wir respektieren dein Geheimnis. Ich selber weiß ja bis heute auch nicht, wer mein Vater war oder ist. Seid Ihr deshalb bessere Menschen als ich – bin ich ein schlechterer Mensch als ihr?"

Schweigen.

"Und jetzt beten wir für Emma und für ihr ungeborenes Enkelkind ein Vaterunser."

Nach Hamburg sandte er später die Botschaft:

"Ich hoffe, das Vaterunser hat geholfen."

Den Joseph suchte er am dritten Tag vormittags auf.

Er wurde erwartet. Sie hatten bereits telephoniert.

"Ich bin Jens!" – "Ich bin Joseph."

Sie verstanden sich auf Anhieb.

Später beschrieb Jens ihre Zusammenkunft:

"Wir brauchten uns gar nicht viel sagen. Wir saßen erst einmal nur da, tranken ein Bier zusammen, schwiegen uns an, einer prüfte den andern: Kann ich ihm vertrauen? Jeder von uns beiden stellte auf wunderbar wortlose Weise fest: Jawohl, du gefällst mir."

Jens wusste, er sollte nicht nur Emily notfalls zur Vernunft bringen – er sollte auch als Sendbote der Familie der Türöffner für Joseph sein. Er fühlte dankbar, wie tief er in so kurzer Zeit in diese Familie hineingewachsen, ihr schon verbunden war. Ole würde sich auf ihn verlassen können.

Sein Anliegen?

"Ich bin mir nicht sicher, habe ich es wirklich geschafft bei Emily? Vorerst, glaube ich, besteht wohl keine Gefahr für das Kind. Wir alle wissen jetzt von Emilys Schwangerschaft. Das hält *beide,* Mutter *und* Vater, im Schach, schützt das ungeborene Kind vor ihnen ... "

"Du weißt, wer der Vater ist?"

"Ich ahne es. Ich haben Emily im Namen der Familie versprochen, ihr Geheimnis nicht anzutasten. Der Zwillingsbruder Émile ... "

"Er ist ausgezogen? Was bedeutet das ?"

"Nichts Gutes. Vaterlos wuchsen sie auf. Das ging nur, weil jeder im andern alles – wirklich alles! – gesucht und gefunden hat; mehr als Bruder- und Schwesterliebe. Liebe total. Ihre Mutter hat ihnen das von Anfang an mit auf den Weg gegeben. Nehmen wir doch dieses Kind als Emmas Erbe ... "

"Am Ende wird also ein kleiner Bub oder ein kleines Mädchen dabei herauskommen ... Und ich, Joseph, werde stellvertretend sein Vater sein. Fast habe ich es mit Emily so weit geschafft."

"Das Kind wird eine schwierige Mutter haben, sie wird sich nicht leicht in ihre Rolle fügen."

"Wem sagst du das."

"Aber sie ist es wert, dass du ihr Zeit lässt, sie nicht verurteilst, um sie wirbst. Du liebst sie doch?"

"Es ist eine Liebe, mit der ich geschlagen bin – wie mit Pest und Cholera."

"Halte durch, Joseph, du wirst es nicht bereuen! Und wir Hamburger stehen dir bei, Lea, Ole und ich. Weil ich ahne, wer der Vater dieses Kindes ist, sein muss, habe ich es ihm auch indirekt zu verstehen gegeben. So kann er sich jetzt nicht mehr einfach davonstehlen, auch wenn du ihm die Verantwortung abnimmst. Auch ich hatte nie einen Vater. Nie eine Mutter. Ich habe Vater und Mutter immer vermisst. Bin ein Heimkind. Ole hat mich zu seinem Ziehsohn gemacht. Inzwischen mache ich als Oles Ziehsohn eine wunderbare Erfahrung!"

"Dafür hast du, Jens, mit dem Vaterunser bei Emily vielleicht ein Wunder vollbracht."

"Ach, Joseph, auch wenn man an gar nichts glaubt – es sind magische Worte.

Vater – unser – der – du– bist – im – Himmel. Keine Silbe, kein Buchstabe darf da fehlen. Merk dir's. Für den Notfall."

Schon am nächsten Tag tauchte Émile bei Emily auf.

"Ist es mein Kind, Emily? Warum hast Du es mir verschwiegen, nichts davon gesagt?"

"Was hätte das geändert?"

"Emily, willst du es denn? Willst du wirklich ein Kind?" "

"Nein, ich will es ganz und gar nicht!"

"Glaubst du, ich vielleicht, Emily? Wir sind jung. Wir sind grade erst am Anfang. Ich will nichts als Klavierspielen. Und du, was willst du?"

"Ich wollte eigentlich im Wintersemester mit dem Botanik-Studium beginnen."

"Das kannst du vergessen".

"Ja, siehst du, deshalb habe ich dir auch nichts gesagt. Du studierst fröhlich weiter – und ich hocke zuhause mit meinem Baby – das ja auch deins ist, Émile."

"Aber man hätte doch etwas unternehmen können! Du willst es nicht, ich will es nicht – warum kriegen wir dann ein Kind? Warum unternimmst du nicht etwas dagegen?"

"Weil es längst zu spät dafür ist."

"Emily, es ist nie zu spät, man könnte es doch versuchen. Was meinst du?"

"Man braucht erst einmal einen Arzt, der zu allem bereit ist. Kennst du einen? Ich kenne keinen."

"Und wenn ich einen finde? Ich habe so viele Kollegen, irgendeiner weiß vielleicht Rat. Lass mich rumfragen. Wärst du damit einverstanden?"

Wie nur sollte Emily der ständigen Beobachtung durch Joseph, deren sie sich durchaus bewusst war, entkommen? Joseph selbst ermöglichte es ihr, indem er, beruhigt durch Jens, eine Fünf-Tage-Reise nach London antrat – des Glaubens, Emily und ihr Baby seien vorläufig sicher vor allen Gefahren, insbesondere vor der am meisten befürchteten durch einen gewissenlosen Gynäkologen.

Émile trieb tatsächlich in fieberhaften Umfragen einen Namen und eine telephonische Geheimnummer auf. Emily stellte sich vor, eine kurze Untersuchung fand statt – und man einigte sich auf einen Termin für den Eingriff auf den nächsten Tag. Es war ja, hinsichtlich des umgehend wieder zurückerwarteten Joseph, höchste Eile geboten.

Émile, der zuletzt nur völlig zerstört und zerfahren seinen Übungspflichten nachgekommen war, begegnete in der Musikhochschule, wie fast täglich, seinem früheren Klavierlehrer, jetzt Assistent, der sehr aufmerksam Émiles Fortschritte verfolgte. Prüfend schaute er ihn an:

"So sieht ein glücklicher Klavierspieler aber nicht aus. Rede!"

Wie oft schon hatte ihn dieser Mensch mit seinem unglaublich feinen Gespür, mit seiner seltsamen Musiktherapie aus einer unguten, ja, verzweifelten Situation herausgeholt – trotz seiner Jugend schon immer eine Art Mentor für den nur wenige Jahre jüngeren Émile, ihm aber an Reife weit voraus.

"Rede!", sagte er nochmals und zog ihn in eine Ecke.

"Ich bin verzweifelt. Ich werde Vater."

"Zu früh, meinst du? Und jetzt weißt du dir keinen Ausweg? Auch ich, Émile, kann dir da keinen Rat geben. Doch – einen! Nicht töten! Nicht töten! Auf gar keinen Fall töten!"

Er hämmerte es ihm förmlich ein, umarmte seinen früheren Schüler.

"Émile, wer einen Menschen tötet, ohne Not! – und sei es ein ungeborenes, unschuldiges, noch unfertiges kleines Wesen – nur weil's ihm im Weg ist, der ist ein Mörder. Ein Mörder macht in seinem ganzen Leben niemals mehr wahre, wirkliche, echte Musik. Ihm hilft auch kein Mozart, kein Bach, kein Beethoven oder Hindemith. Ihn speit die Musik einfach aus!" Und dann fügte er sehr feierlich hinzu:

"Émile, bedenke, was dir die heilige Musik wert ist!"

Ein so junger Mensch, wie sein Lehrer, kaum älter als Émile – wer gab ihm das ein? Der beschwörende Ratschlag seines Lehrers besaß noch immer magische Kraft.

Émile fasste ein Schauder. Er suchte sich ein leeres Unterrichtszimmer. Mit dem Handy erreichte er Emily auf dem Weg zum geplanten Eingriff. Er beschwor sie:

"Lass es nicht machen! Bitte, Emily, überleg es dir. Lass es nicht töten. Lass es leben!"

Emily hatte sich schon erlöst gesehen von ihrer Last, als die sie dies Kind empfand – und nun hatte Émile in letzter Minute umgeschwenkt und ihr den

Weg verbaut. Er versuchte auch gar nicht, ihr seinen Sinneswandel zu erklären. Er wusste, es wäre vergeblich. Trotzdem – ihm war leichter ums Herz, viel leichter.

Bei der nächsten Begegnung am darauffolgenden Tag hielt ihn sein früherer Lehrer fest:

"Die heilige Musik – Ja oder Nein?"

Er umarmte seinen strahlenden Schüler:

"Émile, ich sehe, Du hast gewählt! Richtig gewählt! Gut gewählt!"

Unfreundlich, aggressiv, unfassbar verändert empfing Emily Joseph bei seiner Rückkkehr aus London. Warum? War während seiner Abwesenheit etwas vorgefallen? Nichts deutete darauf hin. Er konnte sich ihr Verhalten nicht erklären. Der blanke Hass schlug ihm entgegen, hielt die ganze Dauer ihrer Schwangerschaft vollends an. Immerhin, wie durch ein Wunder, fand sie sich endlich bereit, auf seinen Vorschlag einzugehen: heiraten würde sie ihn nicht, niemals – aber das Kind sollte unter seinem Namen zur Welt kommen, er sollte als sein Erzeuger gelten. Ihre Entscheidung, unwirsch und zugleich todtraurig, versetzte ihn in einen Glücksrausch.

Er mailte nach Hamburg:

*Das Kind bekommt meinen Namen! Ich werde sein Vater. Emily hat es endlich erlaubt!"*

Die Antwort:

*Glückwunsch! Lea, Ole und Jens heißen Sie als Papa willkommen!*

Verzweifelt wehrte sich Emily gegen seine Begleitung, als zum richtigen Zeitpunkt die ersten Wehen einsetzten, sie wollte allein mit einem Taxi zur Klinik fahren.

"Warum machen Sie es mir so schwer, Emily, Ihnen beizustehen?"

"Ich will Ihre Hilfe nicht! Es ist auch gar keine Hilfe, es ist Gewalt, die Sie mir antun. Sie, Sie haben mir das Kind aufgezwungen. Ich wollte es nicht. Hätte ich doch nie auf Sie gehört!"

Jetzt begriff er, das Blatt hatte sich gewendet. Es musste eben doch etwas geschehen sein! Aber die Wehen kamen in so kurzen Abständen, dass Joseph, angsterfüllt, sie mit Gewalt in sein Auto zerrte und Emily schleunigst in die Klinik brachte.

Dort saß er dann vor dem Einlass zum Geburtstrakt, wo früher einmal die werdenden Väter warten mussten. Inzwischen durften sie längst in persona tröstenden Beistand bei der Geburt leisten. Vor dem Personal konnte Joseph sich zwar als Vater angeben, aber nicht als Gatte ausweisen, zumal Emily auf Befragen es ostentativ ablehnte, dass er neben ihr sitzen und an ihren Schmerzen teilhaben durfte. Er harrte viele Stunden aus, einen Tag, eine lange Nacht.

Es war eine schmerzenreiche Geburt. Dem Neugeborenen kam das nicht zugute. Man legte Emily ihr Kind auf den Bauch, aber sie sagte schroff: "Nehmen Sie es weg!" Die Hebamme, der Arzt, die Schwestern waren verstört. Obwohl Emily es verboten hatte, gaben sie Joseph heimlich, draußen vor der Tür, seinen Sohn auf den Arm. Er weinte vor Glück. Emily machte sich durch ihr störrisches Verhalten keine Freunde bei denen, die ihrem Kind auf die Welt geholfen hatten. Sie wollte so schnell wie möglich nachhause. Man ließ sie ohne Einspruch gehen.

Sie wehrte sich gegen das Kind. Es hatte ihr bei der Geburt große Schmerzen bereitet, vom Leid ihrer Seele ganz zu schweigen. Sie konnte es nicht annehmen, schon gar nicht lieben. Joseph litt mit – für das unschuldige Wesen.

Die Natur hat es so eingerichtet: die Frau empfängt, trägt, gebärt – der Mann geht seiner Wege. So erging es Emily mit Émile. Der hatte seinen Freund, sie, Emily überließ er ihrem Schicksal. Er hatte es nicht fertiggebracht, das Unglück von ihr, Emily, abzuwenden, ja, ebenfalls einen Teil der Schuld auf sich zu nehmen. Im letzten Augenblick hatte er selbst, feige und eigenmächtig, den rettenden Arzttermin telephonisch abgesagt.

Und wer, wer hatte ihr all das eingebrockt? Wie hatte Émile gesagt? Ihre Mutter war schuld! Ihre unglückselige Mutter. Sie hatte Emily unentzweibar fest an ihren Zwillingsbruder gekettet, ja, mit ihm kopuliert! Sodass sie beide wie selbstverständlich eines Tages Mann und Frau wurden, ein Kind zeugten und es in aller Unschuld dann wieder abtun wollten – so, wie man irgendeinen Gebrauchsgegenstand weglegt – ohne Gewissensbisse.

Joseph hatte nach Hamburg gemailt:
*Ole, Ihr Enkel ist da! Glückwunsch!*

Von Lea und Ole erfuhr es umgehend auch Émile. Sie verhehlten ihm nicht, welch ein sympathischer, liebevoller Ersatzvater sich anstelle des anonymen

Kindsvaters für den neugeborenen Enkelsohn gefunden habe, den Emily allerdings nicht heiraten werde.

Bei einem neuerlichen Treffen erfuhr auch sein Klavierlehrer-Freund davon.

"Also haben sich deine Probleme gelöst?"

"Nein, bei weitem nicht! Ich war bei meiner Schwester. Sie ist die Mutter. Ihr Kind ist mein Sohn. Sie mag ihn nicht. Jedes Tier hegt und pflegt seine Brut, nur der Mensch bringt sie um – wenn sie ihm zur Last fällt. Der Mensch ist ein schlimmeres Tier. Und ich bin es auch. Ohne dich hätte ich mein Kind ebenfalls umgebracht. Ich danke dir, dass du mich davor bewahrt hast. Ich habe es mir nicht vorstellen können – so ein Kind, das grade eben zur Welt kam. Und jetzt ist es zu spät. Ein anderer hat meinen Sohn bekommen, dem gehört er jetzt. Ich habe das Kind gesehen. Ich bin verzweifelt."

"Sag' das nicht mir! Sag' es der Musik! Spiel' es auf dem Klavier! Senke es ein in deine Seele! Eines Tages hört dein Sohn diese Sprache vielleicht und versteht sie. Das genügt dann.

Bis dahin, Émile, übe, übe, übe! Mehr kannst Du nicht tun. Aber die Musik wird dich trösten."

Diesmal gab sich Émile mit dem Ratschlag seines Freundes nicht zufrieden. Er erbat sich aus Hamburg Namen und Adresse desjenigen, der jetzt Vaterstelle bei seinem Sohn vertrat. Die Hamburger ließen es, etwas besorgt, Joseph wissen.

*Vielleicht hat Émile ein Attentat auf dich vor? Pass auf dich auf!*

Als Joseph gewahrte, wer da mit Armsündermiene vor seiner Tür stand, sagte er freundlich:

"Treten Sie ein!"

Er kürzte das Gespräch von vornherein ab:

"Versuchen Sie bitte nicht, mir Bübchen auf irgendeine Weise wegzunehmen! Ich bin sein eingetragener Vater.

Es ist jedoch so: Kinder können gar nicht genug Liebe kriegen. Teilen wir uns Bübchen doch!

Ich möchte allerdings sein Namens-Papa bleiben, schließlich habe ich lange genug und mit schwerem Geschütz dafür gekämpft. Ich nenne ihn Bübchen, weil seine Mutter sich weigert, ihm einen christlichen Namen zu geben. Und wie wird Bübchen mich nennen? Joseph natürlich – und Sie sind für ihn Émile!

Das macht doch kaum einen Unterschied. Könnten Sie sich, könntest du dich damit abfinden?

Ich bin beruflich viel auf Reisen, da kannst du für Bübchen eine Lücke füllen, sozusagen als Stellvertreter des Stellvertreters. Ich werde bei Emily ein Wort für dich einlegen. Vielleicht akzeptiert sie dich sogar eher als mich? Ich bin gar nicht gut bei ihr angeschrieben. Mir macht sie das Leben höllisch schwer ...

Joseph versuchte es immer wieder mit Geduld. Er hatte gehofft, der Baby-Charme würde Emily besiegen. Vergeblich.

"Emily, was bedrückt Sie? Das Kind ist gesund, ein so hübsches Baby, es wächst und gedeiht, ein Gottesgeschenk. Bübchen! Es ist das Größte, Schönste, Heiligste, was mir je widerfahren ist. Und trotzdem bin ich bereit, dies Glück mit Émile zu teilen. Und Sie sollten sich auch mit ihm aussöhnen und ihm den Zugang zu Bübchen nicht weiter verweigern."

Jetzt wurde sie aufsässig. Sah er denn nicht, wie sie litt? Dies blöde Gefasel! Bübchen! Alle Dämme brachen bei ihr.

"Ich hätte abtreiben sollen! Ich mag dieses Kind nicht.

Meine Mutter ist schuld, sie hat all dies Unglück angerichtet. Wenn Sie lesen, was sie über ihr Leben aufschrieb, werden Sie mich verstehen. Sie hat uns unsern Vater genommen, sie wollte uns ganz allein für sich haben. Sie hat uns missbraucht, wir waren ein Spielzeug für sie, Gott strafe sie dafür. Ich hasse meine Mutter – und ich selber wollte alles bloß nicht Mutter werden - als Mutter wäre ich vielleicht genau so verrückt wie sie. Zwillinge miteinander als Brautpaar verkuppeln und dergleichen Wahnsinn! So hat sie uns großgezogen – und kein Wunder, so ist es dann auch mit meinem Bruder und mir gekommen. Schon diese Namen: Émile und Emily! Mein Bruder soll sich zum Teufel scheren. Er hat mich allein gelassen, betrogen, er ist ein Verräter!"

Sie steigerte sich beängstigend in eine Depression. Joseph musste bereits darauf achten, dass das kleine Wesen, sein Bübchen, regelmäßig ernährt und gewickelt wurde. Ihr Kind zu stillen kam für sie überhaupt nicht in Frage. Er überlegte, eine Schwester zu engagieren. Wo bekam man eine solche her? Doch es fand sich eine souveräne Person, die den Säugling und zusammen mit ihm gleich den ganzen Haushalt in die Hand nahm – allerdings nur für zwei kurze Wochen, in denen sie gerade frei war. Ebenso gescheit wie vorurteilsfrei, begriff sie innerhalb weniger Tage: hier müsse etwas geschehen, eh es zu einer Katastrophe käme. Sie nahm Emily zur Seite:

"Sehen Sie zu, dass Sie das Kind loswerden. Es bringt Sie um! Und Sie sind ja noch so jung. Leben Sie erst einmal und kriegen Sie ihre Kinder später, wenn Sie Lust dazu haben. Haben Sie denn niemand, dem sie das Bürschchen andrehen können? Wie ist's mit diesem Mann, der jeden Tag herüberkommt und das Baby herzt und küsst? Soll der sich doch kümmern, ich besorge ihm eine Schwester, dann kann er seinem Beruf nachgehen und morgens und abends das Baby weiterhin herzen und küssen. Überlegen Sie sich's!"

Und zu Joseph sagte sie: "Wenn Sie jetzt nicht zugreifen, sind Sie ein Esel. Ich habe für Sie vorgearbeitet!"

Joseph konnte sich erst keinen Reim auf ihre Worte machen. Aber als Emily auf ihn zukam und sagte:

"Wenn Sie wollen, können Sie das Kind haben, ganz, ich biete es Ihnen an, schenke es Ihnen mit Haut und Haaren – aber schaffen Sie es weg, weit weg. Ich ertrage dieses Kind nicht!" da begriff er, dass ihm diese couragierte Säuglingsschwester einen Ball vor die Füße gelegt hatte, den er – ginge es um Fußball – mühelos ins Tor schießen konnte.

"Lassen Sie uns eine Nacht darüber schlafen, Emily. Morgen werde ich Ihnen sagen, wie ich mich entscheide – ob ich Ihr Angebot annehme."

Noch in derselben Nacht las er Emmas Niederschriften, die ihm Emily auf seine Bitte bedenkenlos aushändigte.

Schlaflos legte er sie weg. Er dachte: Was für eine Frau!

Darf man so leben wie sie? Sich das Leben und Dasein einfach ausdenken? Seine einsame Existenz damit auspolstern, schmücken, bereichern?

Früh die ferne Mutter kindlich herbeiphantasieren? Später die Sterbende in den Tod begleiten – von jenseits der Straßenseite in einem Pariser Vorort? Darf man's?

Die Liebe eines kaum gekannten Kommilitonen, Ramon, hinterher noch vereinnahmen, der mit einem sinnlosen Bankeinbruch ihretwegen Selbstmord beging?

Mit ihren Zwillingen und Erik, dem sogenannten Ziehvater, vier glückliche Jahre verleben?

Als reife Frau sich Jens, einem Jüngling, hingeben, von dessen, na ja, Welterklärung sie sich verzaubern ließ? Sich für den damaligen Straßenjungen in eine Jungfrau zurückverwandeln, die sie im Grund sowieso lebenslang geblieben war? Das Paradoxon "Liebe" ausleben in allen Formen und aller Unschuld?

Und zuletzt: Leas Liebe annehmen, ohne Vorbehalt, sich einfach darein ergeben? Mit Lust erfahren, dass es auch noch eine andere, zartere Liebe gibt?

Das alles – durfte sie es?

Sogar ihre Zwillinge hat sie sich mit Hilfe eines höchst zweifelhaften, eines – wer weiß? – vielleicht ebenfalls phantastisch unterfütterten Beischlafs beschafft. Und dann von Anfang an Emily und Émile zu einem lebenslang untrennbaren Pärchen verschränkt.

Konnte etwas anderes letztlich dabei herauskommen als Bübchen, dies unschuldige Wesen, das sein Dasein all diesen Prämissen verdankt?

Für ihre Tochter ist Emma zum Dämon geworden. Ich muss also jetzt eine Austreibung zelebrieren – und das im 21. Jahrhundert."

Anderntags eröffnete Joseph die Kampfhandlungen; als solche betrachtete er den bevorstehenden Dialog mit Emily. Sie jedoch nahm seine wohlvorbereiteten Ausführungen vollkommen teilnahmslos hin.

"Ich akzeptiere Ihr Angebot, Emily, unter der folgenden Bedingung: Sie schwören mir einen heiligen Eid.

Erstens: dass Sie als Bübchens Mutter jede Frau akzeptieren, die ich erwähle und heirate. Denn unbedingt soll mein Sohn in einer richtigen Familie aufwachsen. Sie aber weigern sich ja, meine Gattin zu werden.

Zweitens: Ab dem Zeitpunkt meiner Heirat gehört mir Bübchen ganz, nur mir – und Sie verzichten auf ihn für immer."

Hörte sie überhaupt zu? Vorsichtshalber legte er ihr einen schriftlichen Vertrag mit seiner Unterschrift vor.

Sie sagte: "Wenn das alles ist: Ich schwöre!"

"Unterzeichnen Sie bitte." Sie las es nicht einmal durch.

"Ich kann natürlich keine Mutter für Bübchen herzaubern. Sie müssen mir schon eine gewisse Zeit einräumen. Ich mache mich sofort auf die Suche, aber vorerst bleibt Bübchen natürlich hier, bei Ihnen, und Sie müssen ihn halt ertragen. Er ist ja kein Scheusal, keine Missgeburt, sondern ein ganz entzückendes Baby. Ich bitte, nein, erwarte, dass sie meinen Sohn anständig behandeln. Ich verlange keine Liebe, aber zureichende Sorgfalt und wenn es Ihnen nicht gar zu schwer fällt, hin und wieder ein Lächeln. Angemessen fände ich es zudem, wenn Sie mir in Ihrem Haus einen Raum zugestehen würden, damit ich die Nacht unter dem gleichen Dach wie mein Sohn verbringen kann, immer, wenn ich in München bin. Außerdem bestimme ich einen angemessenen monatlichen

Betrag für Unterhalt und Pflege meines Sohnes, den ich Ihnen zur vorläufigen Betreuung hiermit anvertraue.

Außerdem füge ich unserem Vertrag eine unerlässliche Bedingung hinzu. Mindestens einmal die Woche hat Ihr Bruder Émile, der als Onkel ja nicht unerheblich mit Bübchen verwandt ist, Zutritt zu meinem Sohn. Er darf sich mit ihm in den Garten setzen, ihn auf den Arm nehmen, füttern und windeln, falls er dazu in der Lage ist. Und Sie werden mit Ihrem Herrn Bruder einen gesitteten Umgang pflegen, wie unter Geschwistern üblich. Ich möchte nicht, dass in Bübchens Gegenwart unflätige Worte und Beschimpfungen gewechselt werden. Ich wünsche ein gedeihliches Klima in diesem Haus, zum Wohle Bübchens." Im Augenblick fielen ihm keine weiteren Reglementierungen ein,

Der Schwester, die ihm diesen Ball zugespielt hatte, drückte er beim Abschied ein angemessenes Geschenk in die Hand: "Sie, liebeSchwester, hat mir der Himmel geschickt! Sie sind ein Genie! Bübchen und ich, wir danken Ihnen."

Und nun konnte der Exorzismus beginnen.

Mehr oder weniger bestand er darin, dass Joseph in unregelmäßigen Etappen, wie in seinem Beruf üblich, seine Reportage-Reisen absolvierte. Er reiste, tauchte für Emily gelegentlich auf, wohnte und übernachtete bei ihr – oder er kehrte heimlich, ohne dass sie es gewahr wurde, für einige Tage in seine eigene Wohnung auf der anderen Straßenseite zurück. Wie früher beobachtete er dann mit dem Fernstecher, was sich gegenüber bei Emily und Bübchen tat.

Immer wieder erleichterte er sein Herz in Richtung Hamburg.

*Ihr Lieben in Hamburg,*

*Im Augenblick kann ich nur Kurzreisen unternehmen, ich habe nicht den Mut, mich für mehrere Wochen von hier zu entfernen. Jedesmal zittere ich bei der Rückkehr: lebt Bübchen noch? Hat sie sich auch wirklich um ihn gekümmert? Füttert, windelt, badet sie ihn regelmäßig? Ich veranstalte jedesmal eine Kontroll-Orgie: wie hat sie ihre Mutterpflichten erfüllt? Sie hat sich auf einen Pakt mit mir eingelassen, auf ein Spiel für uns beide – mit hohem Risiko. Vielleicht verliert sie dabei ihr Kind – vielleicht verliere ich Emily? Dabei liebe ich diese Wahnsinnige von Tag zu Tag mehr. Gruß Joseph.*

Wie er gehofft hatte: wenn auch fast unmerklich, so änderte sich das Verhalten Emilys doch.

Einmal beobachtete er sogar, dass sie spazieren ging, mit Bübchen im Kinderwagen. Er hatte viel Geld gekostet, war aber nie zur Ausfahrt benützt worden. Joseph hütete sich, es anzusprechen. Im übrigen fehlte es Bübchen in Emilys wunderschönem Garten an frischer Luft wirklich nicht.

*Liebe Lea, lieber Ole,*
*Ich stelle fest: sie wird etwas umgänglicher mit ihrem Kind. Ich glaube, ich kann mir bald wieder eine längere Auslandsreise erlauben, ohne Angst, dass sie mir Bübchen zwar nicht gerade umbringt, aber doch vielleicht vernachlässigt. Neulich habe ich sie sogar mit Bübchen auf dem Arm gesehen, ansonsten vermeidet sie jeglichen Körperkontakt. Grüße Joseph!*

Nach wie vor tauchte Joseph regelmäßig bei Emily auf. Bübchen sollte ihn nicht vergessen, im Gegenteil: ihn eher vermissen. Er musste Bübchen unbedingt so oft wie möglich sehen, ihn im Garten herumtragen, ihn füttern, baden, liebkosen. Bübchen strahlte, wenn der Josephsvater erschien und ihn auf den Arm nahm. Emily ließ es zusehends ungern geschehen.

*Liebste Hamburger,*
*Ich habe für Émile das Recht erkämpft, Bübchen mindestens einmal die Woche zu besuchen, ihn zu füttern etcetera. Warum sollte er nicht zwei Väter haben? Sie hat es, wie nachgerade alle meine Vorschriften, widerspruchslos geschluckt – auch den Vertrag, den wir miteinander beschworen haben: Bübchen gehört mir, sobald ich eine Frau als Mutter für ihn gefunden und sie geheiratet habe. Ich weiß nicht, wie lang sie das durchhält. Es ist unmenschlich. Aber anders komme ich Emily nicht bei. Gruß Joseph!*

Durch die jeweiligen Reisen irgendwohin in die Welt dehnte sich der Exorzismus über Wochen und Monate aus, inzwischen dauerte er schon länger als ein halbes Jahr. Für Emily war er zur Folter geworden. Sie hatte ja einen heiligen Eid geschworen!

*Liebe Lea, lieber Ole,*
*Sie wagt es nicht, mich zu fragen, ob ich inzwischen eine Ersatzmutter für Bübchen in Aussicht habe. Gelegentlich lasse ich Bemerkungen fallen wie "Ich glaube, ich habe mein Ziel bald erreicht". Oder: "Es gibt da eine Person, die wahrscheinlich mit Bübchen ganz selig sein wird. Ich habe doch gesehen, wie entzückt sie ihn auf meinen Fotos betrachtete. Es wird nicht mehr lang dauern,*

*verehrte Emily, und ich werde Sie mit ihr bekanntmachen – und ich muss wohl nicht daran erinnern: Sie haben mir einen Eid geschworen!*

Er richtete sich mit Absicht auf längere, weitere Reisen ein. Er wusste, er musste das Folterinstrument um eine Windung weiterdrehen, auf Dauer erschien es sonst unglaubwürdig, wie lange er Emily hinhielt, ohne ihr je eine mögliche Anwärterin zu präsentieren. *Meine Lieben,*

*ich musste die Daumenschrauben anziehen, Emily reagiert ja kaum noch – oder höchstens apathisch. Ein künftiges Eheweib existiert also angeblich inzwischen. Ich habe die Dame vorsorglich in den USA angesiedelt und damit eine weitere Ausrede geschaffen. Als Journalist ließe sich ja vorstellen, dass ich mich nach dort beruflich verändere, nicht wahr? Ich habe mir ein hübsches Foto besorgt, es wird Emily beeindrucken. Oh, dass sie endlich jene Regungen entwickeln würde, die ich so sehnlich an ihr vermisse: dass sie sich gegen mich zur Wehr setzt! - dass sie Bübchen mit Zähnen und Krallen gegen mich verteidigt, dass sie Bübchen liebt!*

Alle Aggressionen waren verschwunden. Traurig, bedrückt, von Mal zu Mal mehr, erschien ihm Emily. Signale, dass Joseph seinem Ziel nah war? Aber er wollte keine unglückliche Emily, sie sollte nur einfach sagen: ich kann ohne Bübchen nicht leben. Gib ihn mir zurück.

*Liebe Lea,*
*du als Frau und Analytikerin, sage mir: was geht da schief? Ich liebe sie über alles – und sehe sie leiden. Ich füge ihr unausgesetzt Schmerzen zu, und dabei möchte ich sie doch glücklich machen? Habe ich mich verrannt? Wenn sie geht, schleppt sie sich so dahin. Immer nur wenn sie Bübchen im Arm hält, lächelt sie, streichelt, liebkost ihn. Eigentlich habe ich doch mein Ziel erreicht? Wie komme ich jetzt aus dem Konstrukt wieder raus, das ich so raffiniert aufgebaut und in dem ich mich verfangen habe? Sag es mir, bitte! Gruß Joseph.*

*Lieber Joseph,*
*es ist doch so einfach! Nimm sie in deine Arme, küsse sie und ... Ist das so schwierig für einen verliebten Mann? Alles Gute! Lea.*

Joseph antwortete:
*Liebe Lea,*

*das würde ich Emily niemals antun. Ich will sie nicht überrumpeln. Dazu liebe, achte ich sie viel zu sehr, nein, ich bete sie an! Dank und Gruß, Joseph.*

Joseph liebte Emilys Garten. Oft bat er, sich in den Garten setzen zu dürfen, um zu lesen oder Artikel zu schreiben und neben "meinem Sohn Bübchen" zu sitzen, "denn Sie haben ihn mir ja geschenkt und deshalb verteidige ich eifersüchtig das Recht auf meinen Besitz."

*Ihr beiden Lieben in Hamburg,*
*ich hätte mich nie in dies Abenteuer einlassen dürfen, nie mir diesen unseligen Pakt ausdenken. Ich habe mit Emily gespielt – ich habe Emily verloren. Genau das habe ich mir selbst zu Beginn prophezeit. Spiele niemals mit Menschen! Jetzt weiß ich's. Zu spät. Gruß euer Joseph.*

Einige Tage darauf, als Joseph wieder einmal ein paar Tage in München verbrachte, hörte Emily, wie Joseph im Garten mit wunderbar schmelzenden Tönen den Gesang einer Amsel nachahmte. Und, nach einer kleinen Pause, antwortete die Amsel ihm. Sobald er schwieg, begann Joseph wieder mit seinen Flötentönen, ahmte den Amselgesang täuschend nach. Wieder antwortete ihm der Vogel. So ging es noch zwei-, dreimal hin und her.

Emily war tief beeindruckt. Dieser Joseph! Immer wieder überraschte er sie.
"Er redet mit einer Amsel!
Kenne ich ihn denn so? Ja, kenne ich ihn überhaupt?
Joseph, der mit einer Amsel flötet?
Joseph, der jeden Grashalm, jedes Rosenblatt in meinem Garten kennt?
Joseph, der Bübchen vor mir gerettet hat, als ich mit ihm schwanger war? Gerettet – mit diesem unseligen Vertrag?
Und Joseph – der mir mein Bübchen irgendwann wegnehmen wird ...
Meinen Sohn, den ich von Tag zu Tag mehr liebe!
Wie rette ich ihn vor Joseph, dem er sein Leben verdankt ... "

Noch nie hatte Emily mit Joseph geschlafen. Wie auch! Schon bei der geringsten Berührung hatte sie stets schroff reagiert, sich nie für seine Geschenke bedankt, nie ihn mit Handschlag begrüßt, wenn er von seinen Reisen zurückkam.

Vielleicht war es das einzige, das letzte Mittel? Sie wusste, er würde heute wieder hier im Haus in seinem Zimmer übernachten.

150

In der Tiefe der Nacht nahm sie ihren ganzen Mut zusammen, betrat auf nackten Sohlen sein Zimmer, schlüpfte zu ihm ins Bett, an seine Seite, schmiegte sich an ihn.

Joseph, fassungslos, was geschah ihm da?

Emily prostituierte sich für ihren Sohn! Um ihn vielleicht, vielleicht als "Lohn" behalten zu dürfen? Es war also so weit. Endlich! Wenn auch nicht so, wie von ihm geplant, sondern ganz anders: phantastisch!

Er umarmte sie, sagte leise:

"Du musst dich nicht opfern, Emily. Ich gebe dir Bübchen zurück – umsonst."

Keiner wusste, wie es geschah: sie verschmolzen einfach.

Als der Sturm über sie hinweggegangen, verebbt war, in dem sich Emilys tiefe Verzweiflung und Josephs verzehrende Sehnsucht entlud, versuchte sie, immer noch atemlos, sich ihm zu entwinden. Aber Joseph hielt sie fest.

"Du kannst nicht mehr weg, Emily. Ich lasse dich nicht mehr los. Nie mehr!" Er strich ihr sanft über die Lippen.

"Sag' nichts! Lass uns einfach schweigen, eine Nacht darüber schlafen, und morgen reden wir über alles. Bitte!"

Sie nickte.

"Darf ich dir noch einen Gutenachtkuss geben?"

Sie wandte sich ihm mit geschlossenen Augen zu – so, als liefere sie sich ihm ganz und gar aus.

Vorsichtig küsste er sie, aber nur auf die Wangen.

"Schlaf gut, meine grüne Emily!"

Doch Joseph merkte, sie konnte nicht einschlafen. Sie blieb hellwach.

"Passt es nicht, Emily?"

"Dein Gutenachtkuss, Joseph ... "

Es riss ihn hoch. Zum ersten Mal nannte sie seinen Namen!

"Ach, Emily – ich möchte dich ja küssen, küssen, bis mir die Luft ausgeht! Ich bin doch beinah verhungert nach dir! Aber wir müssen aufpassen, Emily – weil sonst ... "

Es wurde eine wahnsinnige Nacht.

Er gab Emily nicht mehr her. Noch im tiefsten Schlaf hielt er sie fest. Obwohl sie sich in seiner Umarmung nicht umwenden, nicht ausstrecken, nicht rühren konnte: es fühlte sich wunderbar an! In seiner Achselhöhle geborgen – ihr Ohr, ganz nah seinem Herzschlag!

Als sie am frühen Morgen erwachte, überfiel sie noch einmal der Gedanke an die mutter- und vaterlose Kindheit der Mama. Die frühen Tode: Ramon, Erik, die Mama – und beinahe auch Bübchen.

So viel Unheil in ihrer Familie – Joseph hatte es gebrochen!
Sacht löste sie sich aus seinen Armen.
"Joseph, der mir heute nacht meinen Sohn zurückgeschenkt hat –
der so oft von mir beschimpfte, verletzte, gekränkte Joseph!"
Sie atmete auf.

Nicht erst seit dieser Nacht wusste sie es. Gestand es sich endlich ein:
Sein Dialog mit der Amsel hatte ein Wunder vollbracht.

Im Garten erklangen die ersten Vogelstimmen. Emily lauschte entzückt, glaubte, noch einmal Josephs betörende Flötentöne zu hören.

"JOSEPH ... "

Jens hätte das Wunder einfach *Die Schwerkraft der Liebe* genannt.


ENDE


152